TERÇAS À NOITE EM 1980

TERÇAS À NOITE EM 1980

MOLLY PRENTISS

TRADUÇÃO DE
SANTIAGO NAZARIAN

Título original
TUESDAY NIGHT IN 1980

Este livro é uma obra de ficção. Qualquer referência a fatos históricos, pessoas reais ou locais foi usada de forma fictícia. Outros nomes, personagens, lugares, e acontecimentos são produtos da imaginação da autora, e qualquer semelhança com acontecimentos reais, localidades ou pessoas, vivas ou não, é mera coincidência.

Copyright © 2016 by Molly Prentiss

Todos os direitos reservados.
Nenhuma parte desta obra pode ser reproduzida ou transmitida por qualquer forma ou meio eletrônico ou mecânico, inclusive fotocópia, gravação ou sistema de armazenagem e recuperação de informação, sem a permissão escrita do editor.

Direitos para a língua portuguesa reservados
com exclusividade para o Brasil à
EDITORA ROCCO LTDA.
Av. Presidente Wilson, 231 – 8º andar
20030-021 – Rio de Janeiro – RJ
Tel.: (21) 3525-2000 – Fax: (21) 3525-2001
rocco@rocco.com.br
www.rocco.com.br

Printed in Brazil/Impresso no Brasil

Preparação de originais
GUILHERME KROLL

CIP-Brasil. Catalogação na fonte.
Sindicato Nacional dos Editores de Livros, RJ.

P941t
Prentiss, Molly
    Terças à noite em 1980 / Molly Prentiss; tradução de Santiago Nazarian. – 1ª ed. – Rio de Janeiro: Rocco, 2017.

    Tradução de: Tuesday night in 1980
    ISBN: 978-85-325-3071-4 (brochura)
    ISBN: 978-85-8122-695-8 (e-book)

    1. Romance americano. I. Nazarian, Santiago. II. Título.

17-41516
CDD-813
CDU-821.111(73)-3

Para Franca
E para minhas famílias, todas elas,
vocês sabem quem são.

SUMÁRIO

Prólogo: Comendo bolo no subsolo 11

PARTE UM
Nosso ano 23
Já famoso 55
Uma garota em Nova York é uma coisa terrível 87

PARTE DOIS
Circunstâncias anormais 117
A pintura morreu! 130
Sem Coca-Cola à meia-noite 142

PARTE TRÊS
O artista salta no vazio 155
O show deve continuar 171
O amarelo de Lucy 182

PARTE QUATRO
Sol nascente 197
O garoto desaparecido e a garota perdida 214
Ser bonita não é suficiente 226

PARTE CINCO
    Que se foda o pôr do sol   247
    Não há nada a fazer sobre o amor   265

PARTE SEIS
    Sem Deus algum   271
    Fun   282

Epílogo: Cem retratos a cada noite   305

Agradecimentos   317

*O trabalho de um homem não é nada além da longa jornada
ao redescobrimento, através dos desvios da arte, aquelas duas
ou três grandes e simples imagens em cuja presença seu coração
primeiramente se abriu.*

— ALBERT CAMUS

O que é uma obra de arte se não a contemplação de outra pessoa?

— KARL OVE KNAUSGAARD

PRÓLOGO

COMENDO BOLO NO SUBSOLO

Buenos Aires, Argentina
Setembro de 1980

As reuniões acontecem às terças no porão do Café Crocodile. Às seis em ponto. Para chegar lá a tempo, Franca Engales Morales tem de fechar a padaria cedo. Ela tem menos de uma hora para terminar o último bolo, esfregar os pisos e descer a grade. Ela se apressa, misturando a massa amarela densa do bolo com sua grande colher de pau, assoprando a franja para longe dos olhos. Enfia um dedo, lambe, decide acrescentar mais sementes de papoula e joga um punhado generoso. Puxa sua assadeira *bundt* favorita — a vermelha com os cantos recortados — e passa um naco de manteiga nas laterais com os dedos. Então derrama uma camada da mistura amarela, que decanta como lama. Uma camada de açúcar mascavo e canela, então outra camada de massa. São trinta e cinco minutos para o bolo cozinhar, daí ela vai enfiar uma lâmina de papel-alumínio ao redor do prato. Vai sair no que resta do inverno e vai haver uma pontada em seu peito quando ouvir o clique do cadeado enorme fechado na grade. Ela sabe que vai perder clientes por fechar cedo. E sabe que não pode se dar ao luxo. Mas o que são alguns clientes contra o resto disso tudo? Contra o que será perdido se ela não for mesmo às reuniões?

O que Franca faz é assar bolos, e como faz bem-feito. Ela assa rápido e de forma eficiente, e confere se o gosto está bom. Mas esta é a dificuldade em assar bolos: não significa muito, no grande esquema das coisas. Franca enfrenta isso desde que começou a trabalhar na padaria, quando tinha apenas dezessete anos — no ano em que seus pais morreram e que ela e seu irmão foram forçados a arrumar emprego. Agora tem trinta e dois, comanda o lugar e ainda não consegue deixar de pensar que fazer bolos para gente com dinheiro extra para gastar em bolos não é necessariamente a vida para a qual nasceu. Ela deveria pensar só um pouquinho mais.

Essa é que é a dificuldade em pensar: aqui é Buenos Aires, e agora Buenos Aires não se importa muito com o pensar. Na verdade, é como se tivesse havido uma proibição total do pensamento; se pensar demais, pode muito bem nunca mais pensar. Você toma cuidado com o que pensa e diz em voz alta. Até com o que veste e como anda. Quando quer pensar, faz isso em sua cama de noite, de barriga para cima, vendo o ventilador de teto, torcendo para que ninguém possa ouvir seus pensamentos através das cortinas brancas finas que o separam dos perigos do mundo externo.

— Você é uma baita idiota. — Foi o que a amiga de Franca, Ines, disse a ela quando descobriu a respeito das reuniões de terça. — E se algo acontecer com você? Deus do Céu, eu *rezo* por Julian.

Mas Ines é o tipo de amiga que Franca não pode escutar. Se a escutasse, nunca haveria tido Julian, para começar.

— Quem iria querer trazer um moleque para essa merda toda? — Ines havia dito antes de saber que Franca estava grávida, há quase sete anos. Ines já tinha três filhos, mas os teve no tempo de Perón. — Uma época bem diferente — Ines jurou. — E agora? Caos.

Havia sido caótico na época; Perón, durante seu segundo tumultuado mandato, simplesmente chutou o balde e deixou sua incompetente segunda esposa no comando; boatos de um golpe surgiram e se espalharam. A vida pessoal de Franca parecia similarmente precária: seu irmão, com quem havia vivido na casa dos pais desde que eles morreram, há mais de quinze anos, detestava abertamente o homem que ela escolheu levar para casa e casar, e finalmente cumpriu sua ameaça, recorrendo a seu passaporte americano — só mais uma das coisas que ele possuía e ela não —, e a trocou pela cidade de Nova York. Alegou que estava partindo para perseguir sua carreira na pintura, mas ela sabia a verdade porque a sentia também: ele não conseguia suportar dividir a casa dos pais mortos com Pascal, ou nem sequer estar na casa em si; o lugar tinha se tornado três andares de tristeza. Ele enfiara algo afiado no coração dela quando partiu; a presença de Raul era como eletricidade, iluminando o mundo quando se ligava nela; mas, quando se apagou, tudo ficou escuro. Ficou escuro quando ele partiu, e ela ficou sozinha naquela escuridão com Pascal.

Ela havia amado Pascal, havia *mesmo*. Com as costas retas, os lábios tortos e sua promessa solene de que iria cuidar dela (para uma órfã essa era a *única* promessa). Era um bom homem, e, de todas as formas lógicas, parecera a escolha certa. Mas, quando seu irmão partiu, ela percebeu que o amor de Pascal — fácil, confiável, um amor bonzinho — não era suficiente. Todo o ser dela pedia por Raul: o irmão que preenchia a casa com cheiro de terebintina e cobria as paredes com suas pinturas; o irmão que podia olhar nos olhos dela e saber exatamente o que havia no seu coração. Ela ansiava pela proximidade, a proximidade quase *demasiada* de uma *família verdadeira*, uma proximidade que não podia ser substituída. As pinturas que ele deixara na parede apenas lhe lembravam da ausência dele, então ela as tirou, empilhando-as sob a cama ou enrolando-as para se apoiar nos cantos. Começou a ter fantasias sobre fazer as malas e pegar o maço de dinheiro de Pascal da despensa para comprar uma passagem para Nova York. Mas não tinha passaporte, era quase impossível arrumar um hoje em dia; as paredes estavam solitárias e se fechando sobre ela. Então desenvolveu uma nova fantasia: um bebezinho minúsculo, um garotinho, uma companhia que se sentasse e bebesse suco de pera com ela no Sol. Na semana após Raul partir, Franca rastejou em direção a seu marido no meio da noite, e através do estado turvo dele semidormente, com a Lua entrando, com ela sobre ele como uma louca, Franca se fez engravidar. (Era como Franca pensava nisso, se autoengravidando; Pascal, como o típico Pascal, foi bem passivo no ato.)

Depois que Julian nasceu, a distância entre Franca e Pascal só aumentou. Franca passava os dias perdida no humaninho que havia feito, olhando seus grandes olhos curiosos, acariciando o penacho de cabelo escuro, alimentando-o do seio, o que era ao mesmo tempo doloroso e satisfatório. Ela ficava feliz apenas quando o bebê estava em seus braços; o bebê a *entendia*; quando o via, se lembrava do irmão. A ideia de Pascal sentado em sua grande cadeira na sala de estar — os bigodes se estendendo além do rosto, seu rosto se projetando para fora do colarinho, a mão se enfiando calça abaixo, para coçar — começou a enojar Franca, e ela o evitava completamente, resistia a cada toque. Eles se mudaram para quartos separados. Quando conversavam, gritavam. Então, numa manhã de abril, Franca acordou, respirou fundo, e entendeu antes de levantar da cama que Pascal não estava na casa. Que ele a havia deixado com Julian e não iria voltar. Foi naquele mesmo dia que ela foi ao Café Crocodile pela primeira vez. Ela precisava se sentir cercada. Precisava se sentir mais uma na multidão.

Então, não, ela não iria escutar Ines, que a avisou com a testa franzida que essas reuniões poderiam fazê-la se perder, a expressão que as pessoas estavam usando para os estranhos sequestros, que aconteciam por toda a cidade diariamente desde o golpe. Porque as reuniões a lembravam que ela não era a única que perdera algo, que esta é uma cidade cheia de perdas, um mundo repleto delas. E porque as pessoas nas reuniões — a jovem Lara, o divertido Mateo, o sério Sergio, a corajosa Wafa — são, depois do Julian de seis anos, a única família que tem.

Franca abre caminho pelo vento, segue seis quarteirões até o café. Sempre que sente a pontada de nervosismo familiar, se lembra de que parece inofensiva, carregando o bolo que fez para seus amigos, em seu amistoso casaco azul. Ela se lembra do que Raul costumava dizer: "Você daria uma radical perfeita, Franca. Porque você parece legal pra caralho." A parte do coração dela que pertence ao irmão pulsa: se ele ao menos pudesse vê-la agora. Ela rapidamente se pergunta o que teria acontecido se ele tivesse ficado, mas se detém. Raul nunca respondeu à sua carta — ela conseguiu se obrigar a escrever só uma vez — e ele nunca ligou para casa. Então o irmão não vai saber sobre as reuniões, sobre Pascal ir embora ou sobre Julian, sua maior — talvez única — conquista. Seu irmão nem vai se importar. Ainda assim, ela sabe que está ali no Café Crocodile por Raul.

Dentro, Franca assente para El Jefe, o chefe do lugar e pai de Lara. El Jefe não sorri com a boca, mas de algum ponto da testa. Franca se lembra de sua testa de todas as manhãs que vieram aqui, quando ela era pequena, quando o cabelo de El Jefe ainda era preto. Ela se lembra de correr em direção ao balcão com Raul, saltando nos banquinhos e implorando por limonadas a El Jefe.

— Estão no andar de baixo — diz El Jefe, sua voz tão distinta quanto a de um mordomo.

O código: bata três vezes, tussa uma. A porta do porão irá abrir apenas uma fenda, que é quando você deve dizer: *Jacobo*, a senha. Geralmente, todos eles sorriem para ela em silêncio, fazem sinal de zíper na boca enquanto a porta está aberta. Comumente, ela se senta na cadeira laranja mais perto da porta, tira suas anotações, começando com as transcrições. Mas agora algo está diferente. Algo está errado.

Ninguém está sentado e ninguém sorri. O porão está em rebuliço. Sergio enfia um amontoado de papéis em sua velha pasta de couro. Mateo, normalmente o mais calmo, cheio de piadas e imitações perfeitas dos generais, empurra pilhas de livros sob a cama, a bituca do cigarro ainda queimando caindo no carpete, brilhando alaranjada, depois morrendo. Lara, com sua bela trança cinza, arranca páginas do fichário onde eles mantêm o registro de todos os nomes — de gente que desapareceu, que estão registrando desde a primeira reunião. Agora são 9.032 nomes. E Wafa, sentada no sofá com as mãos na cabeça, está chorando.

Mateo, ofegante pelo peso da cama que está levantando, diz sem se virar em direção a Franca:

— Remo se foi.

Franca sente o fluxo sanguíneo se agitar pelo corpo. Ela sabe exatamente o que isso significa. Remo era marido de Wafa, e se sabem onde ele morava, sabem onde Wafa mora. Quer dizer que podem saber muito bem onde Wafa está agora mesmo, que está ali, o que significa que podem tê-la seguido, seis homens em roupas neutras, dirigindo bem lentamente na Calle Defensa, vendo Wafa se afastar enquanto entra no café. E podem ainda estar esperando lá fora, com as janelas de seus Ford Falcons baixadas, o sol refletindo nos óculos espelhados, os cigarros queimando os minutos que passam, os minutos antes que irrompam pelas grandes portas de vidro do Café Crocodile, encostem uma arma na cabeça de El Jefe até ele contar onde esses radicais de merda estão se escondendo, poupando El Jefe porque aqueles que eles querem estão no andar debaixo, descendo a escadaria em espiral, passando pela porta trancada do porão, que facilmente arrebentam com seus rifles, que vão usar para perfurar as costas desses radicais de merda enquanto os arrastam para seus baixos, grandes e pesados carros pretos.

Julian aparece na mente de Franca tão vívido como se estivesse no cômodo. Olhos grandes, mãos pequenas. Esperto demais para um menino de seis anos, esperto em demasia, desde nascença. Ainda ontem ele a questionou em sua vozinha minúscula:

— Mama, quando consertarem o governo, podemos visitar meu tio? — Esperto o suficiente para saber que o país estava quebrado; esperançoso o suficiente para achar que podia ser arrumado; astuto o suficiente para intuir o desejo secreto de sua mãe: partir para os Estados Unidos, encontrar Raul.

— Não é provável — disse ela, para não alimentar as esperanças dele. Ou eram dela?

Ela tenta se lembrar de que bolou um plano para isso. Julian está num amigo esta noite, na casa de Lars; ela deixou tudo exatamente dessa forma. O fato de que os pais de Lars, Sofie e Johan, são dinamarqueses e têm liberdade de ir e vir da Argentina ao bel-prazer não é um acaso. O maço de dólares que ela enfiou na mochila de Julian não foi acidental. Mas o fato de que exista um plano em si é o motivo pelo qual está preocupada. Pensa em Sofie e Johan: loiros, ríspidos, formais demais. Pensa no quão assustado Julian ficará se ela não voltar para pegá-lo, como ele não vai gostar se tiver de passar a noite na casa deles, que é tão fria e cheia de cantos. Ela de repente sente falta de Pascal. Se ao menos tivesse sido melhor para ele. Raul estava errado sobre ele, ela sabe, mas ela deixara a opinião dele ofuscar tudo, como sempre fazia, como ainda estava fazendo, aqui no porão cheio de radicais, cada um deles uma bomba-relógio. Olhe para onde escutar Raul a levou: seu único filho está sozinho numa casa estranha; seu único marido se foi. E Raul? Também se foi. Ele é o mais distante.

Franca tenta falar, fazer alguma pergunta ou dar alguma resposta, mas percebe que não pode; seu sistema nervoso todo se acumulou em sua boca. Sua claustrofobia se intensifica, um encolhimento arrastado da sala. Quando levanta o olhar é como se todo o porão tivesse se mexido de leve, como se as paredes estivessem na diagonal. Ela tem a mesma sensação de quando visita algum lugar em que esteve antes e a disposição das coisas parece ter mudado, mas ainda pode se lembrar da forma que habitava o espaço antes: um *déjà vu* pouco fiel.

Wafa solta um gemido.

— E quanto a Simon? — ela dispara, como se lembrasse. Franca imagina o filhinho de Wafa, Simon: apenas um ano mais velho do que Julian. De repente, tudo fica no ar. A fumaça do cigarro de Mateo está queimando os olhos. A mão de Franca afrouxa, o bolo cai no chão acarpetado com um baque. Todos — Sergio, Mateo, Lara, Wafa — param o que estão fazendo e olham para ela, deixando um silêncio denso como o bolo preencher o cômodo. Os olhos vidrados de pânico. Então Sergio, possuído de repente, faz algo tão estranho que Franca se pergunta se é uma alucinação. Ele pega o fichário de Lara, arranca uma das páginas, amassa e se ajoelha ao lado do prato caído de Franca. Então arranca o papel-alumínio, enfia-o num pedaço do bolo macio ainda quente e coloca a fatia na boca. Lara se ajoelha também, pega uma lista dos nomes, enfia no bolo, começa a mastigar. Então vem Mateo, depois Wafa. Eles engolem os nomes das pessoas que estão desaparecidas. Engolem o que pode fazê-los morrer.

Franca sente uma repentina onda de orgulho pelo bolo. Um bolo que vale algo, que vale o quanto pesa. Mas a sensação parte tão rapidamente quanto chegou, porque assim que Mateo está terminando a fatia, e já pegando outra, ela é tomada por dois arrependimentos distintos. Deixou o forno da padaria ligado. Deixou seu garotinho sem ninguém. E tudo o que pode fazer agora é se sentar aqui de joelhos, engolir e esperar pela batida na porta do porão.

PARTE UM

PARTE
UM

RETRATO DE MANHATTAN POR UM JOVEM RAPAZ

CORPO: um tronco rígido, flexionando um milhão de grupos musculares. Bairros conectados pelos táxis como sangue. Ombros troncudos e rígidos de Harlem, peitorais fortes do Upper East e West Sides, a espinha de Central Park e os pulmões bagunçados de Midtown. Vá mais para baixo e encontre o sacro pancreático, cercado por bile, logo abaixo de Union Square, e ainda mais longe estão os intestinos e a bexiga do Centro, tomados de mendigos, bebida, pequenos bolsos de claridade. E quanto aos parasitas que devoraram as tripas? Que devoraram o interior dos prédios mais temerosos do Centro? Olhe melhor. Ruas ventriculares, válvulas de hidrantes; bem abaixo daqui está o coração pulsante da cidade.

OUVIDOS: se você tivesse de descrever esta música, como o faria? A música de colocar os pés num concreto novo tão sujo, de prédios altivos, de olhar para cima, seguindo um pássaro fora do bosque de metal e através do portal do céu azul. Como você descreveria esta música, jovem homem desconhecido? Você precisaria de dezoito músicos, claro. Precisaria de uma expectativa crescente, vibrante. De um compositor genial, esperto o suficiente para capturar o que não deveria ser permitido não ser documentado: esta frequência de pura esperança irrestrita.

PÉS: "Parece estar fugindo", diz uma voz ouvida ao acaso, pulsando em ritmo de música de um clube noturno ainda não familiar. "O que faz?", diz outra voz. "Manhattan", diz a primeira voz, e o som da ilha soa como *uiiiiii*!.

MEMBROS: de cima, Manhattan é apenas um braço solitário, respingando e dobrando do grande corpo de Brooklyn. Até você estar dentro disso, não vê o apêndice vital, a mão que aperta o resto do mundo, o músculo onde tudo é feito.

BOCA: entre aí, a água está boa! A água não está boa, mas sempre há vinho. Há sempre um táxi quando você precisa, exceto quando parece que precisa. Há uma caralhada de tudo à venda. CACHORRO-QUENTE, CACHORRO-QUENTE, COCA-COLA, PRETZEL. Alguém está fazendo um projeto de dança no meio de Tompkins Square Park. Veja as bocas se transformarem em "Os" e seus corpos se tornarem "Ss". Entre aí, a água está boa! Isso é o que o segurança no Max diz, mas só quando você está na lista. Se não estiver, vá se foder. Os caras da banda usam gravatas fininhas e coturnos. Há um projeto de arte na calçada, na saída de incêndio do banheiro dos fundos. Alguém está rastejando por uma galeria, de quatro, gemendo. É um projeto. Alguém falando merda sobre Schnabel. É um projeto. Alguém balbuciando as palavras para aquela música que todos estão ouvindo: "Você é só uma garotinha pobre na casa de um homem rico, ooh, ooh, ooh, ooh!" Também é um projeto. "Entra", balbucia a boca azeda do segurança. Alguém está fazendo uma cena esta noite, e você está prestes a ser parte dela.

ROSTO: ninguém reconhece você aqui. Imediatamente quer que reconheçam.

NOSSO ANO

O apartamento de Winona George era exótico de uma forma que apenas um nova-iorquino poderia entender. Um nova-iorquino do centro. Em 1979. Isso é o que James Bennett comunicou à sua esposa, num cochicho marital, enquanto embarcavam numa noite dentro dos confins desse apartamento: a festa anual de *réveillon* de Winona George, a primeira vez que eles participavam. Era um velho prédio de escola? Marge queria saber. Um *convento*, James explicou. O chão dormente de um convento na cidade que não retinha nada de seus atributos convencionais, notadamente a humildade, espaço sobrando ou tranquilidade. Winona havia transformado por completo o espaço não tradicional da maneira que tantos moradores abastados do Centro tinham feito, ao mesmo tempo explodindo com boemia (tapetes da Fez, lanternas, conchas cheias de cera de vela) e cortando isso com um luxo clássico (havia um lustre em cada cômodo). Era algo velho que tinha ficado novo, tornado velho de novo, o que então o tornava novo novamente. O efeito era encantador quando não confuso.

James e Marge chegaram lá bem tarde, e havia apenas uma hora mais ou menos antes de chegar 1980. Era o tipo de festa que geralmente evitavam. Marge achava que eles não *pertenciam* a esse tipo de lugar — devido a fatores como a renda familiar bruta baixa e opções familiares de guarda-roupa brutas (o outro tipo de bruta).

(O terno branco de James, Marge não havia esquecido de dizer antes de partirem, ainda tinha aquela mancha preta nas costas, de quando ele sentara numa mancha da tinta de Lawrence Weiner enquanto o observava gravar num muro branco: APRENDA A LER ARTE.) James concordou, mas por outros motivos, o principal sendo uma inevitável hiperestimulação. Seria estimulante demais para todos, James imaginou, como lugares com riqueza, arte e álcool em excesso geralmente são, mas era *especialmente* estimulante para James, cuja mente cintilava com cores quase psicóticas e sons logo ao entrar em lugares assim.

Antes de tudo havia o roxo, que era a cor do dinheiro — não notas de um dólar e trocados, mas grana *preta*, e as pessoas que a possuíam. Mansões eram roxas, e carros caros e torres feitas de vidro que refletiam o sol do Hudson. Certos cortes de cabelo eram roxos, e certos nomes. Yvonne. Chip. Qualquer coisa precedendo Kennedy. Winona George em si estava na família da lavanda; sua coleção pessoal de arte incluía um pináculo de Gaudí que misteriosamente havia sido adquirido junto à própria Sagrada Família, e não apenas um, mas *dois* De Kooning.

James podia sentir a presença de Winona quase imediatamente; ele a via em praticamente toda vernissage a que ia, conhecia bem a cor e o cheiro dela, apesar de raramente lidar com ela face a face; ela sempre parecia tão ocupada. Agora, ela voava ao redor do cômodo de mogno em seu vestido de seda preto como uma ave aquática, cobrindo tudo e todos com tagarelices graciosas sobre arte e risadas lilases. A tagarelice em si — carregada com alegorias intelectuais, pesada com nomes importantes, pingando referências que apenas um público como esse poderia entender (*Fluxus, metarrealismo, instalação*) — afetava James de uma forma corporal, com a sensação física de que estava sendo borrifado no rosto com uma mangueira de jardim. As pinturas e esculturas que preenchiam a casa de Winona, cada uma com seu sabor ou cheiro intenso, flutuavam até ele de todas as direções; uma cor vermelha reconfortante, mas poderosa, estava sendo emitida de sua esposa; e havia a questão do coro irritante de violinos: dentes puxando aperitivos de minúsculos palitos de dente.

Era de fato excessivo, mas esta noite James estava escolhendo se permitir isso. Hoje, recebera duas boas notícias: fora convidado a dar uma importante palestra — na universidade em que estudou, Columbia, sobre a importância da metáfora na escrita de arte — e que, enfiado debaixo do vestido borgonha de sua esposa e da pele estendida como uma fruta madura, estava um humano real, vivo, com um coração real, pulsante. Ambas as coisas — o reconhecimento da instituição que havia dado forma à sua vida, junto da confirmação por um ultrassom de dezesseis semanas que ele estava de fato prestes a dar forma a *outra* vida — eram motivos para celebrar. Eles finalmente tinham passado daquele ponto precário de não ser capaz de contar a ninguém sobre o bebê, então por que não? Por que não contar ao mundo, e celebrar com eles? Não havia forma de saber que aquela seria a última comemoração que fariam por um longo tempo, que aquelas horas, suspensas como um pacote de felicidade pouco antes dessa felicidade se dissolver, iriam marcar aquela noite com um X por anos a fio: a noite logo antes da manhã em que tudo iria mudar.

Mas por enquanto, na sala de estar de tapetes marroquinos de Winona George morosamente iluminada, James e Marge estavam felizes. E quando Winona se aproximou, em vez de recuar como teria feito em outra noite menos extravagante, James estava armado de confiança e carisma.

— Conheça minha esposa! — ele gritou orgulhosamente, um pouco orgulhoso demais, sabia, porque sempre teve problema em calibrar o decibel apropriado no qual falar nas festas. — E nosso moleque! — ele disse enquanto tocava a barriga que mal se notava. — Conheça nosso moleque! Estamos contando a novidade hoje.

— Ah, que *amor* — disse Winona, fazendo biquinho de lábios roxos. Tinha aquele tipo de cabelo, popular naquele ano, uma cortina revelando apenas o primeiro ato de seu rosto: um nariz de rainha, olhos de cores confusas (*violeta?*), maçãs do rosto matadoras. — E de quanto tempo está?

— Hoje completa dezesseis semanas — Marge respondeu. E James adorou a forma como disse, já lidando com a compreensão de tempo de uma nova mãe, em que semanas eram apenas a medida do tempo que contava, com raios vermelhos saindo de seus olhos como lindos lasers.

— Bem, parabéns a vocês dois. Vocês têm muita sorte e seu filho também terá! Pelo que posso ver, e *sou* meio clarividente, sabe, vocês vão ser pais maravilhosos. E acham que vamos ter um artista?

— Não desejo isso para ele. — Marge riu. — Bem, ele ou ela.

Winona riu com falsidade e tocou o ombro de Marge.

— Oh! — ela exclamou. — Quase me esqueci. A tradição é que se eu falar sobre o conteúdo de qualquer obra diante de vocês, então é essa sua pintura para o ano. Bem, não *sua* pintura, não vou *dar* a vocês! Mas meio como sua pintura *espiritual*, entende? Você leva consigo pelo ano. Vocês, queridos, têm o Frank Stella. E, vejam, Stella fez tudo ao contrário. Ele começou abstrato quando ninguém estava sendo abstrato! E quando todos começaram a ficar abstratos, ele ficou exuberante, temperamental e majestoso. Então essa é a indicação de sabedoria de Winona para 1980: façam o contrário! Contra a maré! Façam as coisas da forma errada! — Ela riu como um belo cavalo.

— Não vai ser difícil para mim — James afirmou com uma risadinha desajeitada. Ele pensou em como chegou lá ou em qualquer lugar: sempre havia feito tudo errado, e foi só por acaso que se tornou algo certo.

— Ah, cale a boca! — Winona praticamente gritou. — Seu nome está na ponta da língua de todo mundo! Seus artigos estão na primeira página da seção de artes! Seu cérebro é, bem, não sei que diabos seu cérebro é, mas com certeza é algo. E sua coleção! Deus sabe o quanto quero botar minhas patinhas nela desde que eu estava coberta de placenta! Você está *com tudo*, James. E sabe disso.

James e Marge riram com Winona até ela ser puxada para longe por uma mulher num vestido bem bufante.

— É quase hora da contagem regressiva! — a mulher berrou.

Winona olhou de volta para James e Marge e falou:

— Preparem-se para a primeira terça do ano! — Comentou com sua amiga bufante: — Sempre achei as terças tão *charmosas*, não é? Faço tudo nas terças — sua voz se afastando —, tomo meus banhos na terça, faço minhas exposições... que *encantador* que o primeiro dia da década caia... — Seu monólogo ficou fora de alcance. E ela mergulhou de volta para baixo da superfície da festa como se estivessem num lago. No relativo silêncio de sua saída, James encontrou um pequeno parêntese de tempo para pesquisar em sua Lista Corrida de Preocupações.

Na Lista Corrida de Preocupações de James: comida de bebê... cheiraria mal?; o Claes Oldenburg na lareira de Winona (tinha espaço suficiente para respirar? Porque estava fazendo a garganta se fechar um pouco); a ruga, na forma de nariz de bruxa na bainha da calça, apesar de passada a ferro por Marge; o estado do seu terno (estaria desbotado?); sua filha, se fosse menina, iria empurrar um homem contra as pilhas da biblioteca e beijá-lo, como Marge havia feito com ele, e tão jovem? Seu filho, se fosse menino, teria um pênis pequeno? *Ele* tinha um pênis pequeno? E o que Winona havia dito um momento atrás? *Você está com tudo, James.* Mas o que aconteceria se perdesse tudo?

Era verdade, ele sabia que seu cérebro — um cérebro no qual uma palavra era transformada em cor, onde uma imagem era manufaturada em sensação corporal, onde calda de maçã tinha gosto de tristeza e o inverno era azul — era a razão pela qual ele estava na primeira página de qualquer coisa, nos lábios de todos, em qualquer festa como essa. Sua *sinestesia*, como finalmente haviam diagnosticado quando ele tinha dezesseis anos — velho demais e já com a infância fodida —, havia destravado uma chave para um mundo de arte ao qual ele nunca teria acesso de outro modo. Mas a forma como Winona disse isso o fez pensar e, por meio do humor alegre dele, sentiu a Lista Corrida de Preocupações ganhar velocidade suficiente para saltar a cerca no Trilho Existencialista, onde as mais profundas preocupações — que vinham desde o passado — corriam em um tipo de revezamento, passando o bastão através da corrida da vida de James, pousando-o *aqui*, entre todos os lugares.

SETE PASSOS PARA A SINESTESIA

UM: MÃE/LARANJA

James nasceu *diferente*. Ou pelo menos foi como o chamaram, médicos e enfermeiras, quando ele saiu molenga e menor do que a média, em 17 de novembro de 1946, num hospital de teto baixo em Scranton, Pensilvânia, numa manhã marcada por uma garoa teimosa. Certa ansiedade havia sido incutida nele — chorava mais do que qualquer bebê na ala da maternidade, como se já tivesse algo a dizer. Seus pais, um banqueiro desconfiado (James pai, que dormia com os olhos abertos) e uma dona de casa preguiçosa (Sandy Bennett, outrora Sandy Woods, nativa do Sul, amava piña colada e se especializou em fazer seu filho se sentir tão diferente quanto diziam que ele era, e não de uma forma boa) não o compreenderam desde o início. Suas características do começo da infância — seriedade, tenacidade, ansiedade ao redor da comida, uma risada esganiçada ainda que sincera — faziam com que muitos não o compreendessem também. Ele não falou até os quatro anos de idade, e, quando falou, foi em frases existenciais completas.

— Quantos anos a gente tem quando morre? — Foi a primeira pergunta que ele fez à mãe, que bateu nele com um mata-moscas cor de pêssego, olhando-o, incrédula.

— Tirando onda com a minha cara?

— Não — James respondeu, já computando a próxima pergunta na mente, que foi: — Por que eu nasci?

James era mais baixo do que a média, tinha orelhas grandes, era ávido por liderar um grupo, rápido para trocar a turma para estudar algo mais interessante do que outros seres humanos: uma lagarta, um cubo de gelo derretendo, um livro. Quando tinha oito anos, descobriu um poder secreto: prendeu o dedo na porta de tela e gritou a palavra *mãe*, e sentiu distintamente o cheiro de laranjas. Sua mãe estava ocupada, pintando as unhas do pé com o mesmo tom de rosa do porta-remédio dela, então ele se sentou nos degraus da frente da casa a tarde toda dizendo *mãe, mãe, mãe* e respirando profundamente pelo nariz, esperando o toque de aroma cítrico.

DOIS: BEGE/CONDENAÇÃO

Logo depois veio a noção de que os poderes secretos — os cheiros que ele sentia, as cores que via — não eram "normais". Essa percepção veio para ele não como uma surpresa, mas como um lento e constante acúmulo de pequenos incidentes que o faziam se sentir louco: Georgie o chamou de pamonha quando ele respondeu uma equação de matemática com a palavra *bege*; a srta. Moose, sua professora exacerbadamente otimista da terceira série, fez notas nas margens de seu dever de casa: "Inventivo! Mas ainda incorreto!"; sua mãe começou a forçá-lo a beber pó de giz, que ela misturava em copos d'água; segundo o pediatra isso iria *normalizar o filho*. Na tenra idade de dez anos, James sentia que não era nem um pouco normal, nada mesmo. Pais e professores viam sua condição como estranheza ou mentira; ele foi taxado de ter uma "imaginação vívida" ou "tendência a exagerar", e mandado duas vezes aos psicólogos da escola por causa de algo que escreveu numa lição ou que disse em aula.

— Seu menino diz que está vendo cores — ele escutou um professor contar a seus pais quando o buscaram um dia. — E... hoje ele disse que sentia fogos de artifício atrás dos olhos.

Era um problema com sua visão? Estava buscando atenção? O que quer que fosse, o senhor e a senhora Bennett não estavam felizes.

— Chega dessa asneira — seu pai disse no carro voltando para casa.

James apenas olhou pela janela, longe do cinza raivoso das palavras do pai. Ele seria surrado à noite, sabia, uma série de várias surras intensas, provavelmente, mas não podia evitar o que sentiu aquele dia na sala. Os números o fizeram se sentir mal... a forma como a srta. Ryder os havia colorido estava errada. O nove era azul! Dez era azul-escuro! E ela pintara de rosa e vermelho. A srta. Ryder, seu pai, todos os moleques remelentos da escola — todos, incluindo ele — sabiam que ele estava condenado.

TRÊS: AZUL/GRAÇA
O Ensino Médio foi o começo de seu período azul. James era só acne, orelhas e equações ao quadrado. Ao atravessar as portas da Old Forge High, todo seu foco de visão era tomado por um pálido azul pavoroso. A lousa verde era azul; o cabelo dos outros moleques era azul; a grama onde as líderes de torcida treinavam era azul. Isso o deixava incrivelmente deprimido e o tornava uma pessoa difícil de se relacionar; os outros moleques, ele sabia, viam a escola como um novo e empolgante arco-íris. Quando, do nada, Rachel Renolds, que generosamente aceitou ser rainha do baile de formatura, o chamou no corredor para ver se ele queria fazer parte dos Fracassados Literários, o clube que ela estava começando para que pudesse ter algo para colocar em suas inscrições de faculdade, e James, chocado, assentiu com entusiasmo, a conversa seguinte foi algo assim:

> Rachel — Hahahahahahaha!
> James — Quê?
> Rachel — Acha *mesmo* que há um clube chamado Fracassados Literários?
> James — Não vejo por que não.
> Rachel — Hahahahaha! Essa é a *questão*. Você *é* um fracassado, então *claro* que é real.
> James — Seu cabelo.
> Rachel — Que tem meu cabelo?
> James — É ciano.
> Rachel — Que *diabos* está falando, sua aberração?
> James — É um tipo de azul.
> Rachel — Você é simplesmente o *Pior. Nerd. Da. Escola.*

A graça da história? Grace. Uma garota com longo cabelo escuro sedoso, ouvindo essa conversa terrível, puxou James para longe e o escondeu atrás do escudo da porta do seu armário.

— Rachel é só uma bocetinha sem graça — ela afirmou, surpreendendo James ao ponto de ele ficar sem fôlego com cada uma dessas palavras. *Sem graça* significava que Grace tinha um cérebro, e *bocetinha* significava que tinha uma vantagem, duas coisas que James desejou imediatamente. Mesmo sendo popular, Grace almoçou com ele na área das pessoas de óculos e suspensórios naquele dia, e, pelo resto do ano, mantiveram aquele tipo de amizade ambígua em que o amor não correspondido do homem pela mulher era ao mesmo tempo descarado e desimportante; tudo o que importava era que estavam *juntos*. E pelo pai de Grace ser um professor da faculdade, e porque ela pediu para ele ir junto quando seu pai a deixou se sentar em uma das aulas noturnas (Introdução à Composição na U Penn), James descobriu a faculdade.

Mais do que o assunto em si (estavam fazendo uma lição sobre análise visual, durante a qual o professor pediu para que a classe "tivesse uma discussão intelectual com uma imagem") era a *sensação* daquela classe que cativava James — a sensação majestosa e cor borgonha da sala, os globos redondos fora das janelas que iluminavam os corredores para os dormitórios, os livros que os alunos espalhavam dedicadamente nas mesas. Na saída, naquela noite no banco de trás do carro liso e preto do pai de Grace, James sentiu uma nova esperança.

— Eu amei — ele cochichou para Grace no banco de trás do carro.

— Eu sei — rebateu, e o beijou na ponta do nariz.

Havia um lugar para ele nesta terra, ele soube então. Onde aprender era imperativo e pontos de vista estranhos eram encorajados; um lugar em que o valor de alguém era medido por suas ideias e não por sua altura (ou tamanho das orelhas); onde os pais não se enfadavam no ócio, bebendo até se agredir; banhos e refeições eram comunitários; mulheres morenas usavam cabelos curtos; bons garotos tornavam-se grandes homens; luzes douradas iluminavam caminhos para a verdade; a aceitação acontecia antes mesmo de você chegar...

Esse lugar era a faculdade.

QUATRO: SEXO/GENIALIDADE

Na faculdade, James descobriu arte e sexo. No seu primeiro semestre em Columbia, enquanto esperava na fila por uma massa esturricada na cantina dos alunos, avistou uma garota cujo cabelo vermelho fez sua bexiga se atiçar da forma como os olhos verdes de Grace tinham feito, e cujo rosto — talvez devido à ruga tensa na testa — parecia o mais inteligente que já vira. Envergonhado demais para falar com ela enquanto comia o talharim borrachudo, esperou até terminarem o almoço e a seguiu para o pátio, então o atravessou, depois entrou em um salão escuro de palestras.

A sala estava repleta de alunos de uma leva diferente da dos que o acompanhavam nas aulas que *frequentava*, já que ele estudava História e isso — descobriu enquanto uma vibrante amostra de slides irrompia do projetor para a parede da frente da sala — era uma aula de *Artes*. Uma *graduação* em Artes, descobriu pelo cabeçalho no folheto distribuído, intitulado *Nostalgia, de Marc Chagall*. Enquanto as coloridas imagens *nostálgicas* passavam na parede dos fundos, James sentiu o mesmo formigamento na virilha de um alongamento; Chagall o deixara excitado. A ruiva, que estupidamente escolhera se sentar a seu lado, riu ao ver a barraca armada quando as luzes se acenderam. Mas, para a sua surpresa, pegou a mão dele e o conduziu de volta pelo ar da noite para o dormitório dela, onde abaixou a calça dele e terminou o serviço. Depois dessa experiência gloriosa completamente nova, James notou que a colega de quarto dela estava presente, ouvindo seu primeiro gemido provocado por uma mulher, quando ele finalmente gozou.

Nunca mais viu aquela universitária ruiva, mas viu Chagall, nas aulas de Artes em que se matriculou a cada semestre depois. Finalmente, seu orientador disse que ele teria de trocar de especialização se quisesse continuar evitando as disciplinas obrigatórias de História, então fez isso — para História da Arte — e nunca olhou para trás. Num curso intitulado "Paradoxo: Incorporando o Paradigma Pós-moderno", ele descobriu os urinóis de Duchamp, misteriosos *happenings*, e a arte como uma essência em vez de um objeto. Nos quatro minutos e trinta segundos de silêncio de John Cage, tocados durante o seminário por um animado professor com cabelo einsteniano, James viu a mesma luz manchada que via quando escutava música clássica e provou voluntariamente pimenta-preta, o que o fez espirrar. Aqui estavam, pensou enquanto se sentava na brilhante sala silenciosa, as colisões que aconteceram em seu próprio cérebro, irrompendo diante dele como explosões.

Ele ligou para Grace de seu dormitório.

— Descobri o que preciso fazer! — soltou, incapaz de conter a empolgação.

—E o que é, querido James? — Grace perguntou. Ela havia adquirido um tom maternal desde que se separaram depois do colégio, e tendia a usar palavras como *querido* e *amado*.

— Preciso fazer *arte* — James respondeu, a mente voando.

Grace sorria do outro lado do telefone. James podia ouvir.

Ele explicou para Grace o que havia descoberto na "Pintura 2B", que Kandinsky tinha sinestesia, e, como descobriu em "Inglês 1A", Nabokov tinha o mesmo — podia ver cores em letras como James fazia! — e eram gênios da metáfora, da cor e das ideias!

— Você vai ser ótimo — Grace afirmou, e James pensou: *Grace nunca erra.*

Tão revigorado pela possibilidade de ser ou se tornar um gênio, James então mergulhou na arte como se fosse o lago azul da letra *O*, quase sem voltar para buscar ar.

CINCO: ARTE RUIM/BEIJO BOM

Apesar da paixão fervente e dedicação excessiva, James não conseguia fazer uma arte boa. Não conseguia recriar o que acontecia em sua mente; suas pinturas eram confusas, as esculturas não faziam sentido e os professores não entendiam por que ele estava lá. Mas James não precisava da opinião deles para saber: a arte não estava dentro dele. Ele adorava *olhar* para a arte; *pensar sobre* arte. Mas o amor não saía pelas suas mãos — ficava em sua mente.

Esse amor por pensar era confuso, e James não sabia bem o que fazer com isso, pois vinha de uma família onde pensar era considerado desnecessário: o pai certa vez batera nele quando perguntou sobre *A glória de um covarde* na mesa de jantar, e as únicas conversas de sua mãe aconteciam com os personagens que via na televisão — *Não case com ele, Marcy! Não faça isso!* —; nesse contexto, a ideia de pensar por pensar era difícil de ser considerada. Ele mantinha diários épicos, transbordando pensamentos das pequenas páginas quadradas, mas parecia estar desaparecendo num abismo — queria que alguém o entendesse, queria comunicar o que sentia e via para *outra pessoa*. Para muitas outras pessoas, talvez. Com o mundo, talvez, que gritava para ele com suas cores, seus sentimentos e sua dor.

Não foi até o segundo ano, quando anotou um desvario sobre a exposição de uma aluna de cujos desenhos não gostou nada (eram rígidos como madeira, argumentou, mas fracos o suficiente para serem partidos ao meio com um golpe de caratê), e a resenha foi parcialmente descoberta (tá, ele deixou na caixa de correio do editor) e publicada no *Columbia Daily Spectator* sob o instigante título de "Placa Dura"; ele descobriu que podia escrever, e bem o suficiente para receber uma coluna no jornal da escola. Mas só depois que Marge Hollister, a artista cujo trabalho criticou de forma bruta, se aproximou dele na biblioteca, empurrou-o contra uma pilha de livros e lhe deu um beijo violento porque ele "a havia feito repensar *tudo* sobre *tudo*" que James percebeu que descobrira sua vocação, e trocou de habilitação novamente, desta vez para Jornalismo.

— Você é um escritor estranho — disse a ele o primeiro professor de Jornalismo. — Mas a estranheza pode influenciá-lo.

Depois que se conheceram, Marge Hollister começou a fazer um novo tipo de arte (cortando anúncios de revistas femininas e desenhando em cima deles), desaprovado pelos professores, mas parecendo muito mais verdadeiro para James, e ele percebeu que o professor poderia estar certo, talvez ele pudesse influenciar a forma como a arte era pensada e desenvolvida, a construção de coisas com meras *palavras*. E quando ele trepou com Marge Hollister nas pilhas de livros da biblioteca (o terceiro encontro sexual de sua vida, se contasse a vez em que Grace havia tocado as *partes* dele no banco de trás do carro do pai), se apaixonou por ela com intensidade (como *não* aconteceria, se o vermelho dela era tão poderoso?). James percebeu que a vida não estava no papel como na sua mente, e nunca estaria. Pensou na citação triste, mas ainda relevante, de Flaubert: "Alguém se torna crítico quando não pode ser um artista, assim como um homem se torna um delator quando não pode ser um soldado." Talvez ele *fosse* um delator. Ótimo! Nasceu para ser um crítico, não um artista. Nasceu para estar com Marge Hollister, criadora de colagens estranhas e amor impulsivo. Ele nasceu para transformar as coisas que de fato queria nas que queria apenas após tê-las, assim como nasceu para sentir uma coisa quando olhava para outra.

SEIS: MORANGO SILVESTRE/AMOR
Inicialmente, ficara nervoso em contar a Marge sobre sua condição, assustado, achando que ele pudesse estragar tudo, e nunca teria a oportunidade de repetir o que haviam feito na região embolorada de Religiões Orientais da biblioteca. Fora idiota o suficiente para confessar a Susie Lovett, a quem ele havia amado de longe durante a escola, que ela cheirava a pipoca amanteigada, e apesar de tentar explicar que ela não *cheirava de fato a pipoca amanteigada*, que só *parecia* com a forma como pipoca amanteigada cheirava, o que era uma *coisa boa*, ela se recusou a falar com ele depois disso e começou a usar muito do perfume da mãe dela, o que quase, se não totalmente, diminuiu a manteiguice que ele cobiçava. Mas a barra suja da longa saia de Marge e a forma fácil como ria o fizeram pensar que talvez ela

pudesse ser diferente. Que pudesse compreender. E se ela *entendesse*, poderia ainda *gostar* quando ele disse que fazer sexo com ela era como comer um morango silvestre. Que ela era vermelha, suculenta, cheia de sementinhas e que, quando terminava, ainda podia sentir a doçura por horas.

— Transar com você é igual a comer um morango silvestre — confessou enquanto caminhavam pelo campus para um prédio em que ela estudava "Introdução à História da Arte" e ele, um curso chamado "Introdução ao Conhecimento", atualmente tratando de "questões de qualidade relativa" na arte moderna. E, talvez porque morangos silvestres eram muito menos condimentados e uma metáfora muito mais sensual para o amor do que pipoca amanteigada, ou talvez porque ela realmente *entendesse*, aceitou o estranho comentário com sua bela risada rouca, que era tão vermelha, suculenta e doce quanto seu sexo.

— Você parece uma banana — ela disse com outra grande risada.

James perdeu o fôlego, buscou-o novamente, então tropeçou num degrau de uma calçada irregular. E por ela ter rido, afastando a falta de jeito dele, e o beijado quando voltaram para as aulas, a vermelhidão permaneceu por todo o "Conhecimento", fazendo-o se sentir, pela primeira vez, um conhecedor de *mulheres*. E quando o professor, um estúpido vestido de lã que usava uma aliança dourada na forma de uma orelha (a orelha de sua esposa, ele mais tarde divulgou para a classe com a ajuda de um gole de Bourbon), palestrou sobre as formas de diferenciar uma obra original de uma falsificação, James sentiu-se vermelho e robusto, sabendo que havia encontrado uma original, que sua Marge possuía todas as qualidades de algo real, e que o que ele estava vivenciando era o autêntico e persistente desabrochar do *amor verdadeiro*.

Naquele primeiro verão, James e Marge fizeram aquilo que novos namorados fazem: sequestraram-se da sociedade de maneira a se deleitarem nos globos oculares, lóbulos da orelha, regiões baixas, pelos do braço, cheiro das axilas, dedos dos pés, rótulas do joelho e lábios. Por nenhum deles ter nenhuma fonte de renda, por assim dizer, e ambos terem contratos encerrados de aluguel, mudaram-se para um minúsculo apartamento que custava praticamente nada — bem, bem longe da área residencial da cidade — com uma pia que também era uma banheira. Fizeram mais sexo do que James sonhara ser possível. Conversavam por horas a noite toda, bebericando cerveja ou fumando baseados que Marge enrolava ou, às vezes, lendo lado a lado e repetindo o que quer que tivessem lido para o outro, para que ambos soubessem as mesmas coisas.

Com frequência, ele explicava para Marge as sensações que sentia ou as cores que via a qualquer momento.

— Conhece Gordon? De "Filosofia 2"? Só de olhar para ele sinto gosto de suor.

— Suor? — Marge perguntou, rindo. — Tipo, suor humano?

— Suor humano — James repetiu.

— E como, meu amor, você pode saber como é o gosto de suor humano?

— Porque sinto o gosto sempre que olho para o professor Gordon.

Marge gargalhou.

— Você é oficialmente pinel — ela disse. — Agora me conte outra.

James contou como o apartamento deles, estar lá dentro com ela, parecia com uma ostra escorregadia em sua garganta, e como a amiga de Marge, Delilah, com quem eles comiam lentilhas uma vez por semana no prédio comunitário de arenito em que ela vivia, do outro lado do campus, colocava na mente dele a palavra *cervo*. Entendesse ou não, Marge escutou tranquilamente e com interesse, dizendo sempre: "Mais uma. Conte-me mais."

Marge, por sua vez, contou a James histórias complicadas sobre o colégio interno só para meninas que ela frequentara em Connecticut, onde sempre arrumava encrenca. Poetizava sobre os cigarros que furtara, os livros adultos que comprara na salinha dos fundos da livraria local e que circulavam pelos dormitórios, quando fugiram para o colégio só para meninos a oito quilômetros de distância e foram pegas no caminho de volta, perto das quatro da manhã. Como castigo, foi obrigada a recitar Shakespeare por três horas sem parar, mas quando terminou, ela continuou, só para irritar as professoras.

— Muito barulho por nada — disse casualmente quando finalmente terminou, e voltou faceira para o dormitório, incólume. A dicotomia entre seu espírito de rebeldia e o tradicionalismo burguês de raízes profundas foi o que deixou James completamente interessado em Marge, só porque seu próprio conflito entre educação e natureza era tão contraditório. Marge vinha do tipo de família que jogava tênis, colocava placas de campanha em casa para qualquer candidato republicano da eleição, mas ela teve de lidar com o divórcio das filosofias mais terríveis deles durante o colégio interno e se tornou liberal em todos os sentidos, incorporando a paixão do pai pelas artes, mas certamente não pela política; a afinidade da mãe por saiote de cama, mas não por sutiãs (naquela época, Marge frequentemente ficava *sans lingerie*). James, que foi criado à base de estrogonofe e sopa, que sabe-se lá como vinham de uma caixa, foi cativado e intrigado de maneiras sutis nas quais a infância de Connecticut de Marge escapava dela em certos momentos: quando rolava um jogo, ela torcia mais alto do que qualquer um; no mercado, onde não comprava certas marcas mais vagabundas a favor de comidas luxuosas francesas — salada *niçoise, coq au vin* — que se podem encontrar no cardápio de um country club.

— Gente que não usa manteiga me deprime — ela dizia. Ou: — Eu não quero *pensar* em patê, mas quero *comer*, constantemente. — Tinha a dedicação de colégio interno; frequentemente estudava até as quatro ou cinco da manhã, depois iam a uma festa no campus, onde ela se deitava numa cadeira de palha, fumava maconha e dizia: — James, é assim que deve ser. Exatamente assim, e sempre. — Naquela época, não havia problema algum em ser pobre. Viviam de ovos fritos, feijão em lata e, por acharem romântico, se empanturravam do que simbolizava o novo amor deles: morangos silvestres. Caminhavam mais de um quilômetro para encher baldes de um riacho que só eles conheciam, enfiado entre o rio e a Cross Bronx Expressway. A hora do dia era de um laranja-claro, o ar era diesel e gerânio, e ela era vermelha, sempre vermelha, ao lado dele. Seu cabelo, naquele primeiro verão, ficava numa trança tão longa que atingia o fim das costas quando andava.

Nessas caminhadas, pela primeira vez na vida, James sentiu uma verdadeira aceitação. A vida toda esperando por isso, essa cor cádmio perfeita do sentimento de afirmação. Após uma vida sendo incompreendido, ali estava, no primeiro plano da vida de alguém. Os olhos de Marge falavam de infinidade. Ela era real e morena. Vermelha e vigorosa. Ele dava a ela uma rosa rosada, um picolé, desenhava um retrato e o deixava na mesa da cozinha. Quando se soletrava o nome dela, as cores eram M (fúcsia), A (vermelho puro), R (laranja), G (verde-floresta) E (o amarelo mais vivo). Quando diziam *boa noite*, não significava *adeus*. Quando despertava ao seu lado, dizia o nome dela e se iluminava.

— Por que motivo você me escolheria? — James frequentemente perguntava quando se deitavam. — Entre todos os homens no mundo?

— Porque você é esquisitão — dizia, colocando o dedo no queixo ou nos lábios dele. — E eu adoro um bom esquisitão.

O verão se tornou outono e os morangos acabaram; eles arrumaram um quitandeiro do outro lado da rua que usava luvas e vendia apenas pequenas tangerinas, fáceis de descascar. Tinham só mais um ano na universidade, e sabiam que não seria suficiente; queriam ficar na bolha da arte, do aprendizado e de um e do outro pelo máximo de tempo possível. Além disso, não sabiam o que fariam depois; a realidade parecia surreal e intimidante, algo que eles iriam protelar até serem obrigados a sucumbir.

— Talvez só mais um pouquinho? — Marge diria.

— O que são mais alguns empréstimos? — James concordava.

Eles se inscreveram em programas de extensão — Marge, em Belas-Artes e James, em Estudos Críticos e Curatoriais — e juntos foram aceitos. Marge começou a fazer belos desenhos estranhos usando uma mistura de recortes de árvores e de revista; ela chamava a série de "Seleção Natural". James ficou apaixonado por um curso sobre artistas exilados do final dos anos 1700, especificamente pela arte de Francisco de Goya. James imediatamente associou Goya com as pinturas azuis de Picasso — não pelo conteúdo, mas pela cor que estava em seu âmago, e pelo som, que em ambos os casos eram uma batida robusta e frequente. Seu artigo comparando os dois pintores, que só Marge poderia tê-lo convencido (com uma série de beijos que iam do pescoço à pélvis) de que era válido, perfeito e pronto para ser enviado, foi publicado na revista relativamente nova e já relevante *Art Forum*, uma conquista inesperada que deu a James colossais vinte e cinco dólares e um flash laranja de confiança tão forte que o fez querer fazer algo ultrajante.

SETE: THE VILLAGE/ VOICE

Se não ultrajante, a proposta era ao menos excêntrica. James não havia pensado nem de forma remota no assunto. Havia ocorrido naquele momento mesmo, no meio da rua, em uma noite bem quente no verão de 1970, a caminho de um bar da faculdade onde havia atipicamente tomado doses de tequila com alguns amigos artistas da Marge, que ela poderia ter interesse em se casar com ele. Ou que ele tivesse interesse em se casar com ela — a coisa toda parecia em geral arcaica e conservadora, e, num nível intelectual, não era para eles. Mas o que há de intelectual em amar alguém? Aqui estava essa mulher, vermelha e incrivelmente bela, caminhando ao lado dele com toda a pele rosada, pensamentos interessantes e o cérebro em que ele queria morar; e ali estava ele, bem mais tolo do que ela, provavelmente sem merecer, caminhando como um bobo, e ainda assim ela o amava, ela o desejava, ele estava meio bêbado e a Lua estava no céu. Não havia outro jeito, nada tão grande quanto isso, para mostrar a ela como a amava de forma tão completa, quão *gardênia* essa noite parecia, quão *morango silvestre* ele queria que ela se sentisse. Não havia mais nada que parecesse tão urgente e certo no momento. Então ele se ajoelhou na frente dela, numa poça de luz do poste.

— O que está fazendo, James? — Marge perguntou com um riso nervoso.

Ele acenou; se sentia bêbado de felicidade e tequila, tonto por ambos, e sua visão tinha um enxame de vermelho. De repente, não conseguia imaginar o que dizer; o coração apertou e parou.

— James?

— Marge! — ele conseguiu dizer.

— Jaaaammmeess...

— Tenho algo para perguntar! — praticamente berrou, o joelho molhado do concreto úmido. Prestes a vomitar.

— Sim?

— Eu pensava se você... — O fundo da garganta seco. Tontura na cabeça. *Seja normal. Peça Marge em casamento como uma pessoa normal.*

— Sim, James?

— Ficaria assim para sempre — ele bufou, pensando que o pior terminara. Levantou-se e a abraçou, caindo um pouco sobre ela.

— Você está bêbado! — ela constatou.

— Da sua cor! — disse, colocando a mão no rosto dela. — Estou bêbado da sua cor porque você é da cor de vinho rosé!

Ela o apoiou com o ombro firme.

— Sabe que quando trabalhei no Canary eles nos faziam misturar vinho tinto e branco se alguém pedisse rosé? — ela disse.

— Casa comigo — James sussurrou.

As bochechas de Marge afundaram.

Eles buscaram os rostos um do outro sob as luzes dos prédios e a sombra das árvores e as luzes das estrelas e a sombra da noite.

James agarrou o rosto de Marge com as mãos.

— Vamos — disse, agora desesperado.

Marge deixou um sorriso entrar em seu amplo rosto chocado.

— Casa comigo! — James gritou, balançando os ombros dela. — Vamos!

Os olhos de Marge se encheram de lágrimas e ela deixou escapar outra enorme risada da garganta.

— Você está... está brincando?

— Por acaso estou rindo?

Marge riu mais, e começou a chorar também.

— Você está rindo, James.

— É porque é engraçado! Estou pedindo para você casar comigo! Comigo! Pedindo a você! Case comigo! É absurdo! Sou absurdo e você é maravilhosa! E aqui estou pedindo a você...

— Sim — ela o interrompeu, beijando-o com sua boca salgada. — Minha resposta é sim, seu esquisitão.

Isso sim era uma promessa. Uma promessa da meia-noite. Uma promessa intermediária à meia-noite. Outra das sensações loucas de James, atropelando a noite de Nova York, aterrissando em seu cérebro como um sonho maravilhoso. Mas também era um tipo diferente de promessa. Uma que, pelo mundo ter concordado coletivamente em reconhecer como válida, era social. Era uma promessa de vida adulta, que James era um homem, que ele se tornaria o homem sobre o qual pensava quando imaginava um *marido*: alguém capaz, confiável, convicto, bom. Sim, eles eram jovens. Sim, James era inexperiente quando se tratava do que ele e Marge se referiam como "vida real" — a vida fora do cenário acadêmico, onde mais coisas contavam do que páginas escritas por noite ou a nota que se tira em uma prova semestral. Sim, haveria tempos difíceis, grandes brigas, meses em que não teriam dinheiro suficiente, mas sim dúvidas e medos. Só que tudo isso era ofuscado pelo *simbólico* sim: as coisas seriam diferentes quando se casassem. Quando colocassem anéis nos dedos um do outro, iriam crescer.

Após o casamento — um evento dispendioso oferecido pela família de Marge em Connecticut —, eles se mudaram do apartamento minúsculo em Columbia para uma pequena casa de madeira no Village. Marge arrumou um trabalho como diretora de arte numa agência de publicidade chamada (de forma absurda, segundo James) de *Agência*, tendo se inscrito baseada apenas no fato de que o cargo tinha *arte* no título.

Ela, de forma automática, caiu numa rotina das nove às cinco, penteando o cabelo para trás de novas maneiras, voltando para casa com belas compras, falando sobre colegas com a mesma proporção de ressentimento e prazer. James, por sua vez, teve uma transição mais atribulada para a realidade. Se não contasse escrever artigos para o *Spectator*, que não pagavam, James nunca trabalhara, e por certas definições era na prática não empregável. Os trabalhos que ele fez naquele primeiro ano foram estranhos — foi bilheteiro no cinema, trocador de lâmpadas, assistente de agente de viagem e datilógrafo para um autor de livros sobre astrologia. Nada disso deu certo, talvez por causa dos hábitos estranhos de James (distraído, má noção do tempo e de responsabilidade, constantes referências a coisas que as outras pessoas não conheciam ou não podiam ver) ou por seu próprio tédio (datilografar não mantinha sua atenção), ele não pôde dizer. Ele entendia que era inteligente, mas era um tipo estranho de inteligência que os outros não enxergavam direito, e ele não conseguia descobrir como isso se traduzia num emprego, um emprego real no mundo real.

Simultaneamente, porém, estava descobrindo um mundo completamente novo, o centro de Nova York, que tinha apenas um requisito para a aceitação: *interesse*. E James tinha isso em abundância. De imediato, ao se mudar para o bairro do Village, pela pura proximidade de tanta arte — criadores, negociadores e amantes —, a mente de James irrompeu com a cacofonia de ideias, cores, sensações e imagens. Ele mal conseguia se controlar: queria sentir o gosto da arte, sorvê-la, segurá-la, *tê-la*. A escultura certa ainda conseguia provocar uma ereção nele (ocasionalmente, passeios no museu Met se tornavam embaraçosos) e ele continuava a descobrir cores que eram, de fato, *novas*, que *nunca vira antes*.

— Era como um pêssego machucado — tentava explicar a Marge, cuja fascinação pelas metáforas mentais dele minguavam levemente, um fato que ele não ousava admitir. — Mas se você misturar um pouco de mel.

Ele varria as galerias durante o dia, quando ninguém mais estava lá, de pé, por longos períodos na frente de peças que o faziam ouvir belas músicas. Tirava fotos de peças e as transformava em slides que podia passar no escritório à noite, mantendo-os em grandes fichários de couro, organizados numa língua associativa que apenas ele poderia entender. (CLARO, estava em uma lombada de um fichário. AZUL-CLARO, em outra.) Apesar de não ser fã de multidões, falatórios ou apertos de mão, na verdade era uma pessoa desajeitada e claustrofóbica, ia a vernissages quase toda noite; simplesmente não se fartava do que ofereciam a ele.

Tudo acontecia no centro naqueles anos, e ele via tudo isso, fosse em imaculados museus de Midtown ou em novos espaços vagabundos no SoHo. O ardiloso e doentio realismo de Cindy Sherman; a forma conceitual e caprichosa com as palavras de Robert Barry; os truísmos bem verdadeiros de Jenny Holzer ("A noção de tempo é a marca do gênio"; "Às vezes seu inconsciente é mais verdadeiro do que sua mente consciente"; "Muitos dos profissionais são pinéis"), que não eram mostrados em uma galeria, mas pela cidade em cartazes, expondo-a às suas injustiças e realidades.

James amava tudo: arte como objeto e como ação, ironia rígida e expressionismo amoroso, gravações absurdas em fita e performances de poesia superautoconscientes; amava as apropriações, os ativistas e o meio-termo. Porém, ainda assim, a maior parte de seu coração pertencia aos pintores. Pinturas, apesar de serem a forma mais pesada e definitivamente mais plana de arte, sempre davam a James o maior prazer. Ele só conseguia usar a lógica até o limite de gravitar de volta pelas pinturas, em cujas superfícies podia ver a paixão mais verdadeira. Pareciam legítimas de um jeito que nenhuma outra forma era, nem mesmo a fotografia. Ele pensava que era o que estava mais próximo de sua realidade: uma percepção individual do universo, um mapa mental. Quando lia sobre uma exposição de pintura no *Times*, frequentemente chegava à galeria antes de as portas abrirem e ficava lá até fechar. Por horas deixava as obras bidimensionais se ligarem às diversas dimensões do cérebro. Quando olhava ou escrevia sobre arte, era como se o cérebro se incendiasse: de repente, o universo todo parecia disponível e claro. Via perspectivas gigantescas e detalhes mínimos. Sentia sopros de vento e formigas rastejando, o gosto de açúcar queimado e céus repletos de estrelas. Esquecia todas as partes da vida que não eram dignas de seus pensamentos: louça e banheiros sujos, pequenos favores para Marge e conversa fiada com seus colegas, telefonemas para sua mãe e contas de telefone vencidas. Tudo desaparecia, exceto o que importava: o troço potente e poderoso da vida, as explosões do coração, a cor, a *verdade*.

Em seu caderno, rabiscava as sensações que sentia enquanto olhava para o trabalho, não importa o quão nonsense pudesse parecer — *Louise Fishman = cheiro forte de xampu; Bill Rice = clima noturno, dor de cabeça*. Quando voltava para casa, com Marge já dormindo, via os slides e datilografava as anotações na máquina — versão após versão até que fizesse algum sentido como uma resenha de arte. Toda sexta ele selava um dos artigos num envelope pardo e caminhava até o prédio do *New York Times*, onde deixava na caixa de correio do editor de arte. Ao deixar o envelope, sentia a mesma mistura de convicções: que o editor não leria e que nunca iria a público, e que se fosse compelido por alguém a ler, quando alguém de fato acontecesse, seria cativado tão completamente que não poderia negar sua publicação.

— Sinceramente, não consigo saber se o que escrevo é bom ou uma merda completa — dizia a Marge. — O que é irônico, não é, considerando que estou tentando forjar uma carreira para entender o que é bom e o que é uma merda completa.

— É bom — Marge lhe assegurou repetidamente, apesar de em sua voz haver uma pontada de *por quanto tempo isso vai se estender?* — As melhores coisas levam mais tempo para ser descobertas, certo? Não é?

— Vamos só torcer para que não seja uma situação do tipo Van Gogh — James disse. — Torcer para que eu não morra antes de poder sustentar a minha vida.

Finalmente, após cinco anos de trabalhos incertos e rejeições, James recebeu uma ligação de Seth, o assistente esganiçado do editor de arte do *New York Times*, que disse a ele que seu artigo sobre a pintura de Mary Heilmann — cujas obras cor de giz de cera fizeram "o coração desse resenhista sentir-se como água potável" — iria ser impresso amanhã.

— Sem nenhuma edição?

— Não houve necessidade de edição, sr. Bennett — guinchou o assistente. — O editor disse que estava pronto.

James desligou o telefone e pulou no ar. Então se sentou no chão. Então saltou novamente e correu, olhou pela rua, percebeu que saíra sem nenhum motivo, e voltou, sentou-se à mesa e sorriu até não poder mais porque seu rosto doía.

Ele e Marge comemoraram saindo para jantar num lugar um pouco caro, que fora recomendado por "todo mundo" — o que significava, no escritório da Agência, o tipo de gente que sabia o que *frisée* era, como pronunciar *haricot vert* —, e Marge pagou. Então fizeram sexo duas vezes.

— Está orgulhosa de mim? — ele disse, deitado na cama.

— Extremamente — ela falou, aninhando o rosto no peito dele.

E isso foi o suficiente para ele. Poderia ter morrido naquele dia e não teria arrependimentos, com o *extremamente* de Marge perdurando no ouvido.

Depois que o artigo saiu, James recebeu um cheque pelo correio junto de um pacote de tamanho médio. O cheque era de mil dólares e o pacote era uma pintura de Mary Heilmann, uma da série rosa e preto, com um bilhete da própria, dizendo: "Para que seu coração nunca tenha sede. Bjs, MH." James gastou os mil dólares de imediato num desenho do artista e poeta Joe Brainard, que vira numa galeria improvisada no East Village, na semana anterior — um esboço de um maço de cigarros, que fez os olhos de James nublarem com um azul lunar e aventureiro; pendurou as duas obras lado a lado no escritório —, pequenos emblemas de seu pequeno sucesso, lembrando-o diariamente de que havia beleza no mundo, que ele podia senti-la no corpo, e poderia colocá-la numa página para os outros a vivenciarem. Essa era a forma como deveria se relacionar com a sociedade, pensou: dos pequenos navios de seu escritório, através do magnífico portal da porra do *New York Times*.

Pelos próximos anos, enquanto terminavam os anos 1970 e James e Marge entravam nos vinte e muitos, e depois, como se acontecesse de um dia para o outro, nos *trinta*, as pessoas começaram a notar os artigos e responder a eles. Chamavam de sexto sentido a habilidade surreal de James de entender a coisa exata que tornava uma obra de arte boa ou não, e a habilidade de se concentrar naquela bondade de longe, anos à frente ou do outro lado de uma sala cheia, transbordava. Ele olhava para uma escultura e encontrava o ponto exato onde se tornava interessante (o ponto que parecia com um aeroporto e cintilava um cinza esbranquiçado), o ponto preciso do mapa de uma pintura para colocar seu marcador figurativo, a marca que fazia com que a coisa toda tivesse sentido. Escrevia tudo o que via por trás de seus olhos quando olhava para a arte: "Brice Marden me preocupa como um sapato que pisou num chiclete", ou "Schnabel, sem querer ser engraçado, tem muitos pratos se quebrando por aí." E as pessoas diziam a ele que era genial, que estava mudando a natureza da crítica de arte, que queriam tomar um drinque com ele qualquer dia desses, ouvir suas ideias, conhecer sua opinião sobre o novo Sol LeWitt.

Tudo isso levou a um tipo de confiança: os leitores confiavam se ele dissesse que deveriam passar o sábado numa determinada exposição; os artistas confiavam que ele escreveria sobre eles com inteligência e honestidade. Mesmo que as resenhas não fossem sempre positivas, refletiam algo importante e intrínseco à obra.

— Gosto de você, sabe? — uma pintora chamada Audrey Flack disse a James numa reunião pós-festa em uma galeria. James, na semana anterior, escrevera que a pintura hiper-realista de um punhado de balas embrulhadas de Audrey era "tão passada quanto esse tipo de bala fica: o tipo que fica tempo demais na saleta de uma avó". James andava evitando Audrey, mas lá estava ela, sendo legal.

— Você pensou sobre isso — ela disse. — Pensou sobre, e entendeu perfeitamente bem. O feminismo está incorporado naquela exata velhice sobre a qual você escreveu, aquela sensação *abafada, interna*, e você *entendeu*.

Essa conversa levou a uma visita ao estúdio, onde James terminou fazendo uma ronda completa na obra de Flack, saindo com uma de suas obras, que retratava um tipo de templo, incorporando a foto de Marilyn Monroe, um conjunto de peras maduras, uma vela acesa e um cálice cheio de pérolas prateadas. A pintura, enfiada debaixo do braço de James, tinha o cheiro dos frangos que a mãe dele nunca assou.

Lentamente no começo, depois de forma exponencial, o trabalho de James começou a crescer: tanto sua coleção de arte quanto sua obra escrita. Como Hellmann, os artistas frequentemente davam a ele pinturas. Com qualquer dinheiro extra que tinha, comprava peças de artistas que admirava, que sentia que mereciam mais do que ele. Sempre os considerou gênios; era apenas um descobridor de gênios.

Em direta correlação com a importância de sua opinião, as obras de arte que cobria e colecionava começaram a importar mais também. Pela cidade, a coleção pessoal de James tornou-se um tópico de inveja e desejo. Como conseguira todas aquelas obras? De onde vinha esse gosto impecável? Quem era seu agente? E por que ele não vendia? Agentes batiam na porta de James para uma rápida olhada; ligações vinham de colecionadores e casas de leilão.

— Soube que você tem um Ruth Kligman aí — disse uma ligação assustadora. — Importa-se se eu der uma conferida?

— Ah, não vendo arte — James respondeu timidamente. — Sinto muito por fazê-lo perder tempo.

— Perdi mesmo a droga do meu tempo. — A voz se irritou e o telefone bateu forte do outro lado.

Quando se tratava da coleção, James operava sob um estrito código de ética autoimposto, que declarava que obras de arte deveriam proporcionar prazer, não renda, e arte não se baseava em fama, mas em sentimentos. Seu *modus operandi* era simples: comprar peças que amava e pelas quais pudesse pagar (pelo menos em tese). Nada mais. Se o valor das obras aumentasse (e de muitas aumentava, ou iria), tudo bem. Mas a parte de não vender era crucial — James considerava sua coleção uma obra de arte em si; vender uma peça significava arruinar a composição toda. Não queria ser considerado um homem que simplesmente *resenhava* arte ou *possuía* arte, mas um homem que *entendia*. Que *respirava*, até.

Ele sempre se sentiu um pouco vacilante sobre a atenção que recebia; não estava nem aí para ser notado, queria ser verdadeiro consigo mesmo e com os artistas que amava, e para preencher sua ânsia oblíqua por deixar uma marca no mundo. Descobriu cedo que havia uma natureza bajuladora em muito da cena de arte de Nova York: agentes, que apenas queriam sua parte; formadores de opinião, que almejavam transformar cultura em capital; amigos dos artistas que os seguiam, tentando em vão se aproveitar de sua fama ou do champanhe de graça. Mas havia um elemento naquilo tudo que secretamente agradava a James: era bom ser notado, compreendido. Pela primeira vez na vida, não era o estranho no ninho, o patinho feio, o cara deslocado no canto, olhando para uma pintura até que a galeria fechasse. Em vez disso, inadvertidamente, estava se tornando parte da multidão. *Ele* era um dos formadores de opinião. *Ele,* James Bennett, tinha verdadeiro poder de influência, que tinha a ver com a mesma coisa que o fizera se sentir deslocado durante a infância: sua *aflição*. O que outrora fora uma deficiência, agora permitia que ele se comunicasse com a arte da forma como fazia, ver coisas de uma maneira que os outros não conseguiam, escolher as pinturas certas para sua casa e escrever sobre elas de uma forma que ninguém mais poderia.

Isso sem mencionar o que via pelo canto do olho, o prazer que *Marge* tinha até no mais moderado sucesso dele.

— Tem um artigo de James saindo hoje! — Ele escutou por acaso enquanto ela contava à mãe no telefone. Isso era novidade, considerando que por anos ela evitara pronunciar o nome dele para a mãe, que só se preocupava quando aquele genro iria conseguir um emprego de verdade.

— Primeira página! — Marge se vangloriou. — Fique de olho, tá, mãe? — Marge não parecia se importar que tivesse de arcar com a maior parte do fardo em termos de grana (escrever sobre arte pagava o suficiente, mas nunca mais do que isso, e o que James ganhava era mais do que certo gasto em mais obras de arte). Ela dizia que acreditava nele, e sabia que ele fazer o que amava iria acabar dando retorno. Num momento especial de orgulho (e talvez uma compreensão melhor de apresentação pessoal), Marge comprou para ele um terno branco na Bloomingdale's, para eventos e vernissages mais formais. Ele começou a usar com bastante frequência, apesar de, ao olhar no espelho, sentir um cheiro muito intenso de amônia e colônia.

Mas, ocasionalmente, quando vinha o aluguel, por exemplo, Marge era forçada a conversar com ele sobre o hábito de comprar obras de arte.

— Estamos meio que quebrando, James. Percebe isso, que estamos falindo?

— Eu sei, Marge, eu sei. É só que... isso não é incrível?

Aquele "isso" em particular podia ser qualquer coisa, um desenho em miniatura por Richard Diebenkorn que encomendara da Califórnia, ou uma gigantesca peça pintada a spray de papelão por um jovem artista de rua que cobria grande parte da parede leste da sala de estar, pela qual James insistiu em pagar mil dólares ao moleque.

— Claro que é impressionante — Marge falou. — Mas precisamos viver, sabe? Que bem faz a arte se não podemos viver para aproveitá-la?

— O que seria a vida sem a arte? — James a puxou para um abraço.

— Só fico preocupada. — Ela o deixou beijar sua cabeça. — Já passamos dos trinta.

— E?

— E já passamos dos trinta!

— Me diga o que ter mais de trinta anos significa? — James perguntou. — Considerando que já é quase 1980 e vivemos em Nova York; não acho que a linha do tempo suburbana se aplique a nós.

— James! — Marge disse, batendo nele de brincadeira. — Quero um bebezinho!

— Vamos fazer um — ele afirmou, mas de uma forma que parecia mais uma piada e menos a vida real.

Marge se recostou de volta e olhou para ele.

— Estou falando sério, James. Pode ver nos meus olhos?

James colocou o dedo no queixo dela e forçou a vista.

— Deixe-me verificar.

E ali estava o grande empreendimento da vida real deles: Marge carregava quatro meses de um bebezinho dentro dela — do tamanho de um abacate, de acordo com a mulher que fazia o ultrassom naquela manhã. Para a festa de Winona, ela usava um vestido borgonha, do tipo que delineava sua forma mais do que escondia, e James, como se fosse um moleque novamente, se encontrava mentalmente excitado quando olhava para ela por muito tempo. A barriga de Marge estava suave e baixa, como uma pilha de areia desmanchando. Os seios haviam aumentado de tamanho e convicção, parecendo ditar para os cidadãos subalternos (os pés, as costas, a bunda) como ficar de pé e se movimentar. Seu rosto se alargara levemente, ficando mais pálido. Camadas de sombras haviam se juntado sob os olhos, e o resultado era algo... bem, *romã*. Como havia parecido para James com *morango* antes — selvagem, pequeno e individual — agora era *romã*: estava levando um milhão de sementes de nova vida vermelha.

A coisa toda da gravidez, que parecera abstrata a James até então. Tinha sido incapaz de mergulhar no puro prazer daquilo, e até a ânsia particular de *não pensar nisso*, já que, quando fazia, só parecia se preocupar em ser um mau pai ou, pior, que não se sentisse em relação a seu filho ou filha da forma como deveria, ou seja, totalmente apaixonado e admirado. Também se preocupava de forma egoísta que um bebê transformasse sua vida em algo que ele nunca quisera, que sua rotina fosse a de trocar fraldas e empurrar carrinhos, e que ele nunca teria tempo suficiente ou vontade de escrever. Se fosse completamente honesto, claro que com Marge ele não era, iria até o ponto de admitir que contava os meses e dias que sobravam de liberdade, se retorcendo mentalmente conforme passavam.

Hoje, contudo, quando o técnico mostrou a eles o ultrassom granulado, James de fato chorou de felicidade. Foi o primeiro ultrassom que havia de fato revelado algo que fazia sentido para James — mãos, um nariz, um coração pulsante — e fisicamente fez o próprio coração doer. Era visualmente incrível: um feijãozinho branco borrado no profundo cone escuro, como um negativo de uma fotografia. O cone preto o fez temer a voz má de seu pai, mas o feijão branco o fazia sentir gosto de sal, como se tivesse corrido uma maratona e estivesse lambendo os próprios lábios. Era conexão com a natureza e comprometimento com o futuro. Era *real*. O bebê era *vida real*. E era um milagre. Era essa intersecção de realidade e milagre que mantinha James espantado com a própria vida: uma vida de fato construída com partes iguais de biologia e beleza.

— Vamos? — Marge chamou, apontando com a cabeça em direção à porta de vidro fosco de Winona. A voz dela era grudenta e macia.

— Vamos — ele concordou.

Apesar de estar congelando, os convidados de Winona se reuniam lá fora, no saguão do convento, adornado com esculturas de ferro fundido de aparência perigosa. James conseguia avistar os artistas a um quilômetro de distância: lá estava David Salle em sua camisa listrada inspirada em Picasso, com imagens de corpos projetados sobre e acima dele, assim como em suas pinturas. Estava também Baldessari, grande e de cabelos brancos, que não sabia como se vestir para o frio; James podia sentir o ar da Califórnia radiando pela camiseta dele, mesmo por trás do vidro. E Keith Haring, cujo tamanho diminuto não afetava a grandeza de sua presença; quando James olhava para ele, via todo o cosmos.

O que aconteceria com todos eles este ano? Como 1980 iria mudá-los, transformá-los, ditar seus destinos? Às vezes, James se preocupava com eles, os artistas que tanto amava e admirava. O mundo, especialmente o da arte, estava mudando; podia sentir. A cidade estava entregando suas promessas, balançando a fama diante do nariz até dos artistas mais radicais; por sua vez, uma luz se apagava. A brilhante boemia que descobrira quando se mudou para o Village havia sido aumentada em um grau; o pop abriu caminho para o comercialismo, o plástico e o brilho; havia um novo ar de possibilidade e uma nova onda de capital chegando, o que dava uma nova pegada à cena. Havia a noção de que se podia *chegar lá*; James vira os artistas mais sortudos serem pegos dos entulhos e elevados à nuvem do sucesso. Os bem-sucedidos deixaram para trás um resíduo de oportunidade: a nuvem surreal, tóxica, da fama e fortuna que tanto motivava e derrubava o resto. Mesmo o número 8 de 1980 parecia polido, aéreo e reluzente em sua mente, como um balão que não estoura, nada como seu ossudo predecessor, o 7. O ano à frente iria resplandecer ou murchar, talvez ambos. Só o tempo — especificamente a *meia-noite* — iria dizer.

James seguiu Marge à chapelaria — Winona havia dedicado um salão inteiro das freiras para os casacos dos outros — e pegou o seu. Só ocorreu a ele ajudá-la depois que Marge já enfiara o primeiro braço; ele então puxou a manga por sobre o outro ombro dela. Quando se encaminhavam em direção à porta, passaram por uma sala de paredes azuis, e algo atraiu a atenção de James. Fogos de artifício brancos, cheiro de fumaça. O audível, maravilhoso, bater de *asas de borboletas*.

James teve o mais rápido vislumbre de um jovem parado na sala azul atrás de uma grande mesa de mogno, uma verruga preta projetando-se de seu rosto e seus olhos brilhando com o que pareciam ser lágrimas, antes que Marge puxasse a manga dele e o conduzisse em direção à porta da varanda.

Lá fora, alguém gritou:

— Quatro minutos! — O que foi seguido por um turbilhão de conversas. Um homem com uma gravata vermelha larga circulava com uma garrafa de Veuve Clicquot, enchendo as taças brilhantes das pessoas. Marge olhou para James. Estava tremendo e sorrindo. James sentiu o tremor da noite em suas bochechas, sentiu o corpo macio de Marge encostado ao seu.

— Nosso ano — ela disse.

— Nosso ano — James ecoou, mas a mente estava voltada para dentro.

Quem era aquele homem? E como James poderia segui-lo de volta pelo convento de Winona para descobrir? Ele iria se afastar para o banheiro, longe de Marge, através da multidão, as portas de vidro. Iria se esgueirar para a sala azul, enfiar-se lá. Ninguém estaria na sala, mas o resíduo teria perdurado: assim como quando você fecha os olhos contra um clarão, mas a forma do Sol permanece. O homem teria partido, mas James o encontraria novamente. Ele iria varrer a festa e a cidade até encontrá-lo. Não antes de beijar sua bela esposa, bem quando o relógio levava o mundo a uma nova década. Em algum lugar ao longe, um projétil foi lançado.

JÁ FAMOSO

Poucas horas antes da meia-noite, na ocupação da East Seventh Street, Raul Engales estava no canto da Grande Sala, sendo tocado no bíceps por duas mulheres quase sem roupa. Algumas pessoas o chamavam de mulherengo, com que ele não se importava, porque era verdade. Sua aparência — pele quente, olhos oblíquos carmim, sobrancelhas incansáveis e uma ondulação de cabelo retinto — já dava às mulheres a impressão de que ele era tão sensível quanto sério, que a paixão iria contrabalançar seus defeitos, e que iria transportá-las pelo robusto trem sacolejante de seu corpo menor do que a média, mas de certa forma ainda dominante, para alguns locais exóticos dos quais elas nunca ouviram falar. Ele sabia disso, assim como sabia do poder da verruga do lado direito do rosto, aquele pedaço inútil de pele preta que outrora odiou, mas pelo qual se afeiçoou e parecia possuir alguma atração gravitacional. Ele mantinha as mulheres que orbitavam a seu redor tempo suficiente para aproveitar o prazer delas, qualquer coisa além do prazer não seria digna de seu tempo.

— As mulheres são como a pintura — dizia quando estava bastante bêbado. — Você quer viver dentro delas enquanto está envolvido. De repente, nunca mais quer olhar para elas.

Era véspera de Ano-Novo, a festa de arromba anual da ocupação. Não era necessário chamá-la assim, Engales pensava, já que toda noite na ocupação era uma festa, de arromba ou não. Ele estava lá não porque quisesse, mas porque estava sempre lá. A ocupação, de sete a vinte residentes rotativos, tornou-se um segundo lar para Engales. O núcleo de habitantes, os artistas conceituais não monogâmicos Toby e Regina, o artista de performance e fumante compulsivo Horatio Caldas, a escultora, cantora gutural e cultivadora profissional de seu próprio cabelo, Selma Saint Regis, os gêmeos suecos chamados Mans e Hans, que tinham corpos imaculados e propensão a atear fogo nas coisas, três papagaios extravagantes que guinchavam para novatos obscenidades incomuns (*Saco de bebê! Fuinha! Cola-velcro! Artista fracassado!*)... era disso que ele se cercava. Eram uma família de desajustados, e ele era ao que se referiam como "órfão": um de uma miríade de artistas que concordaram em se conformar, embebedar, conversar e fazer arte, mas que não moravam no recinto. Esse era o caso, não só porque fora presenteado com um apartamento livre de aluguel por um amigo de um amigo francês, e ele, livre de aluguel, não acreditava em cuspir no prato que comia. Assim como com suas mulheres, ele buscava prazer, não dor de cabeça, e com qualquer compromisso com alguém, como viver numa ex-fábrica de piso de cimento sem vidros nas janelas e com outras dez outras pessoas, a dor de cabeça era inevitável.

  Embora agora fossem nove da manhã, Engales já podia sentir um fuzuê energético na sala, as vibrações frenéticas das pessoas tentando se colocar na proximidade dos lábios certos antes da meia-noite, para que quando viesse o momento de entrar no futuro, não tivessem de fazer isso sozinhas. Mas lábios não lhe interessavam no momento; ele havia experimentado dois pares, e nenhum era atraente. As duas mulheres cujas frases eram todas perguntas não mantinham sua atenção. Ele examinava a sala cheia por algo que pudesse fazer isso, e apesar de muitas coisas agarrarem a atenção — Selma pintando seus mamilos com tinta que brilha no escuro, um dos suecos acendendo fogo num líquido transparente num copo pequeno —, nada disso *retinha* a atenção. Raul se coçava por algo novo, algo *revelador*. Não tinha de ser uma mulher. Era véspera de Ano-Novo, e ele ansiava por entrar nele como um novo homem. Um homem que as pessoas conheciam, no qual prestavam atenção. Não apenas um que entende de *mulheres*, mas de *pessoas*. Alguém que importava. Um verdadeiro artista.

No canto da sala, perto da porta, viu o topo de uma cerca-viva de cabelo flutuando na multidão. Reconheceu o cabelo: grande, efervescente e dominador. Era Rumi Gibraltar, quem havia conhecido do lado de fora de uma festa no verão passado; ela estava relaxando num degrau do lado de fora do prédio, como se fosse uma espreguiçadeira, numa camisa que parecia ter sido feita de guardanapos de renda. Rumi, a curadora que havia prometido que iria ao ateliê dele ver suas pinturas. Rumi, que não cumprira a promessa. Rumi, de cujos lábios ele iria se aproximar em algum momento antes da meia-noite, se não fosse por prazer, então por trabalho: ele precisava que ela lhe arrumasse um vernissage.

A mulher à sua direita levou o rosto em direção ao dele, começando com os lábios. Ele a ignorou e descartou as mulheres como se fossem roupas, seguindo em direção a Rumi. Era mais alta do que ele, e nobre. Seu cabelo era uma obra de arte.

— Ora, olá, srta. Deu o Cano — ele disse quando os olhos dela encontraram os dele.

— Ora, olá, sr. Delaroche — ela retrucou. Estava fazendo referência à noite que se conheceram, quando Engales declarou a ela que era um pintor, e ela dissera a ele secamente: "Não sabe que a pintura morreu?"

Quando ele pareceu confuso, ela continuou. Ele não conhecia Delaroche? Não? Bem, ele devia pesquisá-lo, porque a pintura estava morta desde 1839! Quando Engales o procurou numa enciclopédia na biblioteca da NYU na semana seguinte, descobriu que Paul Delaroche havia declarado que toda forma de pintura estava obsoleta após a invenção de uma forma de fotografia primitiva.

— Achei esse tio aí na enciclopédia — Engales respondeu.
— Um estudioso — ela falou.
— O argumento dele não se sustenta.
— Não?
— Há dois tipos de pintores. O pintor que pinta para decorar e o que pinta por pintar. A fotografia só significa algum problema para o primeiro tipo de pintor.
— Um estudioso e um que é *mesmo inteligente*. Boa combinação.
— Por que não veio me ver?
— Sou uma mulher muito ocupada — disse com os olhos se nivelando com os dele, tomados do que parecia uma promessa de luxúria.
— Gosto de mulheres ocupadas.
— Eu também.
— Tenho uma boa ideia — Engales disse impulsivamente.
— Artistas sempre acham que têm boas ideias.
— Venha ver minhas pinturas agora. Venha para meu estúdio.
— É réveillon — ela falou.
— Que observadora.
— Estamos numa festa.
— Não sabe que as festas morreram? — ele perguntou.

Rumi sorriu com metade da boca, sua primeira concessão. Antes que ela pudesse protestar, Engales agarrou seu braço fino e a levou para a noite gelada. Ratos saíam do caminho enquanto seguiam pela cidade em East Seventh. Os policiais estavam espalhados em bandos, patrulhando de forma arrogante, esperando pelo pior depois do que aconteceu ano passado: tumultos na Times Square, alguns assassinatos até. Uma mulher na Broadway ligava para um homem de quem ela se arrependia ter se separado.

— Meia-noite! No Eagle! Me encontre! Promete?

Subira a Broadway com Washington Place, onde cruzava com Mercer, depois passaram através da porta trancada e subiram a escadaria escura para o estúdio que Engales chamava de seu.

Engales soube dos estúdios da NYU por uma mulher com quem havia dormido em seu terceiro dia em Nova York, uma estudante de Arte com um grande beiço e um par inapropriado de marias-chiquinhas que ele havia conhecido na Lavanderia que Nunca Dorme. O conceito da lavanderia o confundia, e ele remexia os trocados, os fechos nas máquinas, o escuro, as luzes, os pequenos pacotes de sabão que vendiam nas máquinas.

— Por que é tão ruim lavar roupa? — a menina perguntou, enquanto segurava uma camisa que parecia pertencer a um bebê.

— Lavar roupa é entediante — Engales respondeu, sabendo imediatamente, ao olhar para ela, membros delgados, uma saia mínima, as longas marias-chiquinhas escuras emoldurando seu rosto jovem, que eles dormiriam juntos.

— Tudo é entediante — ela retorquiu com um tom que mostrava que podia estar falando sério. Quando se é tão jovem — ele imaginava que provavelmente dezoito ou dezenove anos, quando o tempo parece infinito, inquebrável e vazio —, você ainda tem potencial para estar tão entediado. Apesar de ele mesmo só estar com vinte e três anos naquela época, as garotas o faziam se sentir velho. Ele talvez tivesse se tornado velho, em espírito ao menos, muito mais cedo; quando seus pais morrem, morre também a ideia de tempo infinito no planeta. Em vez disso você é forçado a se tornar estranhamente sábio, ganhando cedo demais o conhecimento de que a vida é ao mesmo tempo preciosa e perfeitamente sem sentido; nenhuma das duas filosofias deixa muito espaço para o tédio.

— Nem tudo — ele disse, pressionando-a contra uma secadora girando. Eles deixaram a roupa suja nos cestos úmidos destinados ao transporte da lavadora para a secadora e foram para o andar de cima, para o quarto de hotel dele. As paredes eram forradas com rosas e o ar úmido, e, do quarto ao lado, enquanto tinham aquele tipo de sexo que se tem com gente que não se respeita, eles podiam ouvir o grito ocasional.

— Então, como é ser uma menina rica? — ele perguntou à garota depois que acabaram.

— O que quer dizer?

— Bem, você frequenta universidades chiques, usa esses... como se chamam? — Ele afofou uma das marias-chiquinhas com seus dedos.

— Marias-chiquinhas — ela disse baixinho.

— Marias-chiquinhas! — Ele riu. — Jesus.

— Nem sei por que meus pais pagam por isso — ela disse, então, com um tipo de desafio tímido, apoiando-se para levantar da cama e puxando o elástico de seu cabelo. — Quero dizer, as universidades mal ensinam alguma coisa. Se meus pais não fossem tão cuzões, eu iria ensinar a mim mesma as mesmas coisas. Apenas entrar na NYU e *me* ensinar a desenhar.

Os olhos de Engales pareciam distantes, olhando as rosas-vermelhas na parede, nas quais, em pétalas bidimensionais, dois mosquitos cortejavam um ao outro convulsivamente. Ele afastou a garota — ela estava tentando brincar com os lóbulos da orelha dele — e ficou de pé. De repente, ele deixou de gostar da pessoa com quem estava atualmente deitado na cama. Mas ela podia ter algo a oferecer? Ele não tinha dinheiro algum para comprar tinta ou suprimentos. Ele não tinha nada, e nada a perder. Olhou para os seios da menina, que eram grandes e estavam caídos para um lado, como um par de morsas. Ele queria pintar as morsas, dar a elas bigodes. Poderia apenas entrar na escola de garotos ricos e agir como se a frequentasse? Montar um ateliê? Quando a garota de maria-chiquinha foi para o banheiro, ele roubou a chave do bolso da calça dela, cuja face de metal dizia *estúdio*. Ele bem que poderia tentar.

No dia seguinte, ele barbeou o rosto áspero e roubou uma mochila de uma loja de esportes na Broadway, então caminhou confiante passando por um segurança gordo que estava ocupado estudando a própria barriga. Após vagar um pouco por meio de corredores mal-iluminados que tinham cheiro de livros velhos e quartos vazios tomados de gabinetes verdes de metal, ele encontrou o estúdio de pintura, destrancou e o preencheu de luz de sol. Apenas dois estudantes de aparência inofensiva estavam trabalhando e ele reservou o melhor ponto: um cavalete de canto com a melhor luz, que se derramava de duas grandes janelas.

Engales estava pasmo com sua descoberta: aquele lugar era seu paraíso ideal. Ele nunca tivera um cavalete antes; nunca nem mesmo pintara a óleo. Toda sua pintura em casa aconteceu dentro de cadernos grudentos ou em papel de pão, presos nas paredes do quarto de seus pais mortos. Aquele lugar tinha telas que você podia *pegar*, num grande rolo no canto, bem como grandes rolos de papel bom, latas de terebintina, tesouras, estiletes e modelos de madeira de corpos humanos cujas mãos tinham dígitos que se moviam em quaisquer posições que você quisesse. Ele olhou para uma das alunas, silenciosamente pintando em seu próprio canto, para confirmar que isso de fato era real, ou para ver se ela estava tão empolgada com tudo quanto ele, mas ela estava ocupada ficando bem próxima de sua tela e nublando seus óculos com sua própria respiração, a mesma respiração que ele poderia sentir quando a levou para cama naquela semana. Quanto à menina de marias-chiquinhas, ele só a viu uma vez no campus depois disso; ela olhou feio para ele, de uma forma que sugeria que ela o odiava por nunca ter ligado de volta, então torceu a boca de uma maneira que dava a entender que ela nunca contaria o segredo dele de impostor a ninguém.

Agora Engales usava a Chave da Maria-Chiquinha para deixar Rumi, de beleza bem rara e curadora extraordinária, entrar no estúdio, perto das onze na véspera do Ano-Novo. Claro, Engales planejava uma experiência particular... uma pequena turnê de seu trabalho, uma tiradinha de roupas. Mas, para sua surpresa, as luzes estavam acesas e ele podia ouvir a música hippie de Arlene soando do canto ao fundo.

— *Você* está aqui? — ele gritou de volta para ela.

— Onde mais eu estaria, porra? — Arlene respondeu da forma como dizia tudo, com uma grosseria sem pudores. Ele amava a forma de Arlene falar, que ele reconheceu como um sotaque distinto de

Nova York: vogais que reclamavam, Rs ausentes, palavras emergindo das laterais de algum lugar de sua mandíbula.

— Numa festa? Como uma pessoa normal? É réveillon!

— É mesmo uma vergonha que eu não seja uma pessoa normal — ela disse, jogando seu pincel grosso numa lata. — Vergonha pra caralho.

Engales conheceu Arlene em seu segundo dia no estúdio, e rápida e inesperadamente se tornaram amigos. Ele supusera que tinha quarenta e muitos, pela única mecha grisalha no cabelo ruivo dela e as fracas linhas se espalhando ao redor de seus olhos, e havia se preocupado que ela fosse a chefe do estúdio, pronta para chutá-lo para fora da sua recém-descoberta meca da arte.

— Chefe? — Arlene gritara. — Ai, caralho, não! Desculpe o meu francês. Você é francês? Não, você não poderia ser, muito mal-acabado. Mas, não, não sou a chefe. Meu nome é Arlene. Sou pintora.

Ela disse isso com uma extensão orgulhosa de seus braços e um vislumbre de seu vestido coberto de tinta, que tinha a forma de uma tenda, adornado com linhas contorcidas e peixes abstratos. O vestido balançava num círculo quando ela caminhava para examinar a tela em que Engales estava trabalhando.

— Bem, posso ver isso — Engales dissera. — Mas você não é um pouco... velha? Quero dizer, para ser aluna aqui.

— Velha? Vai tomar no cu — ela xingara, projetando um ombro em direção a ele. Então, com um pequeno atrevimento. — Sou o que eles chamam de *artista residente*. O que é bem hilário já que tecnicamente estou *residindo* há trinta anos. Eles nunca me expulsariam. Sou como aquelas esculturas feias nos parques que você sabe que já foram importantes, mas agora são apenas umas assombrações. Enfim, eles aprenderam a me ignorar.

Engales levantara as sobrancelhas e dera a ela um aceno de aprovação.

— Então está ludibriando o sistema.

— Bem, seríamos dois, não? — ela devolveu. Dera a ele uma piscada maternal, que ele não sabia se devia retribuir ou ignorar. — Eles me convidaram para voltar quando eu importava. Eu era um desses pontos no radar, sabe? Quinze minutos de fama? Agora estão presos comigo. Eles que saem ganhando, se quer saber. Rá! Oh, e por sinal, só para constar: essa pintura em que você está trabalhando é uma merda.

Então ela empurrara um livro no peito de Engales, marcado na página de uma pintura de Lucian Freud.

— Estude. É assim que se pinta uma merda de um rosto.

Ninguém nunca se importara de dizer antes a Engales que algo que ele estava fazendo era uma merda, e ele ansiava por isso. Protestara, para fazer tipo, mas daí estudara a pintura de Freud deliberadamente, correndo seu dedo sobre a página macia, notando a forma como o fundo inacabado eclipsava o rosto em si, e como as sombras se posicionavam tão aleatoriamente na pele. Não estava claro se a pintura nem estava acabada, mas Engales sentiu que era o negativo branco de espaço que fazia a pintura tão maravilhosa. Era o mundo ameaçando obliterar o assunto da pintura, o universo lambendo o rosto do sujeito, prestes a engoli-lo inteiro. Uma compreensão passara por Engales, e não era infeliz: ele não era grande, mas a grandeza estava lá, disponível. Ele havia jogado sua própria tela — a primeira *tela* de verdade que havia pintado — no grande lixo do estúdio e começou de novo. Do outro lado da sala, ele ouvira Arlene dizer:

— Isso aí, moleque.

Depois disso, Arlene rapidamente se tornou o tipo de amiga de que alguém precisava em Nova York: a que contava as coisas como eram, não como você queria que fossem, mas só fazia isso porque ela de fato respeitava você — do contrário não valeria o tempo dela. (Em Nova York, Engales logo aprendeu, o tempo era uma moeda potencialmente mais valiosa que dinheiro de verdade; todo mundo alegava precisar mais dele.) Arlene o informava sobre toda as vezes quando o estúdio não estava sendo usado para aulas ("Porque Deus sabe que você não quer ficar metido com aquela turma toda de merdinhas", ela dizia). Ela xingava muito: xingava as telas dela, xingava Engales e jurava que nunca mais iria pintar. Mas sempre voltava no dia seguinte, contrabandeando sanduíches para ambos, para que nunca parassem de trabalhar. Eles pintavam ao lado um do outro por longos e insanos períodos, às vezes até o começo da manhã.

Foi Arlene que encontrou para ele o apartamento de graça; a amiga dela François, a ensaísta francesa que voltaria para o país de origem por um número indefinido de meses, concordara em confiar a Engales o local porque ele tinha um *"je ne sais quoi... energie positive"*. Foi Arlene que mostrou a ele o grafite nos túneis do metrô e a ala egípcia do Met, onde "os hieróglifos iriam pirar a porra da cabeça dele" e o melhor lugar para comer pizza de pesto às quatro da manhã. ("Pesto é *uma tendência,* no momento", ela disse), e a forma de ligar de graça de um telefone público usando um número 0800 secreto ("Procure a pequena caixa azul. Significa que os *phreaks* a haquearam"). Ela o ensinou como fazer cor de pele *de verdade* ("acrescente um ponto azul mínimo"), e como "continuar pintando mesmo quando você odiar isso mais do que seu tio Booth".

— Quem é o tio Booth? — Engales perguntara. E ela apenas dissera:

— Deixa para lá, mas você o odiaria.

Eles foram a leituras de poesias no A's — um galpão iniciado pela Outra Arleen, como chamava sua prolífica amiga artista, que escrevia poema feitos de sons, fazia vídeos numa câmera 8mm e se apresentava no MoMa, o que fazia a Arlene Número Um "torcer o nariz e comemorar ao mesmo tempo". Eles frequentavam o bar Eileen's Reno, onde os homens se vestiam como moças e as bebidas eram intragáveis como os enchimentos nos sutiãs das moças; ele pintava os homens-moças no dia seguinte; suas coxas peludas e seus belos lábios vermelhos, sugando seus incendiários gin martinis. Foi Arlene que o levou ao local que pelos próximos sete anos o definiria e a sua experiência: a fábrica de cereais transformada em prédio abandonado transformado em casa de festas transformada em moradia, carinhosamente referido por seus moradores simplesmente como a *ocupação*.

RETRATO DE UMA OCUPAÇÃO POR UM ÓRFÃO

OLHOS: as janelas, rotas de fuga, são incapazes de fechar suas portinholas. Assim: lona azul e fita adesiva, até que alguém venda uma obra e possa comprar uma janela de vidro. Eletricidade ligada por Tehching, outro dos residentes não residentes da ocupação, que puxava os fios do outro lado da rua, os passava para cá: faísca mínima, sem fogo. Viva o Tehching: uma festa, com luzes (!), em sua homenagem. Tehching, cujos projetos duravam um ano cada: vivia dentro de uma cela de madeira por um ano, no outro, fora. Agora: tira uma fotografia de si mesmo a cada hora de cada dia deste ano, enquanto marca um relógio de ponto. Tehching, cujo cabelo vai crescer enquanto a foto progride, mostrando as passagens do ano em meros minutos. Que vai acabar renunciando à arte em sua vida: aquele horizonte borrado que cada artista esperava alcançar, que apenas os legítimos ou sortudos conseguiriam.

NARIZ: resina, cola, tinta, bebida, molho de espaguete de um dia atrás e fumaça passada. Cheiros que vivem no prédio como seus residentes: com a firme convicção de que todos ficarão. Ninguém pode dizer aos cheiros da ocupação para ir embora. São tão intrínsecos ao local como os artistas, que ficam acordados a noite toda para fazer cartazes para pendurar na rua que dizem "essa terra é nossa".

BOCA: a boca de Laurie Anderson brilha vermelha quando canta. *Ah ah ah ah ah.* A boca de Laurie Anderson brilha vermelha quando canta. Ela bate seu próprio ritmo no cabo do microfone. *Ah ah ah ah ah.* Sua voz está sendo processada por algum tipo de máquina de computador: é ao mesmo tempo música e não música, som e clima. *Whoooop. Dooooah.* O prédio abandonado move seus membros abandonados ao som que vem daquela boca, o som que se move pelo computador e fora dos ossos dos homens que os prédios abandonados possuem. Os corpos não mais pertencem a seus donos, mas, em vez disso, à boca brilhante de Laurie Anderson.

CABELO: Selma Saint Regis corta o seu no banheiro da ocupação, emoldura, deixa na porta de Mary Boone, nunca mais lê sobre isso.

CORPO: uma projeção, do lado oeste do maior cômodo da ocupação, de um homem dançando com um chapéu de festa. Está nu, seu corpo flácido batendo em si mesmo. A artista em si, que entra na moldura de tempos em tempos para dançar com o homem, recusa-se a receber o crédito ou ser reconhecida. Seu rosto nunca é visível. O homem está vulnerável e agressivo em seus movimentos. A artista é reservada e cuidadosa em relação à câmera, mas provocativa em relação ao homem, projetando seus quadris. O vídeo termina quando ela pega um maço de notas do homem, que olha para ela desejoso do canto da cama, seu rosto repentinamente doce, triste, e culpado, tudo ao mesmo tempo. Então há o close de suas mãos, rabiscando algo numa caixa de fósforo. "Balance, baby, oh, balance", ela escreve com as mãos tremendo.

MEMBROS: "Vou desenhar no seu se você desenhar no meu." Palavras de Jean-Michel Basquiat, que estica seu braço liso para Raul Engales durante uma das melhores festas da ocupação. Brigas por ciúme, com brigas de desejo com frivolidade infantil: estão olhando um para o outro no espelho. O braço de um homem cujo nome estava flutuando através de todos os pontos mais ásperos do centro, mas não havia ainda sido gritado ao mundo. O braço de um homem cuja presença fez tanto mulheres quanto homens se contorcerem em direção a ele, como se estivesse irradiando algum tipo de calor, cujas pinceladas Engales havia visto, *gritado do máximo dos pulmões dele*. Um braço que Engales imagina que um dia valha milhões. Ele tem a mesma sensação sobre o seu.

Uma nova Nova York emergiu quando Engales entrou no mundo da ocupação, que girava ao redor dele como um fabuloso tornado, sugando-o para dentro. A ocupação se tornou mais do que um espaço físico — era uma *ideia*, um *movimento*, um grupo de pessoas que viajavam como um conjunto de tentáculos ao redor da cidade, sugando arte e vida de cada lugar que pousavam. Engales dançava ao som de B-52s no Studio 53, ficava com modelos no Max, cheirava cocaína de uma artista performática com o corpo pintado de prateado, caía em festas minimalistas em galpões também minimalistas. Ele ficava de ressaca em sofás aveludados de eventos ilegais na região que logo seria chamada de SoHo, mas na época era apenas o buraco sem nome em que as ruas começavam a ir contra o planejamento. Ele apertava as mãos de velhos em roupas de poliéster com círculos de suor, cujas cadeiras de jardim talvez nunca tivessem tocado um gramado. Ele testemunhava as quintessenciais pichações de hidrante dos meses de verão, quando criancinhas gritavam pela pressão da água; fumava com mulheres que não usavam camisa, pois por que deveriam?; nunca ia para a cama antes das quatro da manhã, pois por que deveria?; nunca se aventurava acima da Fourteenth Street, pois por que deveria?; e vibrava em geral com a adrenalina artística que o maravilhoso centro da cidade produzia.

Era a sujeira que era glamorosa, percebeu. A importância da destruição e decadência que deixava de lado ganho e crescimento, a forma como os artistas gravitavam em direção ao mais destituído dos lugares e assim rodeavam uns aos outros — o que os fazia se sentir ricos. Na verdade, eram em sua maioria ainda anônimos e muito pobres, mas de alguma forma ser pobre em Nova York não era penoso ou assustador como na Argentina, onde a eletricidade seria desligada por semanas ou ele e sua irmã poderiam não ter comida suficiente. Essa nova vida, mesmo depois que a novidade foi absorvida, parecia com um *retrato* surreal e inconsequente da vida real. Era quase como a *pintura* de uma vida. Frequentemente sentia como se não fosse o próprio corpo, se as coisas não estivessem de fato acontecendo com ele, e, se aconteciam, não contavam. De forma simultânea, sentia tudo mais forte: prazer, empolgação, claustrofobia, raiva e inspiração. Estava mais inspirado a fazer arte aqui do que já estivera; começara a pintar como uma fuga — uma fuga de sua vida real, que se tornara quase impossível de suportar —, e agora pintava como uma forma de *entrar* na vida; queria ir o mais profundo que pudesse na vida. Até o fim.

Nunca sentira qualquer influência de outros artistas, mas aqui era impossível não acontecer isso. Queria as linhas de Keith Haring, a expressão de Clement, a bravata de Warhol, as formas de Donald Sultan. Levava um caderno consigo e quase sempre se encontrava nos cantos das galerias, desenhando algo pelo qual foi tocado. Pegava o que queria e incorporava em seu próprio trabalho; se transformava com o clima da cidade. Agarrava rostos nas ruas, roubava tons dos semáforos. O que emergia era um coro caótico: pinturas que corriam com os sons de Nova York; pinturas que, apesar de suas influências, pareciam e soavam como nada que já vira ou ouvira.

Arlene notou quanto progresso ele fizera.

— É louco pra caralho, sério — disse ela em uma noite regada a cerveja no estúdio. — Como alguém da sua idade pode entender qualquer coisa sobre qualquer coisa. Que pena que cheira tão mal, eu pediria você em casamento.

— Acha que eu toparia? — Riu.

— Sem dúvida — respondeu com seriedade, com um brilho de escama de peixe nos olhos.

Ele continuou pintando. Continuou melhorando. Sentia no corpo, nas mãos: novas habilidades, nova facilidade. As partes que outrora foram difíceis (composição, certas sobras, mãos) começaram a ficar fáceis: ele criou centenas de pinturas naqueles primeiros anos, carregando-as para o apartamento de François quando terminava, empilhando-as contra a parede e debaixo da cama. Ele se dedicou à habilidade, colocando tempo e trabalho árduo, dizendo a si mesmo que valeria a pena um dia, alguém iria reconhecê-lo. Mas tirando os artistas da ocupação que, por proximidade, tinham de reconhecer todos que vinham entre eles, ninguém reconhecia. Raul Engales fazia o melhor trabalho de sua vida, superior a muito do que via nas galerias, mas ninguém prestava atenção.

Uma verdadeira galerista ainda estava parada como um farol em seu espaço apropriado do ateliê que dividia.

— Esta é Rumi — Engales disse para Arlene. — Falei que ela viria.

— Só levou seis meses! — Arlene retrucou. — Olá, Rumi. Prazer em conhecê-la. Não foda com o Engales. Quero dizer, você sabe o que quero dizer.

— Não planejo fazer isso — Rumi disse friamente. — Em qualquer sentido da frase.

— Vocês não sabem se divertir — Engales afirmou, agora puxando Rumi para seu canto, em que um grupo de pinturas dele estava recostado contra a parede em pilhas angulares. Engales as puxou sucessivamente e recuou, as indicando.

— *Voilà*. Minhas pinturas mortas.

— Estou vendo — Rumi disse, estudando as telas cobertas de composições caóticas tomadas com o estofo da vida de Raul Engales: retratos altamente detalhados de gente que conhecera na rua e cujos rostos memorizara, rostos geralmente retorcidos em alguma expressão estranha de dor ou euforia; então, maços de cigarro, insetos, passagens de sonhos, ondas de calor, girassóis, o pé feio de uma mulher, o peito nu de outra, o mamilo feminino avermelhado, manchetes de jornal, ditados em espanhol, poemas de amor, papel de bala. Mas mesmo que ele tivesse abandonado os retratos objetivos que fez como adolescente, era o povo — rostos e corpos que faziam o impacto de cada pintura — que era realmente cativante. Olhar para todos eles fazia sua própria cabeça girar: as pessoas que vira ou conhecera, gostara ou odiara. Seu coração parou de bater até Rumi falar novamente.

— Não são *pinturas* — Rumi finalmente disse —, algo que falei que está *morto*, mas são *retratos*.

— E?

— E retratos estão *realmente* mortos. As pessoas acham que são ultrapassados, entediantes; sei que já superamos as *pessoas* hoje em dia. Estamos nas *identidades*. Saímos do realismo para o metarrealismo. Saímos do maximalismo... posso me aventurar a informá-lo que é o que temos na nossa frente? Saímos até do minimalismo! Estamos no *nada como alguma coisa*. Ideia como produto. Não nos importamos com a coisa. Especialmente não nos importamos com o *sujeito*!

Os ombros de Engales caíam conforme o ego murchava. Ele se sentiu irritado por não ter se cobrado mais. Por que ele não havia ido *além* da pintura como todo mundo fizera? Pensou em David Salle, cuja exibição acabara de ver na Mary Boone Gallery com Selma, que ainda não fazia seu truque com o cabelo, usava-o longo e solto.

— Filho da puta esperto — Selma dissera ao ver o trabalho.

As pinturas de Salle eram quase como colagens, carregando e justapondo múltiplas ideias; as pinturas *fediam* como ideias, *eram* ideias. Engales agora se perguntava como aquilo era feito, como Salle conseguiu expressar isso, além de seu valor estético, era algo inteligente, que podia fundir a própria tinta na tela com pensamentos profundos sobre a essência da sociedade humana, a arte em si. Tudo que os holofotes tocavam hoje em dia era de alguma forma intelectualizado: uma desconstrução, uma deliberação, um teste. Engales não estava bem certo de qual era a própria *ideia*; ele só entendia que pintar era *viver*, e por esse motivo pintava. Aparentemente tudo que imaginava conhecer sobre arte estava errado.

— Mas que se foda — Rumi disse de repente. — Eu *adoro*.

Ela pegou uma pintura de uma jovem numa túnica bordada, cujos olhos pareciam tristes, e que segurava um ovo em cada mão. Atrás da menina, o crânio de uma vaca esmigalhando em suspenso no ar, as lascas de osso retratadas de forma imaculada que pareciam poder cortar quem estivesse vendo ou tocasse a tela.

— Este aqui. É maravilhoso. Vou levá-lo e colocar na Times Square.

— O que tem na Times Square? — perguntou.

— Espere — ela pediu, forçando a vista para o chão cheio de pinturas. — Vamos lá. Vamos acabar o quartinho todo para você.

— O que é o quartinho? O que é Times Square? — ele perguntou de novo.

— É uma exposição que estou ajudando a montar — ela respondeu ausente, perdida nas pinturas. — É pequena e estranha e a sala que estou curando é num antigo salão de massagem, vai ser um bando de moleques punks e gente de quem ninguém nunca ouviu falar levando sua carreira a absolutamente lugar nenhum. Então não molhe a calcinha.

— Não uso roupa íntima — ele disse. Seu corpo sorria.

Times Square! Uma exposição! Seu próprio quartinho! Num salão de massagem! E essa mulher! Essa mulher com um quartinho, uma grande cabeleira e uma bela bocarra! O coração estava pairando bem acima do estúdio com os pássaros noturnos da cidade.

— Vocês dois são nojentos pra caralho — Arlene gritou do outro lado do estúdio.

Engales riu. Olhou de volta para Rumi e tentou criar um clima, em que eles se olhavam nos olhos um do outro e, mesmo que não pudesse captar os olhos dela, se inclinou... mas Rumi esticou o braço (e os braços dela eram *longos*) e disse a ele, para sua descrença, que ela era *lésbica*, e tinha uma namorada chamada Susan, que era *arquiteta*.

— Bem, isso me faz gostar dela um *pouco* mais — Engales ouviu Arlene dizer do canto.

Engales a afastou e torceu o nariz.

— Bem, o que devo fazer agora? — quis saber. — É quase meia-noite e não vou beijar *Arlene*.

— Oh, nem vem! — Arlene disse.

— Vou te dizer — começou Rumi. — Por que não saímos? Vamos pra noite. Ou pra uma pedaço da noite, já que você parece ter ocupado a maior parte dela para essa pequena turnê no estúdio.

— Esta noite inclui conhecer alguém que eu possa beijar em exatamente trinta e dois minutos? — Engales olhou para seu pulso peludo, no qual não usava nenhum relógio.

Rumi olhou para Engales de cima a baixo dramaticamente, permanecendo por mais tempo do que ela precisava em seus grandes lábios lisos.

— Tenho certeza de que podemos encontrar algo — piscou ela com ambos os olhos.

— Arlene está convidada?

— Claro que está.

— Arlene está ocupada! — Arlene gritou.

— Ah, *vamos* — Engales gritou de volta. — Vamos arrumar uma transa pra você.

Arlene soltou uma risada e jogou o pincel numa lata de café.

— Ah, que se foda. Para onde?

— Estava pensando em entrar de penetra em uma festa de rico — Rumi disse. Havia um toque subversivo em seus olhos de tigre, que Engales ainda achava sedutor, apesar de ter recuado, rejeitando a sedução.

— Odeio gente rica! — Arlene exclamou. — Estou dentro.

— Também — Engales reafirmou, dando de ombros.

— Sigam-me — Rumi falou, olhos brilhando com chispas promissoras de ouro.

Os ricos estavam reunidos na varanda quando chegaram, então Rumi, Arlene e Engales tiveram o resto do selvagem conjunto de salas para si. Primeiro, Rumi deu a eles um relatório através da porta de vidro de quem estava presente:

— Esse é Frederico Rosso, dono de metade da coleção permanente no MoMa; aquele é James Bennett, escreve para o *Times*, se você tiver sorte, ganha uma resenha, mas nunca se sabe com Bennett, meio esquisitão ele; ali está John Baldessari, parece não saber como se vestir para o inverno de Nova York, hein?

Engales examinou os ricos. Queria pintar cada um deles. Uma mulher num vestido borgonha e uma jaqueta de marinheiro aberta cinza, cuja barriga tinha um formato estranho: um tipo de triângulo caído, que mal se notava, maravilhosamente estranho; um homem minúsculo em suspensórios, cuja onda de cabelo estava prestes a estourar. Então havia o homem que Rumi disse que escrevia para o *Times* — o *Times*! — cuja cabeça careca saía do garboso sobretudo: cabeça que ele queria desenhar (uma pincelada branca por seu brilho) e conhecer (o que um escritor do *New York Times* veria em suas pinturas?). *Um dia*, ele jurou lá mesmo. Mentalmente, guardou um retrato da cabeça brilhante de James Bennett num espaço do cérebro, para algum dia.

— Fique bonzinho — disse Rumi, puxando Engales em direção à geladeira dos ricos, que atacaram, terminando uma garrafa de champanhe em questão de minutos, batendo taças e ficando mais ruidosos conforme bebiam. Vagaram pelo labirinto de salas levemente iluminadas, insanamente decoradas, tomadas de arte, babando sobre os dois De Kooning na sala, cheirando o Stella atrás do sofá, paquerando a escultura Claes Oldenburg de um cone de sorvete que ficava, de forma doce e aconchegante, sobre a lareira, as partes derretidas pareciam feitas para o pequeno buraco de tijolos. O labirinto convidava à exploração e à sondagem, com as luzes fracas, cadeiras de pele de zebra e portas de mogno. E o que era isso? Assentos? De uma igreja? Os três acabaram se separando, entrando em quartos diferentes do longo corredor, carregando a taça de champanhe como detetives bêbados.

Engales se encontrou num quarto como uma toca, uma escrivaninha iluminada por uma luz baixa. Diferentemente dos outros quartos, não havia obras de arte na parede; estavam vazias e pintadas de um azul real profundo. Havia apenas a escrivaninha, a lâmpada e um círculo de luz que aureolava um gravador de fita. Engales andou pela mesa e sentou-se na grande cadeira de couro atrás dela. No gravador de fita havia um pequeno cartão branco, que dizia: *Milan Knížák: Broken Music Composition, 1979*. Engales conhecia o nome; Arlene havia falado sobre Knížák, um artista performático tcheco que era famoso por seus happenings e por sua arte social em Praga. Curioso, pressionou o botão de play no gravador. Uma música arranhada e grosseira emergiu, hesitando e começando como se o disco estivesse sendo puxado e depois solto. Mas a música original retinha algo de sua forma: um som profundo e velho com fatias de canto que fez o estômago de Engales se apertar.

A música, em sua identidade partida, tristeza e beleza, lembrou distintamente sua casa, de algo que seu pai teria posto, algum disco riscado que havia comprado numa viagem para a Itália, que provavelmente encontrara nos fundos de alguma loja de cem anos de idade, ou um disco dos Beatles que comprara em Londres ou Nova York de um vendedor de rua, sem se importar que era uma cópia usada e decrépita.

— Escutem isso! — O pai teria dito a ele e a sua irmã, Franca. — Escutem essa coisa bela que um ser humano fez!

— Mas está *riscado* — disseram Engales e a irmã.

— Mas esse é o *ponto* — o pai teria dito. — As imperfeições, o tempo que passou, os soluços… é o desgaste do *mundo* nisso. É a *vida*.

Engales ficou surpreso com quão emocionado estava, escutando a música quebrada na sala azul dessa pessoa rica. A música parecia religiosa e poderosa, sincera e vulnerável. Era como uma descoberta de alguma parte dentro do corpo que liberava ao mesmo tempo um prazer e uma dor profunda, um puxão dessa parte. Era um momento do qual iria se lembrar mais tarde pelo que faria a ele: pensar sobre sua casa, mas pensar *realmente* sobre sua casa, pela primeira vez desde que fugira de lá.

Sua irmã Franca o havia traído: tinha se casado. Com um homem fraco, chamado Pascal Morales, na igreja de San Pedro Gonzalez Telmo, numa manhã chuvosa em julho de 1973. Ela não dissera a Engales que faria isso porque sabia que ele desaprovaria. Veio para casa uma tarde com a aliança no dedo e um olhar culpado no rosto, indo direto para a cozinha, onde começou a fazer um de seus bolos. Só depois que Engales percebeu que ela estava fazendo o próprio bolo de casamento, uma coisa redonda e açucarada que iria ficar no balcão da cozinha por semanas, que ninguém iria comer, mas não conseguiria jogar fora.

Ele não teria admitido por que estava tão bravo naquela manhã, e nas manhãs seguintes, mas tanto ele quanto Franca sabiam. Franca era *dele*, e o casamento com Pascal era uma ameaça distinta à irmandade deles. Desde a morte dos pais, ela foi a única a se importar com ele, inclinado a ficar fora até tarde e beber até esquecer, o cuidado dela era a única coisa que os definia como algum tipo de família. Era quem o esperava quando chegava às três da manhã fedendo a cigarro. Era quem perguntava o que estava fazendo e o que queria comer, quando a resposta era sempre *nada*. Era ela quem escutava através das paredes quando levava mulheres para casa, conhecia quais crimes de luxúria cometera, quando roubava a virgindade de uma menina ou era frio com ela e a fazia chorar. Ele se ressentia bastante de Franca, às vezes querendo gritar que ela não era *a porra da mãe dele*, mas sabia também quão facilmente ele poderia destruí-la, destruí-*los*.

Sabia que, para sobreviver, Franca e Engales tinham de manter o equilíbrio preciso de silêncio e compreensão que poderia ser mantido apenas por irmãos que compartilharam uma grande perda, como eles. Franca via tudo, todos os pontos obscuros dele, os defeitos, os pontos de dor. Porque ela era a única que tinha aqueles mesmos pontos obscuros, defeitos diferentes, mas similares, uma dor diferente, mas similar. Às vezes, ele mal podia olhá-la com medo de que fosse testemunhar o próprio desespero. Ele a evitava, ia para outro cômodo da casa; a casa era grande demais para os dois, eles circulavam ao redor como mariposas, gatos ou fantasmas. Ao mesmo tempo, ele sabia que ela estava lá; sentia o seu cuidado através da parede, e isso era o que importava. Havia mais alguém no mundo que era testemunha de sua tristeza, e compartilhava dela.

Seus pais, Eva e Braulio Engales, morreram em outubro de 1965 quando Braulio, bêbado, bateu seu Di Tella Magnette numa árvore a caminho de casa, voltando de um fim de semana em Mar del Plata. Raul tinha catorze anos, Franca, dezessete. Foi no mesmo dia que dez exploradores argentinos chegaram ao Polo Sul. Era chamada de Operação 90, porque o Polo Sul estava a noventa graus ao sul. Franca e Engales se sentaram no sofá floral duro na sala de estar, com a televisão ligada, vendo os exploradores saudarem a bandeira em seu uniforme cor de laranja. O cara que apareceu na casa deles poucas horas antes — terno azul, rosto bem barbeado, mãos femininas — contou que seus pais morreram com o impacto, na rodovia saindo de Miramar. Impacto: como um pássaro atingindo uma janela de vidro. Mas Raul e Franca teriam uma visão diferente da morte deles, morte a que iriam se referir pelo resto do tempo juntos como Operação 90. Um lento degelo, um congelamento no Polo Sul, os pais deitados a noventa graus ao sul, segurando as mãos um do outro sob a bandeira da Argentina.

Para alguém de fora, Eva e Braulio poderiam parecer o tipo de gente que *morreria* cedo, ao menos porque estavam num constante estado de movimento quase incauto. Eles se jogavam dentro de aviões e trens, voando para Bruxelas ou para Córdoba para uma reunião, então dirigiam, como fizeram naquela noite fatídica, até a praia para um final de semana de coquetéis e papos comunistas com os amigos boêmios, de alguma maneira sempre desocupados. O que faziam permanecia vago para Raul e Franca: algo a ver com política internacional e, como eles colocavam, *a lenta luta em direção à justiça social*. As viagens constantes deixaram os filhos com a habilidade de cuidar de si mesmos por longos períodos (algo que seria providencial quando eles nunca mais voltaram) e um vago resíduo de radicalismo ("nunca confie em ninguém que queira estar no comando", seu pai frequentemente dizia).

Além disso, renderam um passaporte norte-americano para Raul; eles o conseguiram durante uma estada de seis meses em Nova York, uma história que adoravam contar — *nosso garotinho americano*, diziam em inglês nas festas — e um fato que o ligava ao continente acima, manteve Raul estudando inglês durante a adolescência, no caso de ele querer ir para o Norte. Franca, na época, só recebeu um visto temporário.

Nos primeiros anos após a morte dos pais, Raul ficava esperando que voltassem para rodopiar pela casa com suas novas roupas estrangeiras, a longa saia de sua mãe e mangas bufantes farfalhando sobre a mesa, enquanto arrumava as bugigangas que comprara: um conjunto de bonecas russas de cores vivas, uma caixa de madeira entalhada e forrada com veludo roxo, um crânio gigante de vaca, que ficaria pendurado sobre a lareira até que Raul, dois anos depois da morte deles, subisse numa cadeira, puxasse para baixo e quebrasse em pedaços contra o joelho.

Depois que começou a levar a ausência deles mais a sério, parar de acordar esperando que voltassem, sentiu a perda no corpo. Era como uma massa escura letárgica, uma bolha de raiva e dor que às vezes o fazia beber garrafas de uísque no gargalo, às vezes roubar mercados e às vezes paralisar-se, completamente incapaz de sair da cama. Era a dor que o impedia de frequentar a maior parte das aulas para fumar no beco ao lado da escola. Da primeira vez que Franca descobriu seu esconderijo, ele não ficou surpreso — de certa forma sabia onde estava, como se tivesse um sexto sentido. Mas ele ficou surpreso quando ela se abaixou ao lado dele em seu uniforme azul-marinho, e em vez de brigar com ele ou dizer para voltar para a aula, pegou o cigarro de sua mão e deu uma lenta e silenciosa tragada. Ela olhou para o céu, que tinha duas nuvens inchadas flutuando.

— Parecem tetas — Franca disse.

Ele explodiu em risada, e ela teve de rir também, o tipo de risada ridícula e necessária que apenas irmãos compartilham. Riram até o estômago doer, e, quando pararam, Engales se sentiu aterrorizado. Ele se lembrou de pensar, naquele momento, que essa seria a única vez que ele riria. Que a risada era apenas um pequeno intervalo na dor infinita, o que era quase pior do que nunca ter tido alívio.

Para ganhar dinheiro suficiente para se manter na casa dos pais, eles arrumaram empregos. Raul pintava casas para ricos — em sua maioria, famílias de militares — em Palermo e Recoleta; Franca trabalhava na padaria, que mais tarde assumiria. Criaram hábitos necessários: tomar banhos juntos, de costas, para ter água quente suficiente; acender velas em vez de luzes; contar histórias um ao outro alternadamente para que o outro pudesse adormecer. Existiam dessa forma, sem pais, mas juntos... por oito longos anos, antes que Pascal Morales viesse e partisse o equilíbrio delicado bem ao meio.

Pascal vendia assinaturas de revista porta a porta, e quando bateu na casa deles e viu Franca, falou que ela era mais bonita do que a mulher na capa das revistas, que por sinal era Brigitte Bardot.

— Ninguém é mais bonito do que Brigitte Bardot — Franca disse de uma forma tímida, mas Pascal já fechara negócio, tanto o elogio quanto a assinatura, e ela foi jantar com ele naquela noite mesmo.

— Você comprou uma porra de assinatura daquele cuzão? — Engales gritou para ela quando voltou do encontro.

— Ele não é tão mau — Franca respondeu. — Ele me levou para aquele lugar novo, Tia Andino. Raul, ele pode pagar pelo Tia Andino!

— Bem, nós não podemos pagar por assinaturas de revistas!

— Mas poderíamos se ele nos ajudasse! — Franca implorou. — E se ele pudesse cuidar de nós?

Raul apenas olhou para ela e balançou a cabeça. O que ela realmente estava dizendo era que ele, Engales, *não* podia tomar conta dos dois. Que não era suficiente. O que mais doía era que ele sabia que não era. Que não era um homem forte para cuidar da própria irmã, ou mesmo de si próprio. Porém viu que Pascal não estava à altura da tarefa também. O homem tinha uma qualidade dissimulada, pérfida, e algo dizia a Engales que se a casa de repente pegasse fogo, Pascal sairia correndo pela porta para se salvar sem pensar em Franca. Engales fez uma série de pequenos testes: quebrou a dobradiça da porta traseira para ver se Pascal ao menos tentaria consertar (não tentou); vociferou uma nojenta opinião política conservadora (algo pró-Perón, que essencialmente se tornara fascista) para ver se Pascal iria se opor (não se opôs); o que dizia que Pascal não era apenas indigno de namorar sua irmã, mas de colocar os pés naquela casa.

— Ele é um maricas, Franca — tentou dizer à irmã, depois que já namoravam há alguns meses (já tempo demais, na opinião de Engales). — Um maricas conservador. Ele não é para você!

— Que pena que você acha isso — disse Franca. — Porque eu o convidei para se mudar para cá.

No período mais quente de janeiro de 1973, Pascal levou um caminhão de mobília que, na sua tentativa de aparentar moderna, só parecia terrivelmente barata e contrastava de forma irritante com as mesinhas de centro antigas da mãe deles e as belas almofadas ornadas do sofá. Ele instalou uma poltrona marrom quadrada gigante na sala e se instalou sobre ela, um lugar que ele viria a pensar que *conquistou*, e onde se sentaria por longos períodos, aparentemente infinitos, assistindo à mais conservadora das estações de TV, os pés nodosos apoiados na mesinha de vidro da mãe, como se não fosse uma lembrança preciosa dos pais mortos, mas um apoio descartável, construído apenas para ele e seus calcanhares ossudos.

A presença de Pascal levou Engales a praticamente viver no El Federal, o bar na esquina, onde podia beber e ficar em silêncio, onde não tinha de sentir o hálito pesado de Morales ou o escutar peidando de noite, nem ver o cabelo de Morales na banheira. Todos os hábitos com a irmã foram interrompidos: Pascal pagou para ter as luzes de volta; dormia na cama com Franca, e Raul voltou para o quarto de sua infância, e sua velha cama rangente. Mal havia água quente para os três, e os banhos de Engales eram quase sempre congelantes. A ideia de sua irmã dormindo com Pascal quase o enlouquecia, e por isso ele a culpava.

— Ele não vai te salvar — gritou para ela uma noite quando ambos não conseguiam dormir e vagaram como na juventude para a cozinha escura. — Ele não vai trazer a mãe e o pai de volta!

Ele fez Franca chorar naquela noite, como faria muitas vezes antes de partir.

— Precisa deixar viver minha vida, Raul. Você vai embora um dia, então onde vou estar? Preciso de alguém.

— Bem, ele não é o alguém certo! — gritou em resposta.

Ela apertou a mão no ombro dele e lhe deu um olhar que dizia *não faça isso*.

Buenos Aires, para Raul Engales, estava se tornando uma série de *nãos*, ele podia vê-los. *Não* fique entre sua irmã e seu novo namorado sórdido. *Não* fique confortável em sua própria casa. *Não* durma com mulheres que ficam até tarde no El Federal, buscando escapar de seus maridos (os maridos vão te encontrar, vão seguir por Calle Defensa e te forçar a se esconder no escuro atrás dos lixões). *Não* ganhe nenhum reconhecimento por suas pinturas, que nesse ponto são só um *hobby* patético, indignas do tempo de ninguém, não que alguém se importasse com arte agora em Buenos Aires, em que as coisas ficavam fodidas demais para se importar com ocupações supérfluas. E quando sua irmã disse que casou com Pascal Morales no fórum na manhã de ontem, *não* tente por mais um segundo esconder sua aversão dele, *deles*, porque Pascal Morales está aqui para ficar, nessa enorme casa velha com que seus pais os sobrecarregaram, que mesmo com seus quatro quartos não é grande o suficiente para três pessoas.

Sim, pegue seu passaporte norte-americano da velha escrivaninha de seu pai, passe a mão sobre o emblema dourado e lembre-se dele dizendo:

— É uma cidade de pura poesia, estou falando, crianças.

Você está pronto para a poesia. Já deu para você o texto sufocante que sua vida se tornou na velha casa.

No final, Franca implorou para que ele não fosse. Na primeira parte da manhã, no sábado, 29 de junho de 1974, apenas dois dias antes que a morte de Perón sacudisse o país, e um dia antes que Raul fizesse 22 anos, enquanto ele se afastava de sua velha casa com mochila, ouviu Franca gritar da porta da frente:

— *Não vá, Raul! Por favor, não vá!*

Não pôde olhar de volta. Se olhasse para trás, nunca seria capaz de seguir em frente. Ele a veria segurando seu bolo idiota, que assou para o aniversário dele num apelo final para fazê-lo ficar, em seu velho casaco azul que costumava ser da mãe. Ficou em pânico de deixá-la: a única pessoa que se importava com ele e o único lar que conhecia. Mas foi embora.

A porta para a sala azul se abriu e Engales assustado derrubou sua taça de champanhe. Felizmente estava vazia, ou ele teria derrubado tudo sobre *Broken Music Composition,* 1979. Na porta havia uma mulher — que não era bonita, mas de aparência importante — num vestido preto de seda e um chafariz de cabelo grisalho.

— Você encontrou o Knížák — ela falou na voz de uma pessoa rica, o tipo de pessoa impassível, tão lânguida que terminou soando tenso.

— Sinto muito — Engales se desculpou, pegando a taça. — Eu estava apenas ouvindo.

— Escute o quanto quiser — ela disse, entrando no quarto e estendendo educadamente a mão. — É por isso que está aqui. Sou Winona.

— Olá, Winona.

— É lindo, não é? Completamente novo. Completamente estranho.

— Sim, muito — Engales concordou. Por algum motivo, a mulher o estava fazendo se sentir nervoso, e ele não sabia se deveria se levantar da cadeira de couro ou ficar onde estava. Olhou no túnel distorcido de sua taça de champanhe.

— Sabe, eu o vi em Praga — disse casualmente, como se Praga fosse um bairro em Nova York que frequentasse. — Fazendo essa *demonstração para todos os sentidos*? Não foi notável? Todas essas ações divertidas, absurdas, realmente. Em um ponto os participantes tiveram de se sentar num quarto onde perfume foi derrubado por mais de cinco minutos. Rá! Consegue *imaginar*?

Engales sorriu, mas não respondeu. Tinha a sensação de que ela era uma das pessoas que gostavam de falar, e que era importante, e que essa era a casa dela, então deveria deixá-la falar.

Ela se aproximou mais, colocando a mão no bíceps dele.

— Quantos anos você tem? Trinta? — ela quis saber.

— Tenho vinte e nove — ele respondeu com um gole; estava arredondando para cima.

— Jovem demais para estar sozinho à meia-noite. E lindo demais.

Mas quando Engales achou que ela iria acariciar seu rosto, ela o agarrou em vez disso e usou o aperto para puxá-lo para ficar em pé, então o levou em direção à porta.

— Você precisa encontrar uma mulher para dar uns beijos — disse friamente. — Faltam poucos instantes!

— Acho que sim — Engales concordou.

— Oh, mas espere! — Winona disse, seus olhos ricos se iluminando. — Esqueci de te dar sua sorte. Todo mundo recebe a sorte baseado na peça de arte com que terminou. Você ficou com *Broken Music*. — Então fez uma pausa, seu rosto se tornando pálido e sério.

— Não quero ser *soturna* — ela disse lentamente, com os olhos se estreitando. — Mas esta peça tem uma qualidade sinistra. Você vai ter de fazer o que Milan Knížák fez. Vai ter de perder tudo, a música toda que memorizou e pensou amar, para poder fazer algo realmente belo.

Engales estava silencioso; o rosto de Winona havia assumido aquela qualidade de velha louca, ele só queria sair e voltar para sua noite de bebida com Arlene e Rumi.

— Você é artista, certo?

— Como sabe?

— Tenho um jeito para saber essas coisas — ela contou, apontando para a mão de Engales com os olhos. Engales abaixou o olhar para as unhas, que estavam contornadas com tinta azul.

— Aahhh.

Ele olhou para as mãos e pensou na primeira vez em que soube que queria fazer arte: na aula do Señor Romano, quando ele viu um slide de Yves Klein saltando de um prédio para o que parecia ser sua morte. Havia ocorrido a ele e agora de novo: era questão de se tornar visível e invisível. Visível, porque estava deixando sua marca; invisível, porque o que o engolia era muito maior do que você. Você era apenas essa coisa minúscula, e a arte era enorme. A arte era um grande vazio em que podia saltar, tentar preencher e nadar ali para sempre. Quando levantou o olhar novamente, Winona havia partido. O relógio no canto informou que 1979 também.

Quando Engales saiu, o povo estava entretido nas badalações pós-meia-noite: beijos a mais, champanhe idem, confete extra, só para não deixar por menos. Viu que Arlene havia encontrado um tipo boa-pinta: um homem baixo com um bigode proeminente, que a conduziu a um canto da varanda e estava colocando uvas na sua boca. Quando ela viu Engales, apontou para as frutas e balbuciou: *significa boa sorte na Espanha!*

Engales fez sinal de positivo e levantou as sobrancelhas. Rumi havia sumido, e ele estava mais uma vez insatisfeito com o ambiente — lá só havia o zumbido de conversas de alta-roda, um mar de velhos em casacas, algumas mulheres mais jovens que não o interessavam nada, em roupas de marca, cujas etiquetas deveriam fazer as vezes do estilo. Ele procurou pelo escritor, mas já devia ter partido, o que por algum motivo o entristeceu. *Algum dia.* Em geral, Engales podia sentir a noite fazendo sua virada inevitável para pior: a lembrança da música ou a memória das memórias que a música havia conjurado, tocando em sua mente, ao lado da estranha leitura psíquica de Winona.

A festa começou a parecer ao mesmo tempo surreal e desimportante. O que estava fazendo ali? Tão longe de casa, com toda essa gente rica que não conhecia, bêbados de champanhe?

Ele conseguira nos últimos anos evitar tais pensamentos; a cidade o havia consumido, então ele se recusou a pensar sobre Franca, havia apenas mandado a ela um cartão-postal dizendo que havia chegado, para o qual ela respondeu com uma longa carta ultrassentimental, que terminou com uma frase enigmática: *Tenho grandes notícias, Raul. Mas prefiro contar pelo telefone. Pode ligar? Sua. Sempre sua. F.* Ele não escreveu de volta e não ligou. A carta dela parecia olhá-la nos olhos: havia muito ali. A carta fedia ao lar, e ele não queria pensar a respeito. Essa era sua casa agora, e as grandes novidades de Franca — com certeza algo doméstico: eles compraram uma nova casa, venderam a padaria, ou Franca ficou grávida — poderiam esperar.

Mas com o novo ano diante dele e a música em sua mente, não podia evitar. Ele se perguntou o que Franca estava fazendo. Se estava bebendo champanhe, a não ser que os militares tenham banido isso também, ou talvez estivesse dormindo. Mas ele não tinha de se perguntar. Ele sabia. Sempre sabia. Franca estava sentada na janela com um copo d'água, olhando para a Lua. Ela se perguntava onde o irmão estaria, o que estaria fazendo, mas não tinha de se perguntar. Ela sabia. Sempre sabia. O irmão estava numa varanda com um bando de gente rica, olhando para a Lua lá em cima, pensando nela.

Cigarro.

Engales escapou pelas portas de vidro através do labirinto de cômodos, descendo uma escadaria escura e saindo para a rua. Lá encontrou Rumi, como havia feito na primeira noite, sentada no degrau ao lado, como se tivesse aparecido com uma lâmpada mágica. Ao avistá-la, um troféu do futuro, todos os pensamentos de Franca se afastaram novamente. Ali estava a vida, bem no degrau, vivendo dentro do belo monte de cabelo de Rumi.

— Ora, se não é o pintor.

— Ora, se não é a lésbica. — Ele se sentou ao lado dela no degrau frio, começando o meticuloso processo de enrolar um cigarro.

— Por que vai embora? Você estava se entendendo com Winona.

— Você viu?

— Sim, vi. E vou dizer exatamente o que vai acontecer. Winona vai encontrar você. Capturou o interesse dela. E quando o interesse de Winona George é capturado, ela segue. Ela é como um falcão da arte.

— O que quer dizer? — Tossiu no ar frio, a fumaça pareceu uma flor.

— Apenas espere. Logo, você vai receber uma ligação. Uma ligação vai se tornar um jantar, que vai se tornar uma visita ao estúdio. Você vai se tornar o mascote dela por um tempo. Vai expor em uma de suas galerias. Ela é amiga de alguns dos melhores críticos, incluindo Bennett; vai ganhar uma resenha sem nem perceber. Está feito. Seu destino está selado. Você já é famoso, Raul.

Engales riu.

— Não acredito. Nem pegou meu nome.

— Apenas espere. Você não dará a mínima para a Times Square depois do que ela fizer com você. Mas pelo menos posso dizer que o conheci antes. — Ela piscou.

— Então, o que fazemos agora? — Engales perguntou, levando o relógio de plástico de Rumi para seu nariz.

— Vamos ao melhor bar em Nova York e brindamos antecipadamente a seu sucesso. — Rumi ficou de pé com o que parecia ser o último sopro de esforço. — Talvez até possamos encontrar alguém para você beijar.

Eles se levantaram para partir, parando apenas por um momento para observar Keith, que estava pintando um coração enorme numa barricada temporária do outro lado da rua; dentro, ele escreveu com seus garranchos: *1980*. Quando voltou e os viu, ele deu um sorriso largo. *Vocês vão para a ocupação mais tarde ou o quê?*

UMA GAROTA EM NOVA YORK É UMA COISA TERRÍVEL

Era pouco depois da meia-noite do novo ano, nas primeiras horas da nova década borbulhante, quando Lucy Marie Olliason se apaixonou à primeira vista. Estava fazendo uma rodada de Manhattans para um bando de manequins, lamentando internamente o clímax anticlimático da noite, quando o Amor à Primeira Vista entrou no bar e rapidamente, com a jogada do cabelo preto e o sorriso desajeitado e charmoso que deu a ela, a fez perceber que a noite de fato havia apenas começado. Ele abriu caminho para a frente do bar, entre dois homens grandes para os quais ela servia chá gelado, e colocou os antebraços no balcão como se estivesse prestes a comer um prato de espaguete. A verruga na lateral do rosto dizia: *Marca*.

— O quê? — ela disse. Ele havia dito algo? Ou ela havia imaginado? Podia sentir sua estupidez provinciana aparecendo e ansiava pelo despojamento de um cidadão local, nem que se fosse uma pitadinha. Mas não havia como produzir essa façanha naquele período de tempo ínfimo, dez segundos, nanossegundos até, antes que o homem repetisse:

— Marca! É seu novo nome.

O coração dela saltou. Esse era o tipo de coisa em que ela acreditava, durante seu primeiro inverno em Nova York. Acreditava num homem belo entrando no bar, um tipo de cavaleiro do centro da cidade, um salvador. Acreditava na intimidade dos apelidos, em boa sorte e boa aparência. (E a aparência desse homem — cabelo escuro o suficiente para ser exótico, mas também ondulado o bastante para ser familiar, lábios arqueados e de sorriso fácil, e sobrancelhas triangulares, quase sinistras — era *definitivamente* boa.) Ela acreditava nos olhos desse homem (quentes como uma madeira escura) e na sua verruga (uma protuberância borrachuda que sacudia quando ele falava) e achava que poderia amá-la, aquela bela verruga, que saía do rosto dele em direção a ela, enquanto ele tocava no lóbulo de sua orelha. Ela acreditava em sorte e destino, e que havia encontrado o seu, quando ele contou, inclinado sobre o bar e cochichando no ouvido dela, que era pintor. Finalmente, após cinco meses que pareceram anos na cidade grande, nos primeiros momentos da nova década, conhecera seu primeiro artista. Um dos homens em sua biblioteca de livros roubados, cuja vida ela queria tanto conhecer.

Lucy chegou a Nova York apenas cinco meses antes, em julho de 1979, durante o pico de uma onda de calor que deixou até os ratos letárgicos. Tinha 21 anos. Puxara o gatilho no embalo — de Ketchum, Idaho, para o que as pessoas locais chamavam de "Cidade Grande" ou "Grande Maçã" ou às vezes até "Capital do Mundo" — por causa de um livro e um cartão-postal, que acreditava serem sinais.

O livro, encontrara na seção de arte da biblioteca de Ketchum, um volume preto lustroso chamado simplesmente de *Downtown*. Cheio de fotografias de pinturas e esculturas. Enormes esculturas, maiores do que corpos, e pinturas cujas composições não faziam sentido algum. Ela adorava o sentimento de que não entendia algo, que havia coisas no mundo que não conhecia, que estavam fora de alcance. No entanto, mais do que os objetos, eram os artistas em si que a interessavam: as fotos em preto e branco desses homens — sim, homens em sua maioria — cujos olhos brilhavam com ideias e inteligência da cidade. Ela queria saber tudo: o que comiam no jantar; as suas esposas;

o que eles pensavam sobre suas estranhas criações. O que movia esses homens era a mesma coisa que a movia? O sentimento insuportável de que se não *fizer* algo, se não *preencher o mundo todo com desejos*, explodiria? Lucy pegou o livro muitas vezes seguidas, até que a bibliotecária disse que precisava deixar uma semana entre as retiradas e ela ficou envergonhada, pensando que a mulher sabia o que ela estava fazendo, que olhava fotos de homens, sonhava com eles e ocasionalmente enfiava a mão dentro do jeans e pressionava enquanto encarava os olhos particularmente belos de um artista.

O cartão-postal, ela encontrou enquanto dirigia a picape do pai para a casa de sua amiga Karly. Um borrão branco, captado na grama do outro lado da estrada, que por algum motivo a fez sentir que precisava parar e pegar. Era uma foto gasta de uma vista aérea de Nova York numa noite escura, em toda sua glória pontiaguda brilhante. O verso dizia: *Te vejo logo, moçoila*. Seu coração de fato parou quando leu aquilo. *Moçoila*. O mesmo nome absurdo que a mãe concedera a ela como apelido carinhoso. *Durma bem, moçoila*. Apesar de não ter ideia de quem mandaria um cartão assim, de qual painel havia voado para aterrissar nesse canteiro em particular ou quem era a verdadeira moçoila, sabia que era para ela. Deu meia--volta para a casa dos pais, caminhou para a cozinha onde estavam preparando o jantar e contou: estava se mudando para Nova York e era definitivo.

— Você não precisa ir, sabe — dissera a mãe na véspera de partir. Ela estava sentada no canto da cama de Lucy, vendo-a arrumar o resto de suas roupas num vazio preto enorme de uma mala que comprara por cinco pilas no Exército da Salvação de Ketchum. — Você tem sua vida toda! Ninguém está te obrigando.

— Se alguém estivesse me obrigando — Lucy dissera com o sarcasmo de seus anos adolescentes —, eu não estaria indo.

Ficara em Ketchum depois do Ensino Médio, com os desocupados bizarros que não viram sentido em se inscrever na faculdade, trabalhando no Mason & Mick's, a loja de equipamentos onde havia *nascido*. Ninguém a estava obrigando; estava indo porque *fisicamente* tinha de ir.

— Eu sei, eu sei — a mãe falara, numa voz de que Lucy queria fugir e da qual já sentia saudades. — É sua decisão. Estou apenas colocando opções.

A mãe de Lucy a conhecia melhor do que qualquer um. A verdade é que eram farinha do mesmo saco: desejos não satisfeitos, pele norueguesa, impulsos em conflito sobre ficar confortável ou ser corajoso, doce ou azedo. A diferença era que a guerra de sua mãe já fora travada, os desejos já quase todos esmagados ou preenchidos, e terminara ali, numa casa no meio do que alguém poderia chamar de nada. A luz no quarto era fraca, igual a todas as luzes em quartos feitos de madeira sem revestimento. A madeira sugava a luz e transformava o que não consumia numa cor de laranja queimada. A casa toda era assim, uma aparência de celeiro num pedaço de terra de cinco hectares, ladeada por dois morros esmeralda e aninhada numa alameda de grandes abetos; nunca havia um dia sem sombras.

A mãe brincava com a franja de um dos cobertores, apertando-a entre o polegar e o dedo médio.

— Randall poderia arrumar algo pra você aqui. Deus sabe o quanto você escreve. Poderia escrever memorandos inteiros.

A mãe dela fez naquela noite o que todo mundo na cidade vinha fazendo havia semanas: convencê-la de que as fronteiras florestadas de Ketchum, Idaho, eram onde o mundo terminava. Tudo de que você precisava estava bem ali, diziam. Mas o livro e o cartão-postal e algo mais dentro dela diziam o contrário. Ela acreditava que o mundo era vasto e disponível e repleto do potencial para sentimentos e subversão e arte e maravilhas. De forma secreta teve prazer no fato de que todo mundo em Ketchum, incluindo a mãe, achou que ela enlouquecera. Era esperta o suficiente para saber que louca também significava corajosa.

— Você vai conseguir algo lá também — a mãe assegurara naquela noite. — É tão linda! E todas as grandes agências de modelo estão lá.

Partindo de sua mãe, era um elogio duvidoso, e ambas sabiam. Sua mãe queria dizer que ela *não* iria conseguir algo, a não ser que fosse tão supérfluo como *modelar*. Deus sabia que ela podia escrever memorandos para um advogado medíocre em Ketchum, mas na Capital do Mundo? Sem chance. Sua mãe também entendia que Lucy ficava desconfortável quando as pessoas falavam de sua beleza, era o elefante branco na sala. O tipo de beleza que olheiros de modelos viam em meninas de catorze anos no shopping — e isso poderia ter acontecido se houvesse algum shopping para ela vagar —: inegável, acessível, completa e vagamente triste. Seu cabelo havia sido loiro-branco quando pequena, e agora era o loiro-escuro comum por aí, e a cor sem graça sublinhava a própria maciez, o rosado bem particular, a simetria do rosto.

— Modelos não comem, mãe — comentara ao jogar um par de tênis na mala. — Eu, por outro lado, estou sempre morrendo de fome.

— Só estou preocupada. Você sabe como eu fico.

— Sei e é ridículo. Sou adulta, mãe, vou dar um jeito.

Sabia que não soava convincente, porque ela mesma não estava convencida. Era adulta? Daria um jeito? Não tinha ideia do que faria em Nova York; só sabia que estava indo. Imaginava um escritório no décimo primeiro andar; uma saia reta, algo que não tinha ainda porque só se podia encontrar lá. Então imaginava coisas mais sombrias, cenas vagas que a empolgavam imensamente: uma boate com luzes piscando, o braço de um homem com uma tatuagem, uma noite incendiária de janelas quebradas e roubo. Vira imagens do blecaute no noticiário.

— Bem, você sempre foi diferente, não é? Sempre teve... como é mesmo? Pique. Sempre teve pique.

Os olhos azuis da mãe nublaram. Lucy não queria que viesse, mas sabia que viria: a história de como nasceu.

— Ainda me lembro de quando você nasceu.

Ali estava. Lucy não queria ouvir a história porque não havia uma, e ela já ouvira vezes demais sobre a loja de ferramentas — em que trabalhara nos últimos seis anos, organizando parafusos, argolas e arame — em 13 de outubro, logo depois que a tempestade escureceu toda Idaho num branco grosso que permaneceria por meses a fio. O inverno chegou cedo, assim como Lucy, abrindo caminho para fora de sua mãe três semanas antes da data, bem lá no corredor da Mason & Mick's, entre lâmpadas e soquetes de luz. Mick cortara o cordão com uma tesoura de jardinagem.

Lucy não queria ter só essa história. Queria uma vida toda de histórias: ímpeto, propulsão, personagens, mudança. Em uma cidade pequena, há formas limitadas de movimento, sutis demais para serem interessantes — uma tempestade de neve como aquela no dia em que nascera; uma ninhada de cachorrinhos; a mão de um garoto em seu peito na boleia embolorada do caminhão; o professor de Artes casado, dizendo a ela em voz suave que simplesmente não podia mais fazer isso. Apesar de ela sempre tentar provocar algum acontecimento — ligar para a casa do professor no meio da noite; ficar bêbada do Johnnie Walker que os pais guardavam; ir a shows barulhentos e fazer fogueiras no meio dos campos nevados —, as histórias sempre terminavam de forma igual. Havia apenas mais caronas para casas de amigos. Depois que as fogueiras ou os momentos incendiários de paixão se apagavam, restavam apenas caronas para a casa, tardes pálidas tomadas de rios e esperas, estacionamentos em postos de gasolina, desculpas. O tempo em Ketchum se movia como as sombras que cobriam sua casa — de forma tão lenta que ela não conseguia ver.

— Boa história, mãe — dissera com aquele mesmo sarcasmo de antes, apesar do sorriso.

Respirou fundo e examinou o quarto mal-iluminado, como para inspirar os troféus de ginástica olímpica dos dias em que uma cambalhota lhe conferiu uma estátua, fotografias emolduradas de amigos fazendo sinal da paz, pôsteres de bandas de rock que nunca tocavam em Ketchum, mas cujos discos encontrava em caixas de descontos nos sebos do centro. Essas eram as coisas que deixaria para trás. Examinou as centenas de rostos, animais, bocas e olhos que viviam nas paredes de madeira. Apesar de ter crescido nessa casa e conhecer todos os rangidos e estalos, ainda se permitia ter medo: os animais entalhados em madeira, a vulnerabilidade de estar no meio do nada, pronta para ser atacada por fogo ou raios, os sons que a casa fazia, que a mãe garantia virem do assentamento, a casa se acomodando enquanto ela ficava incomodada. O que queria era gente. Salvadores em potencial, todos a seu alcance, então se o animal de madeira saltasse ela gritaria e alguém iria ouvir.

— É quase hora de partir, moçoila. — A mãe cheirava a creme hidratante e solo molhado.

— Estou pronta — assegurara, sentindo-se apenas remotamente culpada ao colocar *Downtown* na mala, tão brilhante em seu plástico da biblioteca.

Quando olhava para trás, pensava na chegada e as semanas que se seguiram como das mais benevolentes de que podia se lembrar, quando a mágoa pertencia à cidade em si — mendigos na Bond Street, ratos sem medo, uma mão dependurada da janela do vagão de metrô na estação West Fourth Street, segurando uma faca. A chegada, o voo tardio, as malas pesadas, o ar cheio daquela esperança letárgica de verão. O táxi que tinha cheiro de urina, bala e couro. O *táxi*, uma coisa que resumia a Nova York de sua mente, que a fazia se sentir adulta e moderna e que avançava em direção ao horizonte quase tão rápido quanto seu coração. Então a rua — Wooster, era o nome empolgante da rua onde o táxi a havia deixado — que tinha cheiro de lixo, fumaça e algo doce, que iria descobrir se tratar dos deliciosos pães grudentos na R&K, uma padaria na esquina com a Prince, cujas paredes cobertas de tijolos amarelos eram grudentas de açúcar e sujeira. Mas naquele dia, com o sol quente assustador acertando a rua lotada, ela não sabia nada sobre nada. Nem aonde ir no momento, carregando a mala pesada, as pessoas afluindo ao redor enquanto permanecia paralisada na esquina, olhando para o céu como se ele fosse dar uma resposta.

Mas, como numa mágica telepática, ele lhe mostra. O céu trouxe, num sopro de vento quente, rápido e significativo, um pedaço de papel. *Aluguel de quarto. Só para garotas. Falar com Jamie.* Sob a mensagem escrita à mão havia uma marca de batom, avermelhada e enrugada — alguém havia *beijado* o papel — e um número de telefone. Não pôde evitar a ligação da palavra *moça* a *moçoila,* ao cartão-postal e às evidências do destino que a levaram até ali. Ficou fascinada pelo beijo, queria beijar de volta. O papel tinha um número de telefone, para o qual ligou de um telefone público com uma das moedas que havia mantido em seu bolso para emergências. Que emergência poderia ser resolvida com uma moeda ela não tinha certeza, mas quando a moeda caiu na fenda prateada silenciosamente agradeceu à mãe e fechou os olhos firmemente enquanto o telefone dava o primeiro toque alto.

Uma voz áspera, mas jovem, respondeu:

— Oh, graças a Deus alguém está *ligando,* porra. Preciso alugar isso o quanto antes. — E disse a Lucy para ir imediatamente, não que ela *garantisse nada,* pois tinham de se conhecer antes.

— Tudo bem. Pode me dizer como chegar?

— Conhece a lavanderia chinesa com o gato grande na janela?

Lucy respondeu que não.

— Saindo de Tompkins Square Park, o lugar com o gato? Não? Jesus! Você é *nova* por aqui?

— Sim — Lucy respondeu timidamente. Sim, era.

— Faz assim — a voz continuou. — Vá para a Avenue B e Seventh Street, e eu desço.

Apesar do calor absurdo e da dificuldade com as malas, a caminhada foi emocionante.

A sensação de que o sinal da escola acabara de tocar e todo mundo corria para fora da sala, para as ruas, e estava ali para partilhar o que quer que o mundo pudesse oferecer. Shorts incrivelmente curtos e cabelos incrivelmente grandes. O torso de uma mulher estava inteiramente exposto, exceto por uma faixa do collant que cobria os mamilos; ela também usava um chapéu preto grande. Havia ROUPAS EXCLUSIVAS e EM BREVE, VÍDEO EAST VILLAGE e O MELHOR PORNÔ DA CIDADE XXX. Tudo — muros, cabines de telefone, calçadas — pintado ou marcado em rabiscos intrigantes, desconhecidos, que diziam coisas enigmáticas como DESTRUA ou PRECISA-SE DE AMANTES. Em East Ninth, ela passou o Aztec Lounge, em que um escrito dizia: REFRESCANTE! ECLÉTICO! COQUETÉIS TRANQUILIZANTES! AMULETOS ANTIGOS AFASTAM OS DEMÔNIOS! Isso ao mesmo tempo a assustava e empolgava, e ela se perguntou quais demônios moravam ali.

Lucy costurou entre as novas ruas, sem ser notada. A sensação — de não ser conhecida ou observada — a deixou tonta e aterrorizada.

Podia fazer o que quisesse. Virar em qualquer lugar. Escrever no muro; quem estava lá para ver além de toda essa gente que não se importava? Não havia Mick dizendo para varrer o chão e nenhuma mãe perguntando quando voltaria para casa. Podia responder a um anúncio que encontrou soprando ao vento. Tudo esperava por ela. Os prédios decolavam. Crianças brincavam de cueca na rua. Ela estava chegando. Essa era sua chegada.

Jamie, parada no canto vestindo o que parecia ser lingerie, fumava o maior e mais fino cigarro que Lucy já vira. Apesar de ser apenas dez da manhã, e estar com roupa de dormir, os lábios já estavam pintados de vermelho-vivo, o mesmo do beijo no papel. Lucy puxou a mala por vários quarteirões, o suor pingando da axila descia para a cintura do jeans que, diante do de Jamie, parecia bastante fora de moda. Jamie era toda pernas e batom, usando um perfume almiscarado intimidador, e Lucy se perguntou se a trilha de seu destino falhara, se deveria seguir essa mulher. Mas precisava de um lugar. E um hotel seria caro; tinha as moedas da mãe e um talão de cheques ligado a uma conta nova que abrira com o dinheiro que ganhara no Mason & Mick's: mil, duzentos e catorze dólares, que pareciam muito até você começar a calcular quanto de fato iria durar. Sorriu hesitante e seguiu Jamie para cima, observando sua reduzida camisa preta seguir escada acima e para cima de suas coxas magras.

A escadaria tinha cheiro de urina, tinta e cigarros: o cheiro de uma escadaria de Nova York. *Não* era o cheiro de uma escadaria em Idaho (madeira velha, lama, pinho). Então, pensou: mas Idaho nem tem escadaria! Ela já esteve em uma? Isso a empolgava: uma nova sensação física; um novo esboço para sua vida.

— Espero que tope uma escalada — Jamie voltou-se para ela. Lucy sorriu. *Escalada.* Isso era uma nova língua. A escada era seu novo portal. — Bem-vinda a Kleindeutschland — Jamie falou sem fôlego quando chegaram em cima, em um apartamento triste de paredes brancas, mobiliado apenas com um velho sofá laranja, cujo tecido lembrava uma roupa de palhaço.

— Obrigada — Lucy agradeceu nervosa, sem entender a referência e sem querer parecer idiota.

— Pequena Alemanha — Jamie esclareceu. — Esta rua costumava ser a Broadway alemã. A frente da loja lá embaixo? Era um sapateiro. Agora, é claro, é uma sex shop. Gosto de imaginar os alemães entrando nesses novos negócios. Consertando pintos para ganhar a vida, sabe?

Jamie riu de forma rude enquanto tragava o cigarro. Lucy se forçou a rir um pouco também. Puxou a mala para dentro do cômodo minúsculo — do tamanho de um armário, sem armário. Olhou o teto, feito de lata e estranhamente torneado com um padrão florido. Uma rachadura ia do ponto de luz central até a porta do banheiro, terminando em um pedaço solto de acabamento. A rachadura deixou-a nervosa, então, conforme ela a seguia piso abaixo, onde um besouro preto reluzente correu pelo rodapé, ela caiu num pânico completo. Olhou para Jamie buscando algum tipo de explicação, mas sua nova colega de apartamento permanecia inabalável.

— O ninho de amor — Jamie disse secamente. — Espaço para uma cama e, ei, é tudo do que você realmente precisa, certo?

Ninho de amor? Consertar pintos? Enormes insetos estrangeiros? Lucy sentiu o sangue se esvair do rosto, tão branca quanto a tinta na parede. Rachada como a pintura. Cabelo tão claro quanto a Lua fora da janela do avião que a levara até ali. Uma única janela para abrir. Abriu, impressionando-se com sua ação decisiva com quão facilmente o vidro subiu. O ar quente entrou. Pisos de madeira cobertos por manchas de tinta. Estava em sua casa nova.

Jamie tirou um cigarro do maço azul e branco e estendeu para Lucy. Ela pegou, lentamente, e o colocou na boca. Nunca havia fumado, nunca pretendeu. Mas agora, sem ninguém observando, se sentiu empolgada, novidadeira e certa. Jamie acendeu um fósforo e o calor brilhou perto do rosto de Lucy. Ela iluminou a ponta do cigarro e Lucy o tragou.

— Então, me conte tudo — disse Jamie. Sua voz mudara quase totalmente de intimidante para íntima, quase sexy, o rosto tão próximo de Lucy enquanto apagava o fósforo. Lucy sentiu pânico de novo. O que poderia contar a essa mulher, que não usava quase nada além de batom, que provavelmente já havia ouvido cada história já contada, visto tudo o que havia para ver? Mas Jamie de repente sorriu, e havia uma fenda em seus dentes, e a fenda contou a Lucy que as coisas ficariam bem.

— O que quer saber? — Lucy perguntou, dando outra tragada.

— Apenas tudo. Tudo o que você tiver.

Foi assim que Nova York começou. Uma disposição, então uma reflexão. Uma atitude, uma confiança, e então isto: paredes rachadas e insetos enormes, o primeiro cigarro, o gosto do próprio medo.

Medo não pelo que viria, mas pelo que poderia *não* estar; que a bravura, que parecia tão grande na sua cidadezinha não iria dar em nada; que Nova York não faria jus à promessa; por algo grande e glamoroso, desconhecido e inconhecível. De repente, era como se tudo o que soubesse sobre o espaço antes (a forma em V de uma rodovia que seguia para sempre, amplos deques de madeira, quintais sem fim, o espaço entre as folhas por onde o Sol se filtrava e fazia estrelas) fosse descartado, colocado numa caixa que não podia destrancar até voltar.

Mas como voltar? Você acabou de chegar.

Enquanto Lucy visitava o pequeno banheiro (um anel de mofo circulando a privada), o fogão de duas bocas ("quebrado desde maio", disse Jamie), as barras das janelas (*por quê? Nesse andar?*), sua garganta travou. O que imaginara? Um galpão glamoroso de pintor com enormes quadrados de luz entrando? Uma brilhante caneca de café numa mesa branca? Uma saia profissional? Um par de salto alto no canto de um enorme quarto, posicionado ao lado de uma pilha de livros interessantes? Não, essa não era sua Nova York. Sua Nova York era trinta metros quadrados de inferno e poeira.

De repente, sentiu uma vontade profunda de criar uma sensação de *ok* para si mesma.

— Jamie?

— Sim, Idaho?

— Onde posso arrumar um pouco de tinta?

A loja de tinta: em Ketchum, teria de dirigir até lá. Aqui: logo descendo o quarteirão movimentado. Seis ou dez caras trabalhando. Nova-iorquinos até o osso, mas Lucy não sabia deles ainda.

— Do que você precisa, gata? — um perguntou e a serra parou de serrar.

— Amarelo. Estou procurando amarelo.

— Temos Luz do Sol e Scotch — o cara das tintas respondeu. — São as melhores.

Ela estudou as encantadoras amostras. Em Ketchum, teria escolhido Luz do Sol. Mas decidiu por Scotch (uma decisão que faria seguidamente em sua vida em Nova York), apontando para um amarelo mais escuro, quase laranja. Ela ficaria lá por um ano mais ou menos, enfim; a cor não importava.

— Sem galho, sem galho — disse o cara enquanto misturava as tintas com a máquina dramática. — Sem galho nenhum.

Sem galho. Ela faria isso. Pintar a parede e se sentir mais iluminada. Comprar café da padaria no andar de baixo. Escutar a música alta e caótica da Jamie através das paredes, deixar o coração bater com energia. Transformaria o quarto em um minúsculo Sol laranja e ficaria bem. A pintura iria preencher o dia. O sol cairia. Passaria pelo primeiro dia na Grande Cidade sem problemas... até ficar tão exausta que percebeu — riu sobre isso consigo mesma depois, mas no momento foi trágico — que não tinha cama.

A ponta do cigarro de Jamie apareceu na porta bem quando ela pensava isso.

— Vamos, Ida. Vamos sair.

— Estou exausta — Lucy respondeu. Olhou para si mesma: camisa branca e jeans porcaria, salpicado de tinta cor de Scotch.

— Estamos em Nova York. Todo mundo está exausto — Jamie retrucou. — Vamos, coloque o sapato. Vamos para o Paradise.

Com relutância, Lucy se levantou e abriu o zíper da mala.

— Não tenho mesmo nada para... — disse, olhando de volta para Jamie.

— Ah, Jesus — Jamie reclamou ao soprar fumaça. — Agora preciso te vestir? Vamos.

Jamie colocou Lucy numa camisa justa e curta com formas geométricas plásticas costuradas no tecido e um jeans preto desbotado cuja cintura chegava bem acima do umbigo. O traje parecia absurdo para Lucy, mas ela imaginou que era o que as pessoas usavam no Paradise, então se deixou levar, aceitando também uma passada de batom cor de algodão-doce — outro dos tons marca registrada de Jamie. Jamie jogou vários itens exoticamente femininos — batons, balas vermelhas duras, camisinhas, cigarros — numa bolsa preta reluzente, que fazia um clique gostoso quando fechada, e Lucy se perguntou se deveria ter uma bolsinha como essa também, mas não tinha, então enfiou algumas notas de cinco dólares no bolso e seguiu Jamie escada abaixo e para fora da porta até a cidade — que estalava com os ruídos de uma jovem noite quente — ao Paradise Garage; a placa ostentava um homem musculoso de néon.

Uma garota na sua primeira noite em Nova York. Com a roupa de outra pessoa. Uma garota que sente um pedaço da barriga aparecendo, entre a camiseta e o jeans. Uma garota que está recebendo uma bebida com gim, gosto de veneno e luz do sol. Em um salão cheio de outras meninas iguais a ela, aqui para afundar no túnel de seus próprios caminhos escuros e encontrar a luz. Uma garota levada para o atropelamento de corpos dançantes, que deixa seu corpo se contorcer entre eles, que deixa o fogo do gim aquecer o estômago já quente, que começa a remexer braços e pernas, que deixa dois garotos bonitos que dançam juntos puxá-la entre eles, que ri enquanto giram contra ela, que deixa belas luzes vermelhas e roxas girarem ao redor e dentro dela, pensando:

É isso, é isso, é isso.

Lucy acordou na manhã seguinte na cama de Jamie, com uma sensação de extremo vazio. Onde estava? O que a noite passada significara? Para onde fora aquela sensação — a energia da novidade, o ímpeto prazeroso do movimento coletivo, a *ausência de qualquer preocupação* — e como poderia consegui-la de volta? Agora era só dor de cabeça e maquiagem borrada e medo. As costas esguias de Jamie estavam viradas para ela: as costas de alguém que não conhecia de forma alguma, do outro lado de uma cama não familiar. Uma tapeçaria exótica pendurava-se sobre elas; formas como esperma procriavam e multiplicavam-se ao redor de alguma deusa indiana. Havia um pôster rasgado do Blondie na parede à esquerda, e uma linha de pregos com os colares de Jamie. Um tubo de desodorante na penteadeira. Uma caixa de Tampax e um beijo de batom no espelho. Coisas que a confortavam um pouco, coisas de garotas em todo lugar. Mas o pânico retornou quando pensou sobre o que faria agora, acordada e sozinha na cidade que deveria ser seu lar. Pensou que poderia esperar a colega de quarto acordar, talvez fizessem o café da manhã? Mas tinha a sensação de que podia levar horas até Jamie acordar, e que alguém como Jamie nunca fazia café. Além disso, o fogão estava quebrado.

Deslizou silenciosamente para fora da cama, se recompôs, jogou água no rosto sobre a pia rosa, enferrujada. Antes de descer os andares e sair para o mundo, rastejou de volta ao quarto de Jamie para pegar sua bolsinha branca da noite anterior. Ela a esvaziou e preencheu com suas próprias coisas: a carteira verde idiota e o brilho labial de cereja, e então, só para completar, um dos cigarros de Jamie, que tirou do maço na penteadeira: um minúsculo pergaminho precioso. Só estou pegando emprestado, disse a si mesma. Emprestado de sua nova amiga.

Lá fora, Nova York estava sendo Nova York. O asfalto quente fervendo, os cachorrinhos levados ou seguidos por seus mestres vestidos excentricamente, as roupas de cores vivas e leves, o cheiro de esgoto e amêndoas glaciadas, os jornais abrindo nas mesas do café, os óculos enormes, os rabiscos nas paredes pareciam vibrar. Lucy vagava pela avenida, em busca de nada e tudo.

O que ela encontrou: saídas de incêndio em zigue-zague como raios nas laterais de cada prédio, pintadas tantas vezes que suas superfícies lembravam a pele humana com bolhas; um grupo de homens no parque usando laranja e branco e cantando o mesmo som grave seguidamente; um mala escancarada na Avenida A, revelando um sutiã vermelho-vivo; um rádio de carro explodindo sopros mexicanos, o dono estalando a língua para revelar dentes cobertos de ouro; grades na calçada abrindo e batendo como tampas de caixas, oferecendo vislumbres de todo um mundo escuro abaixo desse mundo escuro todo; um corvo ouriçado pintado de spray numa parede vermelha; um terreno baldio, lar de um triciclo enferrujado, um pássaro grande, um homem dormindo usando um macacão xadrez rasgado e milagrosamente um canteiro de ipomeias que haviam acabado de bocejar abertas.

Lucy não tinha ponto de referência para essa paisagem. Era inteiramente nova para ela, então não conseguia localizá-la. Projetava-se para cima em vez de para fora. Projetava-se para fora em vez de para dentro. Era apenas o meio da manhã e já um círculo de vaias e cheiros de café e sons loucos. Estava assustada com isso? Enojada? Aterrorizada? Intrigada? Todas essas coisas. Queria ligar para a mãe. Queria qualquer coisa menos ligar para a mãe. Estava ao mesmo tempo desesperada e aberta. A mente, preenchida e vazia; ela não sabia, mas já estava se preparando, se tornando imune. Através dos sapatos baixos, sentia o concreto quente da cidade. O concreto quente dela. Ela caminharia para qualquer lugar. E caminhou.

Havia problemas em viver em Nova York que não existiam em nenhum lugar do mundo. Lucy pensara em sua mudança aqui como um risco singular de larga escala, um enorme salto de confiança que requeria a bravura que todo mundo em casa havia questionado. Lucy nunca havia considerado a culpa perversa de fazer nada numa cidade construída ao redor de sempre fazer *algo*, ou a provação de estações de metrô ou carregar muitos, muitos sacos plásticos que penetravam em suas mãos como lâminas, ou as roupas que se compram para se sentir remotamente confortável, existindo entre os verdadeiros nova-iorquinos, que pareciam saber exatamente o que usar sempre — quando comprar um guarda-chuva, quando trocar para botas. A saia que imaginara não existia, descobriu, e mesmo que existisse não seria a *certa*. A saia certa, na cidade de Nova York, em 1979, não seria reta ou formal. Na verdade, nem seria uma saia, mas alguma versão de legging apertada que ela viu Jamie e outras meninas usando, leggings apertadas com camisas largas, quase até os joelhos. Enfim, ela percebeu, durante esses primeiros dias e semanas na cidade, que iria precisar de muito mais do que roupas novas para se tornar nova-iorquina. Precisaria mudar inteiramente e não da maneira que esperava.

Deixou Jamie tingir seu cabelo na pia.
— Gostosa, Idaho.

Num boxe no Saint Mark's Place, deixou um homem com grandes peças redondas de madeira nos lóbulos furar seu nariz com uma argola prateada.
— Mais gostosa ainda.

Baseada num anúncio em que uma garota atraente de aparência autêntica segurava um copo de uísque, sob o texto, *Desde quando você bebe Jim Beam? Desde que descobri que é compatível com tudo*, Lucy começou a pedir Jim Beam com gelo, querendo muito ser a garota autêntica que misturava algo e não querendo ter nada a ver com ela.

Mantinha os olhos abertos para os artistas de seu livro, mas parecia que Jamie não frequentava os mesmos locais que eles; em vez disso, conheceu uma série de pleiteantes asseados no vestir e bagunçados no beber, que procuravam uma loira igual a ela para tirar a cabeça do trabalho. Jamie explicou que odiava esses cuzões também, mas eram apenas outro mal necessário num lugar repleto deles.

— Além do mais — Jamie cochichou —, *acho a falta de sal deles excessivamente interessante.*

Lucy conseguia drinques pagos para ela — martínis de framboesa estavam na moda —, mas sempre escorregava dos agarros massudos e suados dos homens, frequentemente optando em sair e olhar para cima dos prédios para fumar um dos novos cigarros numa varanda e ver a cidade piscar em direção ao amanhecer.

Não demorou muito até gastar todo o dinheiro que havia economizado, e ficou com vergonha de ligar para os pais pedindo mais, não que eles tivessem algo para mandar. Ela mal comia — pão com manteiga, barras de chocolate, uma maçã —, mas mesmo com os poucos gastos não conseguia pagar o aluguel que Jamie pedia: U$206, no dia quinze do mês.

Apesar de saber de antemão que precisaria de um trabalho, não pensou em como arrumar um, e, após uma quantidade desencorajadora de entrevistas, viu que um emprego não cairia do céu como o anúncio do apartamento. Durante essas primeiras semanas, quando saía do subterrâneo mormacento da estação de metrô ou cobria com curativo uma bolha de tanto andar pela cidade a esmo, ou se sentia uma tola em seus tênis idiotas, listrados com plástico amarelo néon, que haviam parecido tão avançados em Ketchum, mas terrivelmente errados agora, questionava sua decisão de vir. A cada dia, havia momentos em que pensava que apenas não podia se virar, nos quais ansiava pelas paredes de madeira de seu quarto, o ar limpo de Ketchum, uma tarde com nada ao redor dela, nada a fazer. Em múltiplas ocasiões, ela se encontrou em lágrimas numa cabine telefônica ou numa varanda, às vezes até no provador de uma loja de roupas, cujas peças não podia pagar, sempre com os olhos famintos dos outros nelas, repletos de um voyeurismo ligado à profunda necessidade de ver a si mesmos em situações similares; todos sabiam que não havia onde chorar em Nova York.

Foi no meio de uma dessas ocasiões lacrimais, numa estação de metrô de Midtown a caminho de casa, depois de uma entrevista malsucedida (numa livraria independente, onde aparentemente você tinha de conhecer os autores e títulos de cada clássico já escrito, de cabeça), vestida provavelmente de maneira não apropriada numa das saias mais curtas da Jamie, que Lucy viu seu primeiro artista de Nova York.

Do outro lado dos trilhos, entre pilares enferrujados, um homem se abaixou, então irrompeu como uma estrela, então se abaixou novamente. Um fluxo vermelho de tinta seguia sua mão onde quer que ele a movesse, como mágica. O homem era pequeno; o que quer que estivesse desenhando era grande. O que quer que estivesse pintando ainda não estava claro; ela se aproximou dos trilhos para enxergar. Um tipo de figura, um braço, uma perna. As linhas mais confiantes do mundo, correndo do corpo dele como música. Lucy queria observá-lo para sempre, esse pequeno artista mágico, mas sentiu a pressão do vento do trem vindo para obscurecer a visão e varrê-la para longe. *Mas espere. É isso.* Invasão amarela da luz do trem. *Mas espere!* O homem estava terminando. O trem guinchou e piscou à frente dela. Ela saltou para dentro, se apressou para a janela do lado oposto. O homem sumira, do nada. O que restava na parede era um pênis gigante, com braços e pernas, e um pênis dele próprio, sendo chupado por outro pênis. Lucy fez um som enorme como uma risada. *Um pênis sendo chupado por outro pênis?* Ela era a única no vagão do metrô, *ainda bem*, porque ela pôde sentir o calor do que acabara de ver: calor que corria do coração à barriga, fosse pelo artista ou sua imagem vulgar, tanto faz.

Deu as más notícias sobre a entrevista para Jamie:

— Não fui bem, Jamie. Devia ter prestado mais atenção nas aulas de literatura.

Jamie bufou.

— É terrível, não é? — comentou enquanto misturava um martíni bem sujo num pote de geleia. — Ser uma garota em Nova York? É terrível pra caralho.

Mas Lucy ainda não estava certa. Ela não estava certa se era terrível ou algo bem, bem melhor.

Durante sua quarta semana no apartamento, no pesadelo de axilas suadas que era o começo de agosto na cidade, Jamie convidou algumas pessoas: uma equipe de rapazes, cujos nomes começavam com R. Imediatamente, Lucy se perguntou se alguns deles eram artistas; logo descobriu que não. Ryan, com quem Jamie estava dormindo, mesmo que confessasse para Lucy que achava que "faltavam umas células no cérebro dele" tinha grandes músculos nos braços e um nariz torto. ("Não é só essa parte dele que é torta", Jamie contou a ela mais tarde.) Ele estava falando sobre um filme que vira na noite anterior, algo sobre tubarões que viu enquanto estava bem chapado; não conseguia tirar a música tema da cabeça. Rob, que possuía um rosto mais bonito do que o dos outros, mas que era baixinho demais, revirou os olhos na direção de Ryan enquanto ele falava, então deu a Lucy um toca aqui. Randy, um cara excessivamente legal com um longo rabo de cavalo e um casaco de exército, disse bem lentamente, entre tapas do baseado que estava quase se apagando:

— Ei, Lucy, fiquei sabendo que você está procurando trabalho.

Lucy sorriu.

— Posso dar um tapa? — ela pediu. Percebeu que era a primeira vez, desde que chegou lá, que se sentia confiante o suficiente para pedir algo, sem esperar que a coisa caísse no seu colo, e enquanto tragava a fumaça, ela se sentiu bem, e viva, e perguntou: — Qual é o trabalho?

Ele contou a ela que era num bar. Um trabalho de bartender.

Lucy olhou com olhos vidrados para Jamie, que deu a ela um sorriso triste.

— Não seja cuzona, Ida. A cidade é feita de gente fazendo coisas que não querem fazer.

Jamie, Lucy descobrira, trabalhava como massagista no distrito financeiro.

— Os caras ficam bem tensos — ela explicara. — Todo aquele dinheiro, toda aquela negociação. — Ela disse as palavras *dinheiro* e *negociação* como se estivesse sem fôlego, e Lucy entendeu que as massagens de Jamie, às vezes, se não sempre, terminavam sendo algo mais do que apenas massagens. Jamie também costumava trabalhar até mais tarde de seu "home office", e Lucy frequentemente ouvia conversas rolando: a *negociação*, ela supunha, então, o *dinheiro*.

Lucy engoliu em seco, sentindo-se ao mesmo tempo deprimida e empolgada. Ela se imaginava de salto alto, servindo drinques chiques a pessoas elegantes. Seria apenas temporário. Ficaria um tempinho — trabalhar de pé até se reerguer, por assim dizer. Afastou um pensamento impulsivo sobre a mãe, o que ela diria, algo como: *Você se mudou até aí, tão longe da sua mãe, para...*

Randy suspirou.

— Jamie, por que você tem de fazer pouco caso do emprego assim? É um lugar bacana. Certo, Rob? Ele está lá toda noite. Certo, Rob?

— Aceito — Lucy disse rapidamente, bebericando de uma cerveja que Jamie passou a ela. — Quero dizer, se Rob estiver lá toda noite...
— Ela piscou para Rob de uma forma que imaginou ser fofa.

— Há um lugar onde dá pra comprar cobras no Canal — Randy disse, do nada. — Estava pensando em comprar uma.

Todos riram, o que fez Lucy se sentir bem com a situação. Fazendo parte de um grupo de pessoas sentadas juntas e rindo. Imaginou Randy com uma cobra em volta do pescoço, servindo um martíni de morango a alguém.

Então o Randy Randômico, como Jamie e Lucy começaram a chamá-lo, por sua propensão a começar assuntos totalmente impertinentes em momentos estranhos, a levou para o Eagle, um bar underground (tanto figurativa quanto literalmente) no West Village. O lugar era kitsch, rústico, as paredes feitas de pedras falsas e havia uma vaga sensação de que o bar em si estava enfiado dentro de um chalé de madeira. Randy se abaixou numa tomada e acendeu uma fita de luzes de pimenta vermelha ao redor da janela (apesar que durante o dia não dava para ver muito bem se estava ligada). As luzes de pimenta faziam Lucy querer voltar ao avião para Idaho, onde trabalharia para Randall, o advogado, não para Randy, o bartender. Concordava com a crítica imaginária da mãe: ela não se mudou para Nova York para trabalhar num *bar*. Mas até aí, ela se mudou para Nova York para fazer o quê? E o que mais havia lá? Randy a interceptou com um braço ao redor da cintura, guiando-a para os fundos do bar para o que chamou de "o grande tour".

— Esse é o gelo. E aqui estão as pias. E os copos são arrumados assim. E você vai querer se certificar de não usar o botão da Coca aqui. Porque sai Sprite.

Lucy pegou a pistola de refrigerante e testou o gatilho, formando uma espuma de Coca do bico, que caiu na pia de aço inox.

— Aqui estão as caixas de fósforo da Jamie — Randy disse, puxando um dos quadrados brancos de um jarro de bala e jogando para Lucy. Cuidadosamente tocou a caixinha, e quando Randy mandou, ela abriu. Dentro, havia uma mensagem: *NÃO SEJA DOIDO. SEJA LOUCO.*

Lucy riu uma vez, mas então não sabia se deveria estar rindo. Então parou.

— O que é isso?

— Um dos projetos da Jamie. Ela escreve as coisas que os caras com quem dorme dizem a ela. Ela é uma dessas pessoas criativas, sabe? Não como eu. Sou apenas... comum.

— Ah, você não é comum, Randy.

— Tudo bem. Não me importo. Não preciso ser um artista. Já há artistas demais na cidade.

— Então Jamie é uma artista?

— Digamos que não está dormindo com esses caras pelo dinheiro. Apesar de rolar isso também, creio eu. Não sei explicar direito, mas é tudo parte de um grande projeto de arte. Ela grava. Monta a câmera. Então meio que os conduz a coisas. Coloque minha lingerie, faça uma dancinha, chore como um bebê. Ela grava esses miseráveis de Wall Street agindo como idiotas.

— Não é meio... demente?

— A vida não é meio demente?

Lucy sorriu para sua caixa de fósforos, então a enfiou no bolso. Então Jamie era uma artista. Morava com uma artista. A ideia fez seu coração acelerar.

— Mas não comente com ela — Randy falou, na dúvida, esfregando a parte entre o nariz e a boca. — Ela não curte falar sobre isso. Acho que se poderia dizer que ela não está no meio dos artistas, sabe? É mais uma loba solitária. Ela diz que quer que alguém encontre as fitas quando ela morrer.

Lucy ficou quieta; observou Randy inspirar o ar abafado e levantar os braços para se alongar.

— E isso é tudo! Sério! Você não sabe o que vai numa bebida? Pergunte ao freguês. O freguês sempre sabe.

Mas não havia fregueses ainda às quatro da tarde, e Lucy ficou atrás da pia se perguntando se era de fato seu destino: um bar vazio com poeira pairando na luz do Sol, uma vida vazia.

Mas rapidamente a vida vazia começou a se encher com os clientes costumeiros do bar (Sandy, o sapateiro, Pat, o escritor fracassado, e Gabby, a prostituta ostentando chupões), a turma de amigos da Jamie, pó branco tóxico e fatias da Lua, avistada nos vales entre os prédios depois de seu turno, fechando às quatro da manhã. Ela começou a conhecer as ruas (Sullivan, Delancey, Mott), as estações do metrô (*crii, dingue, uooo, flaque*) e os trajes (grandes botas, grandes camisas, pequenas calças ou pequenas botas, pequenas camisas, grandes calças). E com seu posto no Eagle, veio o acesso extraordinariamente fácil a uma das coisas que Nova York tinha em tanta abundância quanto pretzels: *homens*.

Bret com um só *T*. Galpão grande, pênis pequeno, velas demais, quem se importava, ela gostava dele. Pênis pequeno ou não, ele não gostou dela o suficiente para não se mudar para a Califórnia três dias depois de se conhecerem, para um emprego numa empresa de computadores que estava começando na garagem de alguém.

Tom sem camiseta se ofereceu para ajudá-la a carregar um colchão para o apartamento. Caiu no colchão e treparam; quando Lucy acordou, ele migrara para a cama da Jamie.

Um carpinteiro cujo nome ela não sabia, que a levou para comer panquecas no Pearl Diner e a beijou no metrô; quando ela lhe perguntou o nome no final da noite, ele respondeu *casado*.

E assim seguia; os homens a adoravam e depois se desfaziam dela. Com cada um, ela se sentia breve e firmemente presa, esperançosa de que iriam entregá-la àquele lugar que ansiava: a caverna escura profunda de amor e paixão, o lugar onde a ansiedade terminava. Mas nenhum fez isso, e entre seus encontros, e geralmente até mesmo durante, ela se sentia profundamente sozinha. Além disso, quando pensava nisso o suficiente, daquela parte dela que ansiava por algo além de apenas um corpo na cama, ela sabia que não lhe interessavam. Tentou brevemente transformar as experiências com eles num projeto, como

Jamie fazia, mas sabia que não era para ela. O que era para ela? Não sabia. Por enquanto, era um espaço de mogno de quatro metros que ela limpava uma centena de vezes por noite, atrás do qual começou a se sentir quase, se não totalmente, em casa; em dezembro, o cheiro de limões velhos não a incomodava mais.

Conforme os meses ficavam mais frios (frio era algo que ela *conhecia*, dos infinitos invernos profundos em Ketchum), ela de fato começou a sentir uma pontada de conforto no caos que era sua nova vida — as brigas na rua e o passo pesado pela neve e as noites tardias — e ter uma espécie de consolo de jovem em sua solidão, flutuando agradavelmente em sua melancolia, que era reminiscente de seus anos de adolescente em Idaho, as montanhas tristes, a facilidade de ser pega em seu próprio apuro. Isso era parte da espera, ela sabia. Sabia que se esperasse o suficiente iria acontecer. O Big Bang, a explosão cósmica, a deliciosa perturbação que determinaria seu verdadeiro destino na cidade.

Claro que isso era lá quando Lucy ainda acreditava no destino em si. Quando ainda tinha superstições — se dissesse coisas em voz alta, sentia que não se tornariam realidade, e se desejasse com força suficiente, achava que poderiam acontecer. Primeiras estrelas, bonecas da Guatemala, moedas da sorte, caixas de fósforo — ela acreditava que poderiam alterar todo seu curso no mundo. Aquele cartão-postal no acostamento era uma dessas coisas. O batom vermelho da Jamie também. E Randy, que aleatoriamente a convidou para ser bartender no Eagle, em Bleecker Street, era uma dessas coisas também. Ela acreditava que tudo isso — vir para a cidade, pegar esse emprego — era parte de um plano cósmico para algo grande acontecer numa vida bem pequena. Bastava esperar. Tinha de esperar até ter preparado um milhão de drinques. Até a caixa de fósforo que tirasse do jarro dissesse: *BEIJE-ME INTENSAMENTE*. Até que o tempo passasse da meia-noite e fosse tecnicamente terça e oficialmente 1980. Tinha de esperar até a multidão se esvair e partir e o ruído ao redor se silenciar e as luzes de pimenta serem as únicas restantes no mundo — por algo, ou alguém, que mudasse sua vida.

Deve um conhecido ser esquecido e nunca mais trazido à mente? A música ainda tocava na mente de Lucy quando a verruga preta — que ficava como um monumento prestando homenagem à ideia de beleza — começou sua jornada em direção ao rosto dela. Nesse momento suspenso, viveram todas as perguntas. Ele seria como todos os outros? Ele a beijaria no bar e desapareceria do planeta? Ou iria, como o fundo do estômago dela dizia, *amá-la*?

Os lábios dele! Os lábios dele! Os lábios dele! Pelos lábios dele, ela sabia que *não* seria como os outros. Pelos lábios dele, sabia que era mais escuro, profundo, aquela coisa pela qual procurava. Devido aos lábios dele, seus velhos conhecidos seriam esquecidos para sempre, e só haveria ele.

Quando ele se afastou, ela buscou no bolso a caixa de fósforos de Jamie, deslizou pelo bar para o homem. BEIJE-ME INTENSAMENTE, dizia. Ele a beijou.

Ele ficou com ela enquanto fechava o bar, seguindo-a como um cachorro faminto, enquanto ela esfregava o balcão, beijando-a cada vez mais enquanto ela contava as gorjetas, então a carregou literalmente nas costas pela cidade até a ocupação, como ele chamava, onde a última parte de uma enorme festa ainda rolava. Ele a apresentou para todo mundo — Boss, o jazzista africano e Horatio — *Horatio, menos!*, Engales gritou para ele — em sua cueca branca, presa firme com suspensório amarelo. E Selma, com seu novo cabelo repicado, exoticamente espetado, uma voz como um casulo — *ohhhh, Santa Selma* — e seus pequenos seios murchos, exibidos em formas de gesso por todo o cômodo. ("Viu essas?", Selma perguntou, apontando para as esculturas. "Essas são minhas tetinhas. Leve uma para casa se quiser.") *Então é aqui que ficam*, Lucy pensou. Todos os artistas que estava procurando, que, diferentemente de Jamie, não estavam escondendo seus projetos, mas desfilando-os ao redor desse insano palácio divino deteriorado de bagunçada e ultrajante *arte*.

Lucy avistou um pequeno homem pintando a si mesmo, literalmente, num dos cantos da sala. Seu coração saltou. Ela conhecia aquele cara! Era o cara da estação de metrô! Aquelas eram suas linhas — tão certas, tão gráficas, tão mágicas. Ela puxou a mão de Engales.

— Eu o conheço! — falou sem pensar.

— Conhece Keith?

— Sim! — Lucy disse saltando. — Eu o vi pintando no metrô. Estava pintando um pênis.

Ela se sentiu envergonhada logo após dizer isso, tanto pela palavra *pênis* quanto pelo fato de que alegava conhecer alguém por tê-lo visto pelos trilhos do metrô. Mas Engales achou encantador, aparentemente, e sorriu, beijando-a na testa.

— Você é bem adorável, Marca, sabia?

Então a conduziu para um corredor escuro e depois a uma sala vazia de chão de cimento, onde a pressionou contra a parede de gesso, olhou nos olhos dela com determinação louca, quase capitalista, e falou:

— Marca, *você é o sonho americano.*

E tudo o que ela pôde fazer foi rir a risada bem particular de uma garota apaixonada. Virou o queixo. Brilho de olhos semicerrados. Meio sorriso, sem dentes. Então — lá estava —, olhos bem abertos, pupilas flutuando ao topo quando ela levantou o olhar. *Sou sua*, eles diziam, ela sabia, *sou sua*.

A festa na ocupação chegava ao fim. Ele a puxou para a rua e por cinco quarteirões até o apartamento, que estava tomado pelas impulsivas pinturas maravilhosas. Ele a colocou na cama e ordenou:

— Fique parada, vou te pintar.

Houve isso: ele buscando feito louco por tinta e pincéis, um longo feitiço de ficar parada quando seu corpo ansiava por mais dele, aquele colarinho pinicante da camisa de lantejoulas que ela usava, o retrato resultante — ela como uma coisa gigante, mística, um belo monstro.

Então houve isso: ele deixando o retrato e subindo na cama com ela e agarrando sua cabeça com as mãos.

Eles devoraram um ao outro. E com certeza (a língua no ouvido dela), definitivamente (o corpo grudento dele sobre o dela), inegavelmente (os olhos como se ele a amasse), ele mudaria o destino dela. Ela acordou na manhã seguinte para ver o retrato ainda úmido, sabendo que a eternidade começara, se a eternidade era como parecia, como um ano em Nova York quando se está apaixonado.

PARTE DOIS

CIRCUNSTÂNCIAS
ANORMAIS

Sob circunstâncias normais, James e Marge não estariam na cidade alta numa noite de terça. Especialmente não na casa de leilões Sotheby's, um lugar que James pessoalmente jurara nunca colocar os pés. Mas ele não estava operando sob circunstâncias normais. Estava sob as circunstâncias do pior dia de sua vida; se tivesse de escolher, entre um dia em uma série de dias que se juntasse em uma série de meses, durante os quais ele não viu cor além da que havia *de fato* ali, não ouvia som além da confusão irritante da realidade. Então a noite não era amarela, como teria sido, e Marge não era vermelha, como deveria ser, e Marge não estava segurando um bebezinho, como deveria estar, mas segurava a cintura com os braços, tão deprimida quanto ele por estar lá. Estavam lá para vender a amada pintura de Richard Estes, aquela da vitrine da frente na Thirty-fourth Street, uma favorita de sua coleção, que ele prometera nunca vender.

A casa de leilões era vasta, tomada com o som tilintante de hipóteses e preocupação e empolgação. *Quem compraria isso?* As cortinas pretas fatiavam-se como uma maré. *Por quanto isso seria vendido?* O vestido de alguém captou a luz. *Quem os surpreenderia esta noite, e como?* A sala administrava o murmúrio com maestria, analisando e dobrando-o na própria arquitetura do espaço, nos punhos das camisas dos homens, os cachos macios dos cabelos das mulheres; nos lustres que se tentaculavam pelo teto como polvos cravejados de cristais, grãos de luz de ansiedade se movimentando ao redor do salão.

James aguardou com impaciência para um silêncio maior se estabelecer na conversa, o silêncio que imaginava estar na essência de um evento como esse, um silêncio que falava de refinamento e paciência nervosa. Nesse meio-tempo, examinou a sala, perguntando-se quem poderia comprar o Estes. Uma mulher com um nariz em forma de bico. Um homem com uma gravata-borboleta esganando-o. Duvidava que alguém veria em sua pintura o que ele outrora viu: o cheiro de donuts; o sabor de chuva; a cor das meias de náilon de sua esposa.

O que certa vez ele vira. O que havia visto e sentido, e cheirado, e *vivido* por toda a vida adulta. Sumira no que parecia ser o piscar de uma câmera: uma lâmpada branca se parte, e a vida é capturada e congelada no que existia naquele momento.

Aquele momento: meia-noite na varanda de Winona George, um mar frio de cabelos e diamantes. O cântico coletivo da contagem regressiva — *cinco, quatro, três* — e a neve começa a cair, então o ano velho se parte num novo e o céu se abre com confete, e há beijos molhados e *urras* altos. E James e Marge estão se beijando e o mundo gira com toda sua bravura cintilante. Um homem bêbado com um bigode e sua acompanhante ruiva bêbada dão giros animados, tangueando pela varanda. Purpurina cai. A acompanhante ruiva em seu vestido pseudoboêmio cai, agarrada aos braços engravatados do bigodudo. E eles caem em cima de Marge. *Puta merda!,* diz a namorada boêmia com uma risada, velha demais para ser uma namorada, apenas agora James vê, e *upa lá!,* grita seu engravatado cortejador. E nesse momento — Marge no chão dizendo *estou bem, estou bem,* tentando rir, James diz freneticamente, *é só que ela está... grávida* — tudo se parte.

Marge, apesar de dizer que estava bem quando chegou em casa, acordou de manhã cedinho com um círculo de sangue vazando dela para a cama, espalhando-se rapidamente, como uma nevasca vermelha.

James ficou em pânico. Sentiu como se não pudesse respirar. Carregou Marge escada abaixo e o sangue se espalhou para todo canto. Os pulmões doíam e as lágrimas vieram. Através de seus olhos molhados, ele deu um jeito de encontrar um táxi e de alguma forma disse ao motorista para levá-los ao hospital, e de algum modo escutou enquanto o médico dizia a eles o que já sabiam: isso não acontece com muita frequência no segundo trimestre, é uma porcentagem muito pequena, mas *pode* acontecer. Ninguém pensou em dizer ao médico sobre a queda na varanda, fosse porque foram pegos em pânico ou porque não queriam admitir que havia acontecido — como se tivessem admitido que de alguma forma o aborto havia sido culpa *deles*... se caso tivessem ficado em casa em vez de ir naquela festa... se apenas tivessem agido como adultos responsáveis!

James viu por trás das palavras do doutor um círculo negro, movendo-se lentamente em direção a ele. Sentiu dor nas articulações, especialmente nos pés. O hospital tinha cheiro de fogo e fumaça. Ele sentia uma neblina surreal formando-se ao seu redor, enquanto seguiam de volta para o apartamento, pensando: Como poderiam voltar? Como entrariam na sala? Como dormir? Não quando tanto fora perdido.

Mas eles dormiram, dormiram numa profundidade assustadora, o tipo de sono quando não se quer encarar a vida desperta. Dormiram mesmo com a luz perversa da manhã que penetrava a fenda nas cortinas. Dormiram pela metade do dia. Quando um deles se remexia, o outro o segurava. Não, diziam com os braços. Ainda não.

Porém quando James finalmente deixou as pestanas se abrirem para deixar a luz entrar totalmente, sentiu de imediato que algo estava diferente. Geralmente acordava com uma mistura do vermelho da Marge e a assinatura da estação — verde-claro (primavera), azul estático (inverno), azul-marinho quase preto (outono), ou amarelo quente amanteigado (verão) —, nessa manhã ele não viu nada. Nada, isto é, exceto a luz que estava *de fato* deslizando pelas janelas e sobre a esposa dormente, uma luz que não mantinha nenhuma das cores geralmente tão ativas no prisma de sua mente. Atrapalhado, caminhou até o lado de Marge e correu a mão através da fatia de luz que caía sobre ela, como se tocando fosse mudar de cor. Não. Apenas a branca, brilhante, normal luz de janeiro caindo sobre o rosto pálido da esposa. Ele não via nada. Não sentia nada. Nada mesmo.

Correu para o banheiro e se olhou no espelho, bateu no rosto, jogou água. Abriu e fechou os olhos freneticamente, pensando que se piscasse forte poderia colocar as cores novamente em ação. Mas onde o espelho geralmente conferia um tom esverdeado (James em si era da cor de sopa de ervilha-torta), ele viu apenas o rosto pálido, não barbeado, inchado de cansaço, longo mas, ainda de certa forma, gorducho, deslizando de volta pela testa que ficava careca. Não ervilha; apenas pele inchada. Bateu na testa com o calcanhar da mão. Nada. Beliscou a pele com uma pinça: a dor geralmente era marcada pelo som de ondas quebrando e aquele ponto preto entre os olhos. Nada.

O teste final: James foi olhar a pintura de Ruth Kligman perto do espelho, aquela que ele havia comprado para Marge assim que se casaram e que o fez ver serpentes de um laranja-vivo e claro por trás dos olhos. Parecia enlameada e vazia. *Como Ruth Kligman pode parecer vazia?!* Ele se sentiu sem fôlego, a dor das lágrimas prestes a vir. Caiu sentado na privada e colocou o rosto entre as mãos. Lágrimas claras, invisíveis, vazias caíram — eram tão sem sentido quanto o reflexo no espelho. Mas escorriam dele num fluxo constante, alto. O sangue na escada. Os lençóis. A varanda. O vazio na mente. Ele chorou tão alto que Marge, mesmo em seu estado debilitado, cambaleou da cama até o banheiro. Ela o viu agachado e balançando como um louco na privada, debulhando-se em lágrimas, e veio abraçá-lo e acariciá-lo.

— Tudo bem — ela cochichou na grande orelha dele. — Podemos tentar novamente, James. Até o médico falou; podemos tentar de novo.

Mas Marge começou a chorar com ele, e os dois peitos subiam juntos como a batida de um coração partido.

Depois as coisas só pioraram. James tentou com urgência convulsiva resgatar a sensibilidade — foi a incontáveis exposições, leu poemas que geralmente faziam suas cores enlouquecerem (a frase de O'Hara "que terríveis são o laranja e a vida" costumava deixá-lo tonto como uma montanha-russa), se expôs a temperaturas extremas e comidas estranhas. Nada funcionou. O'Hara não funcionava. Rutabaga não funcionava. A porra do Museu Metropolitan de Arte não funcionava.

Logo descobriu que escrever não funcionava também, não sem suas sensações. Ele olhava para páginas em branco e amaldiçoava o cérebro vazio. No futuro imediato, estava tudo bem; ele tinha artigos quase terminados — que só precisavam de edição e não de ideias — para manter a coluna do *Times* seguindo por alguns meses. Depois, ele se ofereceu para curar uma seleção de colunistas convidados, para ganhar tempo. Mas em abril a estratégia esgotou, não restava mais nada, e começou a perder completamente os prazos.

Pediu duas semanas de folga, depois três. Quando finalmente conseguiu remendar uma resenha, da instalação de vitrine de Jeff Koons no New Museum, foi imediatamente rejeitada, por ser, como o estridente editor assistente de arte Seth havia descido, *vazia*.

— Bem, *deveria* ser vazia! — James gritou com Seth. — A instalação é um monte de vácuo! Forma como conteúdo, Seth! Eles não ensinam nada na escola de Jornalismo?

Seth somente gaguejou desculpas esfarrapadas e desligou na cara de James.

Essa foi apenas a primeira das muitas rejeições que se seguiram, do jornal que o publicara tão confiantemente por anos, dado seu próprio cantinho de imprensa no qual podia derramar cada pensamento extravagante. Cada rejeição vinha com um novo adjetivo de Seth: *impessoal, irreal, falta molho*. Quando Marge folheava a seção de Artes do jornal de domingo, como sempre fazia, James dava a desculpa de que estava trabalhando num artigo mais baseado em pesquisa e levando mais tempo, e que apareceria nas próximas semanas, não se preocupe. Ele não conseguia contar sobre as rejeições; ainda queria provar ao *Times* e a si mesmo que estava errado. Ele precisava continuar tentando.

Mas outro mês se passou sem uma mordida do jornal. E depois dois. Então finalmente em junho eles entregaram completamente a coluna. Para alguém, de acordo com o Seth, "cujos interesses eram mais em sintonia com o da publicação". Seth acrescentou hesitante:

— Oh, e sr. Bennett? Ele pediu para que eu dissesse para não mandar mais textos.

— Como é?

— Ele disse que seu tempo no *Times* acabou. Tudo bem?

Não estava tudo bem. No topo da Lista Corrida de Preocupações de James: perder os poderes invisíveis o deixou completamente invisível. Logo atrás: ele era um ser humano terrível por não contar nada disso para Marge. Mas ele não queria preocupá-la; e como se preocupava! Ele sabia o quão improdutiva e paralisante a preocupação poderia ser, e ele não queria ser um peso para ela, como sempre.

Mas não contou; não podia. Não em junho, quando o avô de Marge teve um derrame; não em julho, quando morreu dormindo e ela tirou três semanas de folga do trabalho para ficar com a família em Connecticut; não em agosto, quando o apartamento ficou tão quente que o mínimo incômodo certamente levaria a uma discussão aos gritos; isso era clima de divórcio. Não foi até setembro, quando ele deveria dar uma palestra sobre metáforas em Columbia, então, temendo não ter metáforas sobre as quais falar e ter de ficar de pé em silêncio na frente de todos aqueles rostos ávidos, ligou para o diretor do programa e cancelou, pois sabia que o problema era grande demais para esconder. Sem mencionar o fato de que as contas conjuntas, que estava mergulhando na zona vermelha de uma forma inédita, puxavam a confiança de James e o coração para baixo. Ele teria de contar. Que ele não era o cidadão americano honrado / humano válido / homem verdadeiro e que esteve escondendo esse fato dela pela maior parte do ano.

Ele a levou para uma lanchonete na Sexta Avenida, onde iam quando queriam se sentir como verdadeiros nova-iorquinos. No finalzinho de um café da manhã bem silencioso, pressionou uma das mãos sobre a parte macia da cabeça e inspirou tanto ar quanto possível no abafado salão cheirando a bacon.

— Se eu contar algo — ele começou, desejando com toda a força que não fosse outono, que não tivesse passado tanto tempo. — Promete não ficar brava?

— Por que ficaria brava?

Ao lado de Marge no balcão da lanchonete havia uma mulher idosa com um brinco de pérolas e cachos afofados, e quando Marge disse isso a mulher riu, parecendo comunicar que *é claro* que ela ficaria brava, uma mulher sempre fica brava com o marido por um motivo ou outro. Por um segundo, James imaginou Marge como uma mulher de idade, e ele, um homem idoso, e estavam sentados ali sob as luzes da lanchonete como gente velha que passou a vida toda junto, dentro da bolha de todas as coisas não ditas que ficar velho junto trazia. De repente James sentiu que não havia mais tempo restante no planeta.

— Eles tiraram minha coluna — ele soltou.

— Como assim? Por quê?

Ele observou a mão de Marge pressionar o balcão de fórmica salpicado. Os nós dos dedos levantaram-se como um pequeno morro nodoso. Isso era Marge quando os assuntos da vida real estavam em jogo: *toda nódulos*.

— Mas é porque... — ele continuou, vendo que ela estava insegura sobre como reagir. — É porque... Bem, não pense que estou louco, mas... os morangos se foram.

Ele olhou da mão para o rosto da esposa, que estava pálido.

— Os *meus* morangos? — ela questionou. O rosto dela se retraiu, como se tivesse levado um tapa.

— Sim — ele respondeu. — E tudo mais também.

— E é por isso que tiraram sua coluna?

— Eu tentei. Muito. Estou me esforçando *tanto*. Mandei quinze artigos agora. Talvez vinte. Nenhum funcionou. Nada está funcionando. É como se meu cérebro tivesse se desligado ou algo do tipo. Está apenas... *vazio*.

A senhora se levantou abruptamente para ir ao banheiro, afofando a nuvem de cabelo com as mãos. James estava grato e envergonhado.

— James, nem sei o que dizer.

— Diga que vai voltar.

— Como posso dizer isso? Como posso saber? Acabei de ouvir, James. Minha primeira vez ouvindo isso. Você me disse que estava fazendo algo que precisava de pesquisa.

— Eu não queria esconder, mentir ou... qualquer coisa. Eu não queria deixar você chateada. Não queria ser o homem decepcionante que sempre sou. O peso que sempre sou.

— Você não é decepcionante.

— Sou sim.

— Você não é decepcionante, James. Mas não pode mentir para mim. É parte do acordo. É parte do acordo da vida real. Não me importo se você não está ganhando dinheiro. Mas preciso saber.

— Sei disso, mas eu só... Eu não queria desistir. Ainda não quero.

— Mas acha que deveria? — ela disse baixinho e até bondosamente, mas ela disse.

— O quê?

— Sinto muito. É só que eu sinto como... para o bem de nós dois, talvez você precise pensar no que vai funcionar para você. Para nós. Você é parte de um relacionamento, nós somos *nós*, lembra? Algo ruim aconteceu, perdemos um bebê, e eu entendo. Sinto isso também. Quero entrar num buraco e nunca sair. Mas isso foi há nove meses, James, e agora você tem de seguir em frente. Precisa ser um ser humano real no mundo como o resto de nós. Precisa me ajudar. Precisa trabalhar. Especialmente se queremos tentar novamente, com outro bebê.

James sentiu uma dor aguda no peito: uma dor que esperava, mas que ainda doía. Em sua Lista Corrida de Preocupações: que outro bebê fosse uma impossibilidade devido ao fato de seu esperma ser defeituoso, girinos quase invisíveis que não podiam navegar os traiçoeiros terrenos do interior de sua mulher. Apesar de estarem dando todos os passos necessários — tirando a temperatura de Marge religiosamente, mantendo um diário que registrava quando ela estava ovulando, fazendo sexo na cozinha se o alarme dela por acaso apitasse quando estavam no meio do jantar —, havia algo errado na coisa toda, e ambos sabiam. E esse algo, ambos sabiam também, era James. Era como se os óvulos da Marge pudessem sentir no esperma de James a simples falta de determinação do Criador. Antes, quando ele tinha suas cores, vira o esperma como um show brilhante de fogos de artifício, uma celebração completa do Dia da Independência com o hino nacional e cachorros-quentes e fumaça divertida de churrasco, decolando em sua esposa. Agora: girinos defeituosos.

— Você está certa — James falou sugando o ar. — Está totalmente, cem por cento certa. Vou escolher um. Esta noite, vou escolher um.

Quando chegaram em casa do jantar, olharam ao redor, e silenciosamente ele escolheu uma das pinturas, que iria vender e compensar meses de salário. Enquanto inspecionava as paredes cheias de pinturas, notava com tristeza que não pareciam mais como antes, como se estivessem vivas no mundo e pudessem transformá-lo. Mesmo assim, se desfazer de uma não o feria menos, pois também significava se desfazer de seu orgulho.

— O Estes — ele disse, com pouca convicção. — Que vale mais.

Mas ele escolheu de fato o Estes por Marge. Ele sabia que ela não gostava muito da pintura, por sua perfeição fria. Ela preferia Kligman, cujas pinceladas lhe lembravam de sua própria sensibilidade interna: quente e abstrata, ainda prístina em suas escolhas, deliberadas e espertas. Ela piscava para ele, torcia a boca como para dizer que sentia muito. E ainda assim, de dentro de seu rosto também havia um vislumbre de satisfação, como se um canto da boca de Marge dissesse: *Isso é o que você merece.* Ele engoliu em seco, subiu num banquinho. Juntos desceram a pintura da parede, colocaram-na gentilmente ao lado da porta.

Agora estava em Sotheby's, oficialmente vendendo. As luzes na casa de leilão diminuíam e as vozes se seguiam, o murmúrio coletivo se apagando numa aquietação: as conversas de toda gente rica sendo pegas pelas redes dos lustres. James se segurou. Sentiu a mão macia de Marge na coxa, o que deveria ter sido reconfortante, mas não. Ele não tinha permissão de se ressentir dela por isso, sabia, mas mesmo que fosse muito sutil, podia sentir. A sensação latejante, quase imperceptível, de ressentir-se da pessoa que você mais ama no mundo. A mão quente na coxa rígida.

— Bem-vindo a Sotheby's — uma mulher de cabelo escorrido disse roboticamente, num sotaque britânico, uma voz que se escuta no aeroporto, dizendo em qual terminal está. — Vocês vão encontrar os títulos e lance mínimo de cada obra de arte em seu programa. Não há necessidade de falar o lance; a mão serve.

Marge murmurou algo sobre a coisa toda ser pretensiosa. Ele podia ver que ela estava tentando tornar as coisas mais leves, fazer a noite parecer com outra coisa que não um símbolo do fracasso dele. James mal a ouviu, sua mente corria pela Lista. Preocupado em ver a pintura na tábua de corte do palco. Preocupado que venderia. Preocupado que *não* venderia. Que venderia por menos do que valia. Que de qualquer forma não importava — que nada importava muito mais.

As pinturas que entravam e saíam do palco de leilões agora não tinham sensação, gosto e cheiro de nada. As primeiras obras eram objetivas e puras: em linha com o aspecto fotorrealista de seu Estes. Desapareciam nas mãos do grande colecionador fulano de tal, do amigo do colecionador fulano de tal — uma rede de fulanos que James entendia que eram os compradores mais influentes da cidade, talvez do mundo. O embalo deveria aumentar enquanto o leilão seguia, as pinturas se tornando mais valiosas e mais poderosas noite adentro, cada uma passando pelo palco com seu valor flutuando acima, como uma pipa. Os assistentes do leilão, vestidos em traje branco e preto de ajudantes de leilão, traziam pinturas de Chuck Close, Frank Stella, Andy Warhol. Em geral, James iria recuar com Warhol: as cores iriam acertá-lo com pânico de palco e enjoo. Agora? Não sentia nada da tristeza de hospital que geralmente evocavam.

As pinturas traziam uma energia contida abafada à sala enquanto eram reveladas no palco; todo mundo vira o programa, sabiam o que estava por vir, mas a presença física da obra ainda projetava grandeza sobre a plateia, criava o solavanco cinético da proximidade — como estar num quarto com alguém por quem se está apaixonado. Ou era o dinheiro, a visão do dinheiro, a etiqueta de preço flutuante que motivava as pessoas na sala? James não sabia. As coisas eram vendidas por centenas de milhares, setecentos mil, milhões (!); James podia sentir Marge se eriçando a cada vez que o martelo descia, fosse de empolgação ou nervosismo, ele não saberia dizer, enquanto uma pilha de dinheiro invisível deixava as mãos de alguém. James agarrava a mão de Marge. Seu Estes estava a apenas três pinturas, no precipício do crescente silêncio, o pé ante pé do silêncio. Ele mordeu o lábio, sentindo gosto de pele, e apenas pele.

James se perguntaria mais tarde se foi o destino que o levara àquela casa de leilões naquela noite, na noite em que, após passar pelas pinturas padrão de grandes nomes, Sotheby's decidiu fazer algo sem precedentes: apresentaram um pequeno leilão para obras que haviam adquirido por doação de um colecionador anônimo — pinturas de promissores artistas menos conhecidos que não estavam no programa. O leiloeiro anunciou a quebra de rotina com um tipo de descaso subversivo. Não tinha de ser destino que a primeira dessas obras, uma enorme pintura de um artista de que James nunca havia ouvido falar, entrasse no palco precisamente no momento em que ele estava prestes a partir? E isso, quando ele viu, mesmo de seu ponto perto dos fundos da casa de leilões, ele viu brilhantes, frenéticos, inacreditáveis, prazerosos, terríveis, incontroláveis e perfeitos flashes amarelos por trás de seus olhos? *Exatamente os mesmos* brilhantes, frenéticos, inacreditáveis, prazerosos, terríveis, incontroláveis, perfeitos flashes de amarelo — aquelas *asas de borboleta*! — que vira no réveillon, vindo do homem no salão azul? Poderia ser o destino que fez seu coração saltar no peito, o cérebro se inundar de música — um tipo de sinfonia, completa com todos os violinos do Village, todas as músicas de

Nova York, as vozes de falsete de cada pedaço de arte que já amara —, o canto dos olhos se umedeceram de lágrimas e sua mão direita se levantou no ar para dar um lance?

Marge lançou um olhar em sua direção; ele podia sentir a pontada.

— O que está fazendo? — ela cochichou. — James!

Ele estava ciente dos rostos silenciosos se virando para ele como flores animadas, joviais, orgásticas flores de Warhol, papoulas elétricas, todas focadas no que estava fazendo com a mão direita, se erguendo alto e alto como se não tivesse controle, como se não fosse nem sua mão.

— O que está fazendo?! — Marge soltou novamente, ainda através dos dentes, mas dessa vez mais alto, puxando o braço dele.

— Psiu — foi tudo o que ele disse. O salão prendeu a respiração. As cortinas de veludo estalaram.

James estava vivenciando uma cor tão prazerosa que sentia que poderia derreter na cadeira. A pintura era uma tela gigante ostentando uma mulher loira maior do que a vida, cuja saia reluzia como um oceano fresco, cujos olhos eram anzóis, cujos pés, e a grandeza, o faziam sentir o cheiro metálico de velhas moedas. Sua mente faiscou e piscou. Ziguezagueou e voou. Havia ramos de menta fresca, um cigarro rebelde que fumara quando tinha 20 anos, uma noite sob as estrelas com uma menina que só quisera ser sua amiga. Ele caiu no banco de trás de um drive-in vinte e quatro horas; ele corou; ele chorou.

Então estava feito; um suspiro coletivo quando o martelo atingiu a marca. Havia acabado de *comprar* uma pintura — nem sabia quem era o artista! E Marge estava vacilante, furiosa, suando; ela irrompeu para fora do leilão, passando a traseira sobre os joelhos da elite de Nova York, mal conseguindo ver através da raiva.

James ficou sentado na cadeira, embasbacado, convencendo a si mesmo que fizera a coisa certa. Tinha de ser uma coincidência que a pintura do artista de que ninguém havia ouvido falar acabara custando a ele pouco mais do que ganhara com a pintura de Estes momentos antes, devido ao fato de que, lá nos fundos, Winona George havia circulado um boato sobre o futuro brilhante desse artista em suas mãos. Tinha de ser, *certamente tinha de ser* o destino que ele teve a mesma sensação esta noite que no réveillon, a última boa sensação que sentiu antes de perdê-las totalmente. Essa pintura seria uma chave, sabia. A chave de volta ao lar da própria mente.

Claro, destino não foi uma desculpa quando se tratou de explicar tudo isso para Marge. Marge, que havia perdido o bebê, que havia feito tanto para apoiá-lo. Marge, a mulher que havia crescido de diretora de arte assistente para diretora de arte de fato enquanto ele descia de escritor a não escritor. Que estava pagando todas as contas desde que perderam o bebê em janeiro, *nove meses* agora, e que só queria que ele fosse um pouquinho sensato, para compartilhar dos sonhos dela de uma quantidade ao menos remota de estabilidade. Não fazer algo insanamente idiota como comprar uma pintura absurdamente cara, quando mal conseguiam pagar o aluguel.

Ela deixou a casa de leilões enfurecida: cheia de cabelos negros e lábios rosnadores, a fenda no queixo inundando de raiva vermelha — ele via o vermelho novamente! Logo após olhar para aquela pintura, pôde ver o vermelho-vivo de Marge novamente! Ela não falaria com ele por dias, talvez semanas. Ela iria *matá-lo*. Mas ele não conseguia pensar nisso. Sua mente, enquanto caminhava lentamente para casa, pela amplidão da Oitava Avenida e sob o colarinho sombreado do Village, ainda estava fixa na pintura. Tão fixa, de fato, que ele poderia ter jurado, em certo ponto, que estava *dentro* dela. Que a menina que era sua figura central flutuava pela calçada do outro lado da rua, emitindo a mesma luz amarela de algum ponto perto do abdome.

Não poderia ser. Ele observou a luz assobiando friamente na frente dela. Não era possível. Uma sirene tocava uma música de ninar urbana. Mas que destino louco, se fosse! Uma roda estilhaçou uma garrafa de uísque. Deveria cruzar a rua para descobrir? Não, ele deixaria assim: uma maravilhosa noite de destino. Um gato decidiu: *Oeste*. A menina que poderia estar em sua pintura cantou um nome que poderia ser o dele na noite.

A PINTURA MORREU!

O dia do acidente de Raul Engales começou com um sonho. A irmã lia para ele de uma lista de seu caderno de infância: uma lista de todas as coisas que havia feito de errado na vida. *Partiu o coração de Daisy Montez. Roubou cigarros do cego da barraquinha de tabaco. Acabou com o casamento de Tina Camada trepando com Tina Camada no provador da loja de roupas em que ela trabalhava e foram pegos pelo gerente, que era primo do noivo de Tina Camada. Largou a escola. Fumou demais. Matou um gato.* A lista seguia. Em seu sonho, Engales balançava a irmã pelos ombros para fazê-la parar. Ele a balançou tanto que os olhos dela rolaram para cima e ela parou de respirar. Então, ele correu para longe, avançando pelas avenidas e pelos becos de Buenos Aires como um fugitivo à solta, sabendo que a irmã estava morta e que ele a matara.

O sonho acabou provocando um choque que o fez acordar. Ele havia conseguido não pensar em Franca desde o Ano-Novo, depois veio Lucy, que havia bastado — pelo uso extravagante da língua dela, mamilos, voz, pés e mãos — para afastá-lo dos pensamentos de *outrora*, para a pura ação do *agora*. Ela o conduzira pela primavera e verão com a sensação sempre presente de que *agora* era a única coisa; com Lucy não havia Argentina, não havia Franca ou Pascal, não havia borrão preto de dor com a lembrança de uma grande casa vazia. Então foi mais irritante ver a irmã tão vívida no sono, e vê-la desaparecer.

Com a ideia de que o prazer pudesse ajudar a apagar o estranho resíduo do sonho, esticou um braço e puxou Lucy em direção a ele. Fechou os olhos para a luz clara de setembro, reta e feroz pela janela, e se esfregou contra ela. Logo ela estava desperta e ofegante sob ele, o pequeno corpo reagindo ao vaivém. "Bem, não é que você está safadinho hoje?", disse depois que terminaram, mas Engales já estava de pé colocando os sapatos.

O sexo havia funcionado, ele disse a si mesmo enquanto seguia para a Avenida A. Ele não deixaria o dia ser manchado pelo sonho. Mas lá fora havia mais incômodos: a mulher de cara fechada na entrada do prédio, a perna envolta numa gaze e os dentes faltando, dizendo a ele: "Senhor, está doendo. Senhor, por favor." O pássaro que bateu na janela de vidro e ficou caído no meio do cruzamento, mal conseguindo respirar e com uma asa ferida. O guarda de trânsito mentalmente deficiente, que segurava um grande sinal de *Pare* por quase cinco minutos, olhando nos olhos de Engales como se o desafiasse a cruzar sem sua benção. Em Mercer, perto do estúdio, o homem com uma barba loira que enfiou um panfleto na mão de Engales: um garoto havia sumido naquela manhã, a caminho do ônibus.

Alguns poderiam ter captado esses momentos espectrais como sinais, mas Engales não acreditava nisso. Sinais eram para os supersticiosos, assim como a sorte, para os sortudos. Se tivesse pensado por um segundo que aquela estranha composição da manhã era qualquer coisa além do lembrete urbano comum de que a vida era grosseira e estranha, não teria ido para o estúdio naquele dia. Mas ele fez o que qualquer nova-iorquino verdadeiro faria: ignorou o grosseiro e o estranho, porque, numa cidade como essa, era a única coisa que havia. Além do mais, sem tempo para sinais, pensou enquanto dobrava o folheto do garoto perdido e o enfiava no bolso da camisa. Pela primeira vez na vida, ele devia algo ao mundo.

O mundo significava Winona George. Como Rumi havia previsto, Winona o encontrara. Após cinco meses de silêncio, Engales havia desistido, mas então ela apareceu na exposição em Times Squares em junho (que, ao contrário das previsões de Rumi, foi *muito* movimentada, e aparentemente por todas as pessoas certas). *O Village Voice,* na semana seguinte, chamou de "Primeira Exposição Radical de Arte dos Anos 80", e parecia que era tudo sobre o que todos conseguiam falar em seguida. Na manhã seguinte, Winona George ligou empolgada.

— Me escolha, Raul! — ela diz numa voz simultaneamente nobre e frívola como o cabelo dela: o equivalente sônico de uma promessa comercial. — Todo mundo vai perguntar, mas não dê ouvidos a eles porque não importa. Me escolha como sua galerista; vou levá-lo ao topo, você vai ver, seu jovem premiadinho.

E ele escolheu. E ela levou. Ou estava prestes a fazê-lo: desde aquela ligação houve um zumbido no ar e o zumbido era sobre ele. Da noite para o dia, graças a Winona, o nome dele começou a significar algo, pelo menos se você estivesse na festa certa no galpão certo com as pessoas certas na parte certa da cidade. E agora ele estava prometido numa data de abertura para sua primeira exposição *real*: 23 de setembro, dali a uma semana; uma exposição que, Winona havia revelado, seria resenhada no *New York Times.*

— Bennett tem uma coisa com você, ao que parece — ela disse ao telefone. — E não posso dizer que o culpo.

James Bennett, da varanda. James Bennett, do *Times.* Verdade que ele não via o nome de Bennett no jornal havia meses, mas confiava que havia um motivo para isso; talvez nada o impressionasse nos últimos tempos. Talvez a exposição de Engales fosse a coisa que *impressionaria*, tornando ainda mais empolgante para os dois quando ele escrevesse. Mas a data da exposição estava chegando com a velocidade de tijolos caindo, e Engales ainda tinha mais quatro pinturas para terminar. Sua garganta se apertava com a ideia.

Ele tentou terminar o trabalho no apartamento, o que estava fazendo ultimamente. O apartamento de François, desde que Lucy havia se mudado, tornara-se um ninho de arte e sexo, um impulsionando o outro, melhorando o outro, dependendo um do outro para atingir o potencial máximo. Boca no pescoço, pincel na tela, mãos nos seios, cor no papel — o verão foi um dos mais produtivos em termos de pintura. Lucy sentava-se no quarto com ele enquanto rascunhava e fumava. Ela às vezes rascunhava também, num caderno que comprara em Pearl Paints. Às vezes, ela apenas se sentava no canto com um picolé verde, observando-o, o que surpreendentemente não o incomodava. Geralmente, alguém o observando o irritaria, mas era como se o amor dela pelas pinturas, a forma como olhava para elas e as estudava, e falava sobre elas, as trouxessem à vida. Com os olhos dela nele, as pinturas repentinamente se tornavam reais. Não eram algo que só existia na mente dele ou no coração, mas na mente e no coração de alguém que ele amava.

Sim, *amava*, Engales havia se transformado rapidamente de um mulherengo num homem apaixonado. Diferentemente de qualquer outra mulher com quem se envolvera, Lucy não o afastava da arte, ela acrescentava. Não era separada da pintura, mas parte dela. Que havia alguém na existência que podia inspirá-lo a ser melhor no que ele amava, e a amá-lo ainda mais, talvez fosse uma das razões mais estelares das muitas razões estelares para estar ao redor da criatura iluminada de Lucy todos os dias e todo o tempo. Numa varanda com um cigarro, num pneu virado com uma cerveja, em Bleecker Street à meia-noite, beijando numa porta escurecida. Ela ia com ele para as exposições — bravamente disse a Jeff Koons que não estendia o ponto de seus vácuos, ao qual Koons respondeu levemente: "Está entediada? Sim? Então você entende" — e ela veio com ele para a ocupação, onde se misturou à tapeçaria de artistas de forma bem graciosa, fazendo perguntas inteligentes sobre o projeto mais recente de Toby (vender a si mesmo por uma semana, numa exploração de escuridão total, sobre a qual Lucy havia indagado, "Como vai apresentar algo tão intangível ao público?"). Ela ficava tão bêbada e agradável quanto qualquer um deles, e topava participar de qualquer performance ou experimento que estivessem fazendo naquela noite, fosse cantar junto uma das melodias melancólicas do violão de Selma ou trabalhar numa sessão onde melhoravam partes do prédio com martelos roubados, serras emprestadas e pregos reciclados. Ocasionalmente, Engales sentia-se como professor de Lucy, explicando por que um artista conceitual havia escolhido cortar buracos no chão de prédios abandonados, ou rearranjar uma máquina de escrever como uma crítica à mídia, mas em outras ele se sentia o aluno. Lucy ainda não estava abastecida pela cena, a exaltação ou desejo por fama ou conversas esgotadas ou o diálogo crítico infinito. Qualquer que fosse a inocência (embora facilmente roubada), era equiparada com inteligência (embora ingênua), e ela frequentemente via coisas de forma brilhante, surpreendente, em nuances. Ficava em frente a uma escultura e virava a cabeça, fazia bico e dizia algo como: "É feio, mas por isso é bom."

Lucy dava a tudo nova energia e perspectiva. As ervas de cheiro azedo em Chinatown, o suor no metrô, as sirenes de noite: as mais rudes sensações se tornavam atraentes para ele, com ela ali para lhes dar sentido. As excursões de toda noite para o Mudd Club ou o Max's se tornaram abundantes de momentos fugidios de prazer; se encontravam numa multidão e de certa forma sentiam-se novos a cada vez, como se tivessem acabado de se encontrar ali. ("Encontrei uma folha de grama pregada na parede do banheiro", ela dizia. "Era tão linda.") Um dia, voltaram juntos para o apartamento dele, onde ela se deitou na cama e viu uma mariposa enorme no canto superior do quarto — deram a ela o nome de Max, pelo lugar onde haviam acabado de passar a noite boquiabertos na mesa de Andy Warhol, então não se importando com Andy Warhol porque tinham um ao outro. Daí ele começava a pintar. Podia ser meia-noite ou de manhã quando chegavam em casa, mas sempre começava a pintar. "Você é um maníaco", ela dizia. "Você é uma ratinha", ele dizia com um sorriso. As pinturas se empilhavam ao redor, o pequeno forte deles.

Algo *iria* acontecer com as pinturas, isso estava claro. Ambos podiam sentir: a pressão delas se acumulava, a inevitabilidade do sucesso; era só uma questão de tempo. A ideia de fama pairava sobre ele.

Lucy acariciava aquela ideia, dava colo e a beijava; a fé nele era total. E quando Winona George ligou, a ideia de fama se consolidando numa massa e aterrissando, saltaram pelo apartamento como crianças, mãos envoltas nos antebraços um do outro, com o sangue borbulhando tanto que se sentiram bêbados.

Mas, conforme a exposição se aproximava, Engales ficou esgotado e destruído, e a presença de Lucy, seus olhos nas pinturas e o corpo no cômodo tornaram-se um lembrete de que o amor dela pelas pinturas possivelmente não era o suficiente. Havia um mundo todo no qual poderia fracassar, e, se fracassasse, ela iria testemunhar. Ele imaginou James Bennett analisando a exposição. O que iria dizer. Se reprovasse, Engales conseguiria lidar? E se glorificasse, conseguiria lidar com isso também? A pintura fora a salvação através de tudo, e agora seria julgada, potencialmente destruída, por um público em que não necessariamente confiava. O apartamento tornou-se cheio desses pensamentos zumbindo. Moscas zumbiam e ficavam presas em montículos de tinta. Lucy zumbia por lá também, irritando-o. De repente, sob o estresse do mundo fora da bolha, a presença de Lucy se tornou um peso.

— Vou sentir muitas saudades — ela disse antes de ele partir para o estúdio de manhã, ainda pelada na cama, enrolada no lençol da luz outonal do começo da manhã.

— Não sinta.

O estúdio tinha o cheiro de sempre, terebintina e fluido de limpeza, além de Arlene: sua marca registrada de odor corporal, almíscar egípcio e erva-mate, que, inspirada pelo argentinismo de Engales, ela começara a beber de uma cuia. Arlene estava diferente desde o Ano-Novo, inquieta e irritável, e havia desenvolvido um novo antagonismo em relação a Engales, que ele estava certo de que tinha a ver com Lucy. Ele estava passando mais e mais tempo com aquela *menina*, ela disse mais de uma vez. E não tempo suficiente no estúdio.

— Estou pintando mais do que nunca — disse calmamente a ela a cada vez, mas ela balançava a cabeça.

— Só estou dizendo que nada de bom vem de estar apaixonado.

Engales lhe devolveu um olhar cético e ela gritou:

— É verdade! Dê o nome de uma coisa genial que veio de alguém morrer de trepar!

— A vida humana? — ele disse com tanta irritação verdadeira quanto humor.

— A vida humana é uma merda — ela retrucou, então murmurou algo consigo mesma, e Engales podia jurar que tinha o tom de uma confissão, apesar de não ter certeza.

Agora, Arlene estava de pernas abertas em sua escada bamba, segurando a cuia em uma das mãos e o pincel na outra. O pelo do sovaco se projetava para fora num choque de laranja e Engales imaginou pintar aquele pelo — um rabisco laranja espetado com um pincel de cerdas secas. Ele sentia uma afeição por ela, mesmo quando a ignorava; provavelmente sempre sentiria. Puxou a pintura de uma chinesa de rosto frouxo, segurando um talo de couve como um troféu, da parte detrás de sua pilha inacabada.

Vira a mulher chinesa em sua primeira semana na cidade de Nova York e, apesar de ser anos antes, ainda se lembrava do rosto dela quase perfeitamente. Uma parte do rosto estava caída, como se a pele que a cobria tivesse perdido toda a elasticidade, e a gordura da bochecha houvesse migrado para a rede de pele frouxa. Ele a encarou provavelmente por tempo demais, até que ela olhou de sua couve e diretamente para ele. Ele viu nos olhos dela o tipo de dor que imaginava ser reservada aos deformados; os olhos pareciam dizer: "É assim que é, como sempre será, e não há nada que eu possa fazer com isso além de continuar vivendo." Ele sentiu pena. Ele se lembrava da pena tão bem quanto do rosto. Também se lembrava de como sentira necessidade de sorrir por causa da pena, mas então se forçou a afastar a pena e o sorriso, o que pareceu satisfazê-la: ela o cumprimentara com seus vegetais. Foi então, naquele dia mesmo, que soube que havia encontrado seu lugar em Nova York, um lugar para desajustados, destruídos e fortes, em que a pena não podia existir porque haveria em demasia. A mulher cambaleou para longe com suas sacolas de pano, e ele pensou tê-la ouvido começar a cantar.

Havia esses momentos que apareciam na arte de Engales; eram o tipo de gente que atravessava sua vida com seus defeitos. Amava os defeitos; eram as partes mais interessantes dos rostos e corpos, que continham os traços mais estranhos, as sombras mais bonitas. Feridas e deformidades, fendas e furúnculos e barrigas: era o que motivava Engales. Em geral, enquanto detalhava o nariz quebrado ou rascunhava um corpo protuberante, sentia como se estivesse concentrando-se no que fora feito para estar vivo. Podia ouvir seu pai dizendo: "Os desgastes que fazem uma vida."

Começou a pintar retratos no ano em que seus pais morreram, graças a um obeso e bondoso professor de Artes chamado Señor Romano. Arte era a única aula que ele não faltava, principalmente porque Romano tinha um afeto especial por ele, que ia além da pena que os outros professores ofereciam — a mesma que ele odiava sentir em qualquer forma. Se Romano sentiu pena, nunca demonstrou; ele parecia compreender que Raul queria ser tratado como ser humano, não como uma criança que perdera os pais. Na aula, faziam projetos entediantes de desenhos e círculos de cores elementares, mas quando o Señor Romano viu a forma como Raul lidava com os materiais — seus rascunhos de frutas tornaram-se rostos desajustados, ele cortava os círculos de cores e os colava juntos para fazer um arco-íris totalmente novo —, mandou Raul para casa com uma pasta de madeira cheia de bisnagas semiespremidas de tinta a óleo e pincéis usados.

— Isso não sai com água — Señor Romano contou a ele, a única instrução. Também deu uma lata de terebintina e um novo nome; ele o chamaria pelo sobrenome, Engales. Esse seria seu nome de artista.

Engales implorou por papel para Maurizio, o açougueiro no fim da rua. Maurizio, como tudo mundo na vizinhança, dava a Raul e

Franca praticamente tudo o que queriam; ele e sua irmã só tinham de piscar os olhos como órfãos que eram. Ganhavam carne de graça de Maurizio; balas de graça do mercado; pão de graça da padaria onde Franca trabalhava. Quando Raul chegava em casa, ele pregava uma folha de papel de açougue na parede do quarto e apertava algumas das tintas nos pratos de porcelana da mãe. Aqui estava uma vantagem de ter pais mortos: você pode pintar com porcelana e usar a parede como cavalete. A primeira coisa que veio à mente dele foi pintar o Señor Romano em si: bochechas de tomate, pestanas inchadas, corpo grande, que preencheu o enorme pedaço de papel de açougueiro. Ele começou com os cantos de Romano, então se encontrou detalhando áreas pequenas que notara: as linhas profundas ao redor dos olhos, os belos lábios, a gravata que caía sobre a enorme barriga e era coberta por um padrão escocês de que Engales se lembrava quase fotograficamente. Parecia tão completamente natural para ele que era como se nem controlasse a mão, como se ela estivesse recriando Romano sozinha. Ele podia ver Romano lá no quarto com ele, podia senti-lo. Pela primeira vez, desde que seus pais morreram, não se sentiu inteiramente sozinho.

A pintura então se tornou obsessiva. Pintava após a escola e de noite. Pedia a Romano mais materiais, e com seu próprio dinheiro o professor comprou para ele um estoque inteiro de tintas novinhas em folha e pincéis para acrescentar à caixa de madeira. Engales preencheu o quarto com figuras: a senhora de chapéu vermelho com quem ele cruzava na rua a caminho da escola; o velho que servia limonadas no Café Crocodile, a quem chamavam de El Jefe; Maurizio, cujo rosto tinha a forma de uma risada; a garota que ele achou bonita na aula de inglês, cujo lábio superior parecia com uma meia-lua. Pintou adolescentes e talvez centenas de retratos da irmã, a única que de fato posava para ele: Franca com um chapéu de festa; usando o terno do pai; com uma flor na boca como uma dançarina de tango; franzindo o cenho, porque era assim que ele conhecia melhor o rosto dela. Quando as paredes do quarto ficaram pequenas demais para guardar todos os pedaços de papel, ele começou a guardá-los sob a cama em pilhas. Uma manhã, ele acordou para ver que Franca havia encontrado a pilha, e que as pinturas haviam sido presas em cada parede vazia da casa. Ele encontrou a própria Franca de pé no corredor, tocando uma versão do próprio rosto.

    A pintura também provocava algo mais: apontava em direção à escapatória. Apenas um mês antes de morrer, o pai de Engales passou uma semana em Nova York e retornara com um entusiasmo contagioso pelo lugar.

    — Está tomado de artistas, músicos e escritores — Braulio havia relatado no jantar. — Quero dizer, apenas *escute* isso!

    O pai de Engales então colocou um disco de jazz extravagante que buzinou, batucou, soluçou e guinchou no aparelho através do resto das descrições exóticas sobre a cidade distante: salas de poesia subterrâneas, moda fantástica, fumaça que se erguia como hálito de buracos na rua. Levado pela empolgação do pai, o Raul, de 14 anos, perguntou sem rodeios:

    — Quando posso ir?

    Braulio riu, se recostou, limpou o molho de carne do rosto largo.

    — Quando você quiser, filho. Graças à sua impaciência fetal, você pode ir para a América sempre que achar devido.

    Aquele Raul tinha nascido um mês antes da data esperada, no fim da estada de seus pais lá, e isso se tornou uma das piadas da família: Raul havia nascido para Nova York.

    E agora lá estava ele: uma parte do mundo que o pai havia descrito, ou pelo menos prestes a ser parte disso, se pudesse terminar a bochecha inchada da chinesa. Ele prestou uma atenção especial na bochecha, dolorosamente acrescentando rugas, sublinhando da forma certa. Mas até aí ele estava trabalhando nisso por horas e não estava certo. Não era a mulher de que ele se lembrava. O rosto não parecia com o dela. Em vez de transmitir perdão ao espectador, tinha um olhar de desconfiança. De onde isso vinha? Seus olhos? As rugas ao redor da boca? A bochecha em si?

Ele recuou para dar uma olhada. O defeito não parecia um defeito, parecia planejado.

O complexo Winona George, Arlene nomeou o desconforto, o redemoinho de dúvida que começara a circular no estúdio e em sua cabeça. Ele sempre quisera exatamente o que tinha: pintar por um motivo. Mas agora que tinha um, sentia que o motivo era arbitrário, o que fazia a pintura parecer aleatória.

Um pânico o atravessou, e ele sentiu a confiança descendo a ladeira épica do quase fracasso ao fracasso em si. Rapidamente, o pânico se misturou ao medo que sentira em seu sonho naquela manhã, criando uma espiral de coisas para acrescentar à lista de Franca. *Deixou sua irmã com um marido idiota, fraco, num país que estava praticamente se autodestruindo. Partiu sem se virar para olhar para ela, sem dizer adeus. Nunca respondeu a carta, nunca descobriu a grande notícia.* Por que estava pensando nela agora?

Do outro lado da sala, escutou Arlene gritar:

— Faça outra coisa, Raul.

Esse era o código para uma das primeiras lições de estúdio da Arlene: quando você começa a duvidar, pare de pintar. Coma um sanduíche, dê uma volta no quarteirão, faça polichinelos, rascunhos. Qualquer coisa para contornar a dúvida, mudar o rumo. Dúvida era a porra do inimigo, Arlene disse. De toda boa arte.

Apesar de Engales não estar no clima de escutar Arlene, sabia que ela estava certa; a dúvida estava se alimentando da estranha manhã, tomando-o rapidamente, afundando-o. Mas ele não podia dar uma volta — tinha muito a fazer. Tinha de rascunhar as quatro novas pinturas, então decidiu cortar papel. Só tinham papel em volume no estúdio, em folhas enormes, que rasgava, daí rasgava de novo, daí empilhava, então rasgava tudo de uma vez, até ter um monte de quadros de margens irregulares. Quando rasgou o rolo todo, inseriu a pilha do tamanho de um livro na guilhotina, uma cortadora de papel feita para cortar volumes inteiros, no canto mais escuro do estúdio. Deslizou o papel para o canto de trás da cortadeira com sua mão.

* * *

Houve um flash. Prateado e afiado: um espelho partindo; uma janela batendo fechada. O corpo de Franca ficou frouxo em seus braços. Seu coração parou. O coração da irmã parou. Música desfeita tocou de algum lugar lá fora. Quando levantou o olhar, a mão estava no balcão atrás da lâmina da guilhotina, completamente arrancada do resto do corpo.

Por um minuto inteiro ele olha para ela. A grossa lâmina prateada separando uma parte dele da outra. A parede de metal contra pelo e pele do braço. O cabelo vermelho de Arlene voando em direção a ele como um incêndio. Sua longa saia com elefantes. Um grito de um dos outros alunos racha o ar pesado. Nas janelas, neblina se espalha e encolhe com a respiração coletiva da sala. O braço, rasgado pouco abaixo do cotovelo, é um corte transversal de vermelho e branco, sangrando por todo o balcão e no chão.

Arlene enrola o toco num trapo de tinta, a boca aberta com perguntas frenéticas, furiosas, mas Engales não consegue ouvi-la ou vê-la. Em vez disso, vê o rosto de Franca no dela: tomado de tristeza porque ela derrubou uma caixa de ovos. O trapo rapidamente fica laranja, a mancha de sangue brotando pelos cantos. Franca vê a gema laranja sangrar nas veias da calçada. Tudo fica branco, então vermelho, então branco. Engales caminha na frente dela. *Rápido, cabeça de ovo. São apenas ovos.* Ele vomita, verde, na pia de aço inox.

Arlene envolve a mão em si em outro trapo e coloca o pacote numa lata usada para pincéis. Seus dedos mortos escurecem na terebintina. Ele abre a boca para gritar, mas nada sai. Sua mão de pintor está numa lata cheia de pincéis. Há o buraco aberto de sua boca.

SEM COCA-COLA
À MEIA-NOITE

É um sonho. Isso é o que Lucy disse a si mesma quando apareceu no hospital Saint Vincent, sem casaco, ainda levemente alta de uma carreira de cocaína que Randy Randômico dera a ela no bar pouco antes de atender a ligação de Arlene. A cocaína havia parecido necessária na hora, uma carreirinha para levantá-la só um pouco sobre a circunstância: a parte final do costumeiro turno de terça, no qual ela lidava com os da 4 da tarde, aqueles decaídos o suficiente para buscar refúgio no uísque e nas tetas de Lucy a essa hora do dia. Mas agora a droga apenas contribuía com a sensação de que a cena não podia ser real. Eram apenas sonhos em que salas se tornam outras salas tão rapidamente e sem transição que a cabine do Eagle podia se transformar no austero corredor claro do hospital, no que parecia um instante sem costuras. Era só em sonhos que homens magros, feridos, ladeados por cortina turquesa e abajures lúgubres olhavam para você de seus quartos como se suas doenças fossem sua culpa: os tristes, quase fantasmas de uma epidemia de que você sabia quase nada. E era só em sonhos — ou talvez só em pesadelos — que você via algo como o que Lucy viu na cama delgada do quarto 1.313: seu namorado, dormindo ao lado do toco enfaixado do próprio braço, a ponta vermelho-vivo com sangue tenaz.

— Finalmente — disse uma voz. A voz de nova-iorquina de Arlene. Lucy engoliu em seco. Que aquela Arlene não gostava de Lucy era tão fato quanto o toco ensanguentado, do qual Lucy não conseguia tirar os olhos quando se aproximou.

— Vim o mais rápido que pude — ela se justificou, como se importasse. — Corri para cá.

Dos pés da cama, Lucy olhou do toco para o rosto do namorado: tão pacífico no sono, os poros profundos tomados de tinta ou sujeira, aquela boca que ela beijara recentemente de maneira tão descuidada, da forma como você beija quando supõe que haverá beijos infinitos, uma vida toda deles. Seus olhos se encheram e brotaram lágrimas, que ela tentou sem sucesso limpar na manga.

— Ai, Jesus — Arlene disse de sua cadeira ao lado da cama. Lucy se esforçou ao máximo para ignorar, mas Arlene estava certa. Ai, Jesus. *Ai, Jesus* estava certo.

Uma reação bem trágica é pensar quão pouco tempo transcorre com as coisas sendo *não trágicas*. Como *apenas semana passada* você estava comendo tangerinas no banco abandonado de uma igreja do lado de fora da ocupação, jogando as cascas no monte de lixo não coletado que, na última greve, ficou mais alto do que você. Como *apenas mês passado* estava puxando sua mala de brechó, cheia de camisetas, sutiãs e sonhos pelas escadas do apartamento do namorado, o peso ridículo menos exaustivo do que empolgante: um símbolo da divisão de uma vida com o homem que amava. Como *apenas há poucos meses* você havia se aquecido no neon PEEP-O-RAMA e SHOW DE NUDEZ AO VIVO e os XXX do Times Square como se fossem a luz da Lua de Idaho, caminhou pelo labirinto de quartos e corredores do TIMES SQUARE: ARTE DO FUTURO nos braços de seu pintor, um braço que parecia tão robusto quanto o galho de um abeto. Como logo após isso estava ouvindo Captain Beefheart and His Magic Band ("Eles são mesmo mágicos!", seu pintor gritou para você), vendo-o dançar da forma como dançava: desafiando tudo o que já existia, fazendo algo totalmente novo com o corpo. *Em algum* *ponto em seus movimentos: o tango. Em algum ponto em seus movimentos: nada a perder.*

Como ele parou como parou, quando algo atraiu sua atenção e ele não pôde *não* se mover em direção. Era um homem no canto, a cabeça segurando um ninho de *dreadlocks*, o rosto de menino e sorriso lindo. Tirou uma caneta do bolso do jeans sujo. O homem pegou a caneta, puxou para cima a manga de Engales e escreveu em seu braço. *SAMO diz. Nunca desista*. Então tragou o cigarro depois das palavras, com a fumaça chegando à mão direita do pintor. "Esse é o Jean Michel", seu pintor ronronou depois, o nome estrangeiro borbulhando na boca. Uma carga, quase elétrica, irradiou de seus braços depois, *uma mágica*.

Aquele momento havia sido pesado como uma fruta. Era um momento que *significava* algo, dava para ver, o tipo de momento de que as pessoas falariam depois, quando o momento em si tivesse há muito sumido.

Mas o momento passou, e ninguém estava falando sobre isso. O novo momento era um braço cortado, um quarto de hospital, cortina turquesa, lembranças de doces tempos que já pareciam azedos. Lucy se moveu para o lado da cama e se abaixou em frente a Arlene.

— O que houve? — perguntou num pequeno cochicho, apesar de não saber se queria saber, ou se queria que Arlene falasse.

— Uma tragédia — Arlene respondeu secamente. — Uma puta tragédia, foi o que aconteceu.

Lucy engoliu em seco; desejava desesperadamente que Arlene não estivesse ali. Queria estar sozinha com Engales quando ele acordasse, para que visse seu rosto e encontrasse consolo; ela queria tirar a dor com beijos. Ela se esticou para tocar o braço, úmido e quente, como fazia quando dançava por tempo demais, com muita intensidade, ou quando se beijavam por tempo demais, com muita intensidade...

Arlene ficou de pé na cadeira.

— Preciso ir para casa agora — ela começou, mais voltada para a sala do que para Lucy. — Ou então vou enlouquecer.

Mas então ela surpreendeu Lucy: apertou seus braços finos ao redor dela, aninhou o cabelo vermelho almiscarado em seu pescoço. Apertou, e Lucy sentiu a sensação calmante de ser abraçada pelo aperto forte de outra pessoa.

— Sério pra caralho — Arlene cochichou no pescoço de Lucy. — Sério pra caralho que vou ficar louca.

Engales dormiu por horas ou o que pareceu horas. Lucy assumiu o posto de Arlene na cadeira coberta de plástico ao lado da cama, que guinchava como um animal morto quando se movia. O quarto de hospital se movia e girava. Enfermeiras pairavam, como mariposas, mas quando Lucy fez perguntas a elas — Quando ele vai acordar? Isso pode ser arrumado? Qual é o próximo passo? —, voavam para longe. O tempo estava passando — deveria ser bem tarde —, mas tudo parecia com um segundo suspenso, o tempo antes do ponteiro do relógio reunir impulso suficiente para dar um tique à frente. Lucy ficava de pé, sentava-se, ficava de pé, sentava-se novamente. Beijou a testa do namorado, grudenta e quente como uma fruta passada. Conforme passavam as horas, uma preocupação singular solidificava-se e ficava pesada: *Como ele seria quando acordasse?* Ela de repente ansiava pela volta de Arlene, ao menos para ser um amortecedor se ele estivesse terrivelmente bravo.

Lucy vira Engales bravo uma vez desde que ela o conhecera, e nunca mais queria ver. Havia sido uma noite especialmente louca na ocupação, e ficaram acordados até mais tarde, como em geral faziam; sabiam que as horas tardias eram as melhores, quando todo mundo que não importava partia, a comida chinesa era pedida, um baseado se materializava do bolso do peito de alguém e era iluminado, quando o violão Dobro com a cena havaiana pintada era tocado, e as conversas tinham uma qualidade ondulada, fluida, frequentemente existencial. Naquela noite, Toby havia entrado num dos seus assuntos favoritos dos últimos tempos, *a comercialização da arte*, ou, como ele gostava de chamar, *a curra da classe criativa*. Declarara alternativamente (e bem bêbado) que tal curra era culpa do artista — eles não deviam desistir tão facilmente vendendo-se para aquelas galerias de riquinho metido a toque de caixa — e que isso era culpa dos riquinhos metidos — a própria falta de gosto deles significava que precisavam empetecar os artistas.

— Eles vão enfiar o pau em algum lugar interessante para variar — ele esbravejara. — Só para ver como é. E, quando for bom, melhor do que qualquer coisa que sentiram, porque a vida deles é entediante pra caralho, vão comprar, porque *podem*.

Lucy sabia que esse seria um assunto delicado para Engales; havia acabado de assinar com Winona, e estava defendendo a decisão, que sabia seria considerada como *vender-se* para os artistas na ocupação, para ela e para ele mesmo, apesar de ninguém ter verbalizado julgamento algum. Até Toby dizer:

— Bem, por que não perguntamos ao Garoto de Ouro aí? Como é, Garoto de Ouro, vender sua integridade artística para uma mulher com um cabelo de poodle?

Engales começou calmamente:

— Em qual mundo — retrucou, com fumaça subindo de seu cigarro como um lenço sendo puxado da manga de um mágico — alguém deve ser culpado por pegar dinheiro por algo que fez? E da mesma forma, por que alguém deveria ser culpado por querer *gastar* dinheiro em algo que outro fez? Esse é nosso *trabalho*, Toby. Isso é o que fazemos em vez de nos sentarmos numa cadeira de escritório. Isso não deveria nos permitir sobreviver?

— Nós estamos *sobrevivendo* — Toby dissera. — Em nossos próprios termos!

— Estamos mesmo? Você mora numa fábrica vazia onde congela a bunda toda noite e da qual pode ser expulso a qualquer momento. Eu não comi nada além de carne-seca hoje. Pessoalmente, quero vender uma *caralhada* das minhas pinturas. Quero um puta bife e uma salada pra acompanhar. Com aquele tipo de alface chique que tem gosto de ar.

— Ah, deixa disso — Toby disse de maneira extravagante. — Aquela tal de Winona te amarrou pelo pau! Mas o que ela diz? Que vai ser um astro agora? É tudo um bando de asneira. Ninguém vai se lembrar de você, assim como não vão se lembrar do próximo Joe Schmo que vende uma pintura de um milhão de dólares para um ricaço. Eles vão se lembrar de nós pela forma como vivemos, como permanecemos verdadeiros. É disso que vão se lembrar. Não como nos vendemos por uns trocados.

Engales ficou com o olhar mais frio em seus olhos, um que Lucy nunca havia visto.

— *O motivo pelo qual as pessoas vêm para a América é para se vender, seu privilegiadinho de merda. É para isso que a América serve.*

— Bem, a América que chupe minha pica — Toby dissera, enquanto se levantava para buscar um de seus projetos de arte (um tapete que havia tecido de multas de estacionamento que recebera) e segurou um isqueiro no canto. Acendeu instantaneamente, criando um brilho que fez seu rosto parecer um diabo de desenho animado. Então os suecos se juntaram — quando havia fogo envolvido, eles não recusavam —, cometendo uma série de crimes pirotécnicos que incluíam queimar uma das esculturas de peito de Selma ("Não um dos meus bustos!", Selma gritara, rindo). Quando Hans levou o fósforo a um dos desenhos de Engales, que ele havia feito naquele verão com Lucy olhando, Engales se jogou sobre Toby, prendendo seus ombros no chão de cimento.

— *Isso não é seu* — disse numa voz que Lucy não havia ouvido antes e que a aterrorizou. O terror não era tanto porque ela pensava que Engales a machucaria, ou machucaria alguém, mas porque ela não podia vê-lo. Naquele instante, teve a distinta sensação de que não conhecia nada do homem que amava. E mesmo quando Engales saiu de cima de Toby e se acalmou com uma Budweiser e meio baseado coletivo, traços da sensação permaneceram; Raul Engales carregava uma sombra desconhecida.

Ela sentia da mesma forma agora, enquanto esperava que os olhos dele se abrissem; não conseguia vê-lo, não sabia o que ele faria quando acordasse. Se ficou tão bravo quando um de seus desenhos foi destruído, como se sentiria quando toda sua atividade, a coisa toda de fazer arte, fora tirada dele? Ela ao mesmo tempo queria estar perto dele quando acordasse e queria estar bem longe: longe em Idaho, nos braços da mãe. Buscando por qualquer coisa familiar, agarrou a camisa xadrez dele atrás da cadeira, trouxe ao rosto para cheirar, então percebeu que estava coberta com a crosta dura de sangue marrom. Jogando no chão, ela notou um pedaço de papel no bolso, tirou. Mas quando estava prestes a abrir, sentiu os olhos nela.

Os olhos dele nela no banco de trás de um táxi enquanto voavam pela cidade às 5 da manhã: tomados de adoração. Os olhos dele nela enquanto dançavam no Eileen's Reno Bar: tomados de tesão. Os olhos dele nela enquanto a pintava: tomados de curiosidade. Os olhos dele nela agora: tomados de ódio.

Puro ódio irrestrito, vindo dos olhos do homem em cujo apartamento sua mala estava, em cuja cama ela dormia, em cuja vida ela vivia.

— Que porra você está fazendo aqui? — disse, a voz como cascalho, aqueles olhos brilhando metálicos com morfina, perfurando-a. — Onde está Arlene?

O coração de Lucy se apertou como um punho; ele queria Arlene, não ela.

— Arlene me ligou — ela respondeu, mas tudo era um sonho novamente, e num sonho a própria voz de alguém não importava, e ela engasgou nas palavras.

— Quero que você saia — ele disse, de repente virando a cabeça para encarar a parede suja do hospital. — E não quero que volte. Não quero vê-la novamente.

Na semana passada, ele disse: "O que mais gosto em você é quando se olha no espelho como uma adolescente." Ela disse: "O que mais gosto em você são suas mãos."

Apenas na semana passada: segurando os ombros um do outro, saltando em círculos, como macacos loucos, ao redor do apartamento. A própria exposição! A própria exposição!

Agora: *não quero vê-la novamente.*

Em sonhos, as pessoas repetem as piores coisas seguidamente, como num *loop*. *Não quero vê-la novamente. Novamente novamente novamente. Nunca mais.* Num sonho, você pode chorar infinitamente e nem saber por quê. Pode chorar tão alto e nem saber por quê. Pode balançar a mão como leques insanos e uma enfermeira mariposa sonhadora irá acompanhá-la ao corredor. Ela vai segurar seus braços e abraçá-la tão forte que será forçada a parar de tremer, como Arlene fez. Talvez essa seja a única coisa possível que possa confortá-la: ser forçada a ficar parada. Finalmente, após tê-la segurado tempo suficiente, ela vai guiá-la pelo corredor de sonho, deixando-a na rua.

Não haverá um estacionamento gigante com um carro para você entrar, nenhuma cerca-viva verde ou fileiras de pinheiros, nenhuma mãe. Nada fisicamente para separar o doente da rua, o fim do mundo do resto dele. Esse é o trauma numa cidade: uma camada de um espaço trágico em outro, um retrato surreal projetado sobre o seguinte. Só havia sido tão longo quanto havia sido, e ainda já se podia dizer, quando se saía na noite, que tudo na cidade estava completamente mudado.

Era tarde. Lucy não sabia o quanto, mas que era tarde. Ela aprendera a ler os sinais que denunciavam a hora avançada de suas caminhadas quase de manhã do Eagle: grades fechadas e gatos de rua, círculos de olhos brilhando nos parques, as pessoas que passavam o dia todo dormindo e a noite chapadas. Caminhões de lixo — aqueles tatus noturnos, mecânicos — vagavam, rangiam, batiam. Os sem-teto cambaleavam das camas de concreto. Sirenes voavam pelas ruas e na peneira do céu através dos buracos das estrelas. A Lua estava em algum lugar, mas não havia certeza de onde.

Você deveria ter medo dessas ruas, nessa hora, mas Lucy nunca. As coisas que a assustavam — esquecimento, incêndio florestal, solidão

— não eram perigos como na floresta, e havia a sensação generalizada de que se algo ruim acontecesse, alguém a salvaria. A cidade, com seus milhões de braços e milhões de luzes, iria pegá-la, absorvê-la, embalá-la para dormir em sua loucura. Mas agora ela se sentia assustada por uma nova razão: o mundo da noite não tinha Raul Engales nele.

Como poderia ser tarde se ele não estava com ela? Ele *era* o momento tardio; tudo que era tarde pertencia a ele. A porta do Bleecker em que ele a empurrara para um beijo, apenas para ouvir um sem-teto grunhir embaixo deles. A máquina de salgadinhos que ele chutara só por querer, fazendo uma Coca cair: outro dos muitos presentes do universo, apenas para ele. "Coca-Cola da meia-noite!", gritou. "Coca-Cola da meia-noite!" O desenho de um frango com cabeça humana que fizera com a caneta permanente na barricada de madeira da Prince Street: ainda lá. A padaria R & K, onde se encontraram naquela noite de julho, quando alguém fora morto no telhado do Met, onde haviam se abraçado, pressionado corpos juntos, então alimentado um ao outro com rolinhos de canela até de manhã, quando emergiam na cidade grudenta com dedos grudentos.

Conforme ela se movia pelo momento tardio, de olhos turvos, rejeitada e sem esperança, notou algo estranho. Cones de luz branca oscilando em meias-luas sobre o chão e ao redor dos cantos dos prédios. Viu quando se aproximou que as luzes estavam emergindo de formas agachadas, fantasmagóricas, que corriam e flutuavam através das ruas escuras. Eram esparsas inicialmente, conforme virou na Prince, eram muitas.

Quando chegou perto o suficiente para as luzes iluminarem seus rostos, percebeu que as formas de zumbi eram mulheres, em calças largas ou vestidos caseiros, cabelos em coques sob a cabeça, ou soltos e longos, finos nas pontas. Quando ela as estudou o suficiente, viu que os olhos eram como os outros de suas mães: profundos de conhecimento, freneticamente maternais, pesados e alertas. Estavam chamando um nome.

— Jacob! — elas gritaram em roucas vozes noturnas de mãe. — Jacob! Jacob! Jacob!

O nome ecoava pelo sonho da noite como se o sonho fosse um vale, ricocheteando das montanhas de arranha-céus.

Na esquina Prince e Broadway, uma das mulheres foi em direção a ela. Lucy tentou evitar seu olhar, mas então se viu presa na rede maternal. A mulher, usando um traje feito inteiramente de linho pêssego, tirou uma lanterna de uma enorme bolsa de palha, passou-a gentilmente a Lucy.

— Alguém está perdido — disse, com mais do que um pouco de desespero. — Nós a agradecemos pela ajuda.

Ela passou a Lucy uma pilha de panfletos brancos e uma caixa plástica de tachinhas. Quando desapareceu na Broome, Lucy quis desesperadamente chamá-la de volta. Aquelas linhas saindo de seus olhos. Aquelas roupas de linho; aquele rosto bondoso. Ela precisava dela. Precisava ter mãe, qualquer mãe, mais do que tudo no mundo.

Pensou na própria mãe no canto da cama, lendo para ela o capítulo de um livro. Sua mãe, que sempre parava de ler a história na melhor parte, dizendo a ela que era hora de ir para a cama. Ela iria gritar e chutar. Queria saber como iria terminar! Saber o destino do personagem principal, que era uma menina, como ela. Não podia esperar, e ainda assim precisava. Em vão, ficava acordada a noite toda, tentando ensinar a si mesma a ler as grandes palavras na página. Mas era pequena demais. E o mundo do livro era grande demais.

Criança perdida, o folheto dizia, em grandes letras blocadas. *JACOB REY. Visto pela última vez na Broadway com Lafayette às 8 da manhã. Hispânico. Seis anos de idade. Um metro de altura. Cabelo preto, olhos castanhos. Usando camisa vermelha e boné de piloto, tênis azuis com faixas fluorescentes, carregando uma mochila azul com estampas de elefantes. Pessoas com qualquer informação por favor liguem 212-333-4545. Recompensa: U$10.000.*

A foto acima do texto era de um pequeno garoto escuro com olhos hesitantes e um sorriso acanhado. Um cabelo bagunçado em forma de cuia e um nariz suave arredondado: ao mesmo tempo bonito e de aparência tola, como alguém que nunca pensou no perigo.

Ela imaginou o garotinho, incapaz de se defender contra o enorme mundo, vagando pelas ruas que poderiam parecer tão cruéis se não soubesse seu lugar nelas. Pensou nos olhos malvados de Engales. De sua voz rochosa, dizendo a ela para nunca mais voltar. Pensou na atadura sangrenta no braço dele, a camisa ensanguentada. Então se lembrou do papel dobrado tirado daquela camisa, enfiado em seu próprio bolso. Ela tirou do bolso, abriu.

Era ele. Era Jacob Rey. Raul estava carregando uma foto desse mesmo garoto perdido.

Lucy sentiu o coração rugir da forma que só é possível nos sonhos. O destino estava trabalhando ali. A perda do menino e a da mão seriam costuradas juntas no mesmo naco de sua mente e do seu coração, ligadas pelo fato de suas tragédias e pelo som que os reunia. Ligados por um bolso de camisa e uma terça em setembro: os destinos do menino e do homem, seu próprio destino bem no meio, colorido pelo brilho assustador da Lua.

Começou a sentir que o ar havia mudado. Mantinha o zumbido maníaco da tragédia, como se as partículas estivessem acionadas como alarmes. Era o mesmo zumbido da noite do assassinato do Met. O mesmo zumbido que sentiu pela tela da TV de seus pais quando viu as imagens do blecaute de 77. Era ao mesmo tempo sinistro e empolgante, frenético e mais vivo do que nunca. Era durante uma tragédia que uma mulher que te odiava a abraçava no pescoço, Lucy pensou. Que um grupo de pessoas que não se conheciam buscavam juntas pela noite. Que mães vagavam pelas ruas em bandos, zumbindo suas luzes quentes. Era durante uma tragédia, tentava se convencer, que o destino iria intervir na forma de amor. Algo iria salvá-la. E ela iria salvar algo.

Impulsivamente, acendeu a lanterna. Gritou o nome de Jacob na noite. Não tinha como saber o que de fato faria se encontrasse o garoto perdido, como o coração iria bater, se o sangue ficaria frio, se ela poderia salvá-lo ou ajudá-lo de qualquer modo. Ela teria de esperar algumas semanas, até alguém aparecer na sua porta.

PARTE TRÊS

O ARTISTA SALTA NO VAZIO

Raul Engales foi liberado do hospital na terça que deveria ter sido a exposição de Winona George, com um rolo extra de gaze e um frasco de analgésicos. Eles o mantiveram por uma semana devido à infecção nos pontos que juntavam as camadas de sua pele esticada sobre o toco do braço. Pontos que ferroviavam sobre sua península estrangeira, então se interrompiam abruptamente, presos com forquilhas de arame onde tudo — o ferimento e o braço — terminava sem saída. A infecção fez a pele ao redor ficar preta, então vermelha, depois amarela. O amarelo vazou pelo antebraço, desaguou no cotovelo. A coisa toda, uma tocha de dor e inutilidade.

A ironia que a liberação do hospital coincidisse com a pretendida liberação no mundo da arte não deixou de ser percebida por Engales. Perfurava-o como uma nova lâmina. Havia sido apenas poucos meses antes que Winona George havia estourado o que ele supunha ser uma garrafa de champanhe de preço absurdo na miserável sala de estar, virando-a em potes de geleia — as únicas taças — para ele e Lucy, enquanto Winona tagarelava uma lista de atributos incompreensíveis de Raul Engales que fariam o mundo da arte se pasmar.

— Você tem aquele não sei o quê — ela disse. — Você tem algo natural e autodidatismo e tal e tal. É um deslocado por dentro, entende o que quero dizer? Vocês duas belezinhas têm alguma ideia do que estou dizendo?

Engales *não* tinha ideia alguma — Winona tinha uma forma de tornar a língua inglesa, de que ele tinha orgulho de ser fluente, completamente ininteligível — e ele também não se importava. Tudo o que sabia era que a galerista mais comentada em Nova York, que sozinha levantou alguns dos mais reverenciados (e agora remunerados) artistas, que dera de colherzinha ao mundo da arte porções digeríveis e ainda substanciais do neoexpressionismo, e que lembrara o mundo em geral que a arte era valiosa e deveria ser *valorizada*, às vezes de forma insana, estava de pé na sua sala mal-iluminada, servindo champanhe a ele, oferecendo uma exposição solo que ela alegava que iria *jogá-lo como uma bigorna no centro de tudo*. Ele não podia evitar de odiar essa lembrança rodando para fora do hospital por um conjunto de portas giratórias que levavam a um *você está sozinho agora* quando saía. E não podia deixar de amaldiçoar Winona George por jogar sua bigorna exatamente no lugar errado.

Apesar de terem tecnicamente dito que poderia partir naquela manhã, não foi capaz de sair no mundo em plena luz do dia — que as pessoas o vissem na *plena luz do dia* —, então se sentou num canto da sala de espera, fingindo ler uma revista, até se certificar de estar escuro. Do lado de fora, um vento rígido havia começado. O vento era a pior de todas as formas de arte, na opinião de Engales, seu único propósito era derrubar folhas das árvores e lágrimas dos olhos. Ele movia-se pela manga da jaqueta e batia na bola de gaze que os médicos haviam enrolado, estilo múmia, ao redor do braço, pedindo para entrar. *Oh, claro*, a gaze deve ter dito ao vento, abrindo buraquinhos que serviam para o frio lamber os pontos. *Seja meu convidado no show de horrores.*

Era o que ele era agora, sabia. Um horror. Um aleijado. Uma das pessoas para as quais os outros olhavam e pensavam *pobre homem*. Os olhos de todos com que ele entrava em contato na última semana — médicos, enfermeiras, doentes pelo corredor —, todos registravam aquela emoção: *pena*. Ele já conhecia aqueles olhos, bem demais. Eram os olhos dos adultos em Santo Telmo, que davam comida a ele e Franca, que viravam a cabeça com o peso da dor inadequada. A diferença era que essa perda era visível. Você carrega pais mortos dentro. Você carrega a mão morta como distintivo que alerta a hora de posicionar cabeças, sobrancelhas, olhos e bocas para uma posição de pena. *Inclinar tudo. Tentar não torcer o rosto.*

Os olhos de Lucy — quando ela apareceu no hospital naquela primeira noite, alucinada de cocaína, ele podia ver pela forma como a mandíbula dela se movia — foram os piores. Ele entendera isso imediatamente, curvando-se sobre ele com medo, a base borrada como tinta japonesa. Nos olhos de Lucy estava o pior tipo de pena, misturada com amor. Era impossível amar alguém — da forma como o amara, com profunda reverência, como se ele fosse *rei de algo* — e também sentir pena. Esta anulava a crença; não se pode acreditar em alguém de quem sente pena. *Oh, meu amor*, ela disse quando ele abriu os olhos. A pena que cercava a palavra *oh* o fez querer bater em algo. *Saia*, disse. *Não quero vê-la. Então saia.*

Ela foi, mas voltou no dia seguinte, e depois. Meia-calça rasgada, cabelo bagunçado, rosto que passara a noite toda acordado ou chorando ou ambos. Um rosto que ele pintara e beijara tantas vezes que conhecia de cor: olhos em que se podia ver o reflexo de uma sala, pupilas como universos negros, um nariz que se empinava bem de leve e que sempre o lembrava das unhas da irmã, que, em vez de recurvar-se como o de uma velha, decolava de suas mãos como batatas fritas côncavas. Mas todas as coisas que ele havia achado belas em Lucy mudaram quando a viu no quarto de hospital. Os olhos refletiram apenas a imagem nojenta dele mesmo, deitado sob um cobertor que parecia ser feito para uma criança, ilustrado com *porcos voando*. O nariz vermelho dela apontava para o teto esponjoso ou em direção à televisão, na qual passava o mesmo programa seguidamente, cujo assunto principal parecia ser ombreiras. Quando Lucy tentou pressionar uma de suas caixinhas de fósforo idiotas na mão dele — que ela fazia para ser fofa, relevante ou íntima, e que outrora achara ser todas essas coisas —, ele jogou a caixinha contra a parede do hospital. Mas o fez com a mão esquerda, e rebateu estranhamente no braço da cadeira em que Lucy estava sentada, e isso o deixou com mais raiva. Lucy vê-lo assim era um desastre completo. Para evitar chorar, ele se empenhara em fazê-la chorar (sempre tinha sido o tipo de pessoa que sabia como fazer o outro chorar), dizendo: "Essas caixinhas não são nem seu projeto, Lucy. Você não tem projeto. Você não é artista, então pare com essa porra."

Foi cruel, sabia, mas até aí, a vida também. A vida era uma enorme observação afiada, lâmina que cortava até o fim. A vida era acordar cada manhã por dez segundos borbulhantes quando se acha que tem duas mãos, apenas para encarar o terror vazio que é perder uma delas, seguidamente, cada vez que se abre os olhos. A vida era o vento lambendo o ferimento através da manga do casaco quando pisa em Greenwich Street e vomita o equivalente a uma semana de morfina num bueiro aberto. A vida era tentar decidir, conforme limpa a boca com a manga frouxa, para onde diabos você vai.

Os únicos lugares que Engales pensava em ir, lugares que haviam sido mapa da sua vida nos últimos seis anos, soavam horríveis se não absurdos. A ocupação não seria apenas congelante e barulhenta, mas rica da moeda que não podia mais negociar: arte e artistas, tinta, cola e arame, ideias que podiam ser transformadas em realidade e sonhos que se penduravam em cadarços, como as lâmpadas nuas das vigas de madeira. A ideia de ver Toby, Selma ou Regina ou repassar a história suja da guilhotina e o pingo de morfina em liberação sincronizada — *quando ele estava prestes a chegar lá* —, isso o deixava enjoado, e naquele momento jurou nunca mais voltar à ocupação.

Havia a casa de Arlene em Sullivan, tomada de centenas de plantas e o cheiro de incenso e almíscar egípcio, seis gatos farfalhando nas folhas, alguma música africana, francesa ou siciliana tocando. Engales sempre amara a casa de Arlene — era caseira em suas excentricidades e sempre calorosa, e sabia que ela iria convidá-lo a entrar, prepararia erva-mate e seguraria a cabeça dele contra o seio, cantando alguma música vodu nova-iorquina para que dormisse. Mas não seria reconfortante; só tornaria as coisas piores. Alguém que te conhece tão bem quanto Arlene só poderia refletir sua dor, ampliá-la.

E claro que ele não ousaria voltar para o próprio apartamento, o lugar em que suas pinturas inacabadas estavam em pilhas e onde Lucy certamente estaria, fazendo bico sobre a cama com uma de suas grandes camisetas, esperando por ele. *Pare de esperar por mim, porra*, ele queria gritar para ela do outro lado da cidade, assim como queria gritar tantas vezes pelas Américas para Franca. *Parem todos de esperar por mim.*

Cigarro.
Eram quatro avenidas para Telemondo, mas o cigarro lá era um dólar mais barato do que em qualquer outro lugar, e que importava o tempo? Tempo era a única coisa que tinha. Ele caminhava e o tempo passava ou não, como poderia saber? Ele caminhava e seu corpo se movia ou não, como poderia saber? Ele não podia saber porque não estava mais em seu corpo; estava acima de si mesmo, observando, e o que via era uma aberração à solta em uma cidade que não era mais lar.

Na Broadway com a Oitava: TELEMONDO'S / CERVEJA / CIGARRO / REVISTAS / VACA PRETA / EM PROMOÇÃO. Luzes brilhantes e o cara do Telemondo, que sempre dizia a mesma coisa: *São 122 centavos*. Engales contava com ele dizendo a piada idiota dos centavos; significaria que as coisas estavam de certa forma como sempre. Mas o cara não disse nada. Passou emburrado o pacotinho de tabaco, e quando Engales tentou pagar, acenou, desprezando o dinheiro.

Engales irrompeu de volta para a noite, mais uma vez incensado. Seria assim dali para a frente? Mais esmolas? Cigarros de graça? Sem piadas? A única coisa que o enfurecia foi o que aconteceu em seguida, ele tentando enrolar o cigarro e descobrindo que só com uma das mãos não conseguia. O tabaco caía como neve no chão; o papel amassado e grudado. Voltou ao Telemondo, disse ao cara que queria trocar por cigarros já enrolados, embora não gostasse assim.

— Esses custam mais caro — o cara do Telemondo avisou. Engales olhou feio para ele, como se desafiando-o a pedir dinheiro de um aleijado, e pegou o maço sem pagar um centavo.

Cigarro.

O gosto ruim o fez se sentir levemente melhor. Fumou com a mão esquerda (o que anulava o levemente melhor) e continuou caminhando em direção ao nada. Ficou totalmente escuro, o tipo de escuridão antecipada que assombrava os meses de outono, um fino cobertor jogado sobre a cabeça da cidade. O neon rosa zumbia sobre ele, o farfalhar de asas de pombos, o rude rugir de caminhões de lixo, em seu rastejar noturno de terça. Como um homem podia estar jogando lixo nas garras de um caminhão de lixo e outro enfiando pinturas na Galeria Winona George? Outro homem que apenas aconteceu de ter sorte; um lugar se abrira para ele, quando o artista designado perdeu a mão. Engales observou o lixeiro saltar da lateral do caminhão e agarrar quatro enormes sacos de uma vez. Deu a Engales um sorriso dentuço genuíno.

Um homem estaria sorrindo enquanto os amantes da arte brindavam em seu nome. Outro homem nunca mais pintaria.

Sem pintar, a transformação não era possível. Sem pintar, o mundo real era apenas o mundo real: um lugar impossível de se existir.

Então por que tinha de existir em si? Ele pensou, enquanto se encaminhava para o sul, descendo o rio negro da Broadway, em direção a uma placa ao longe que dizia: SAIA DA CANA! Quando a existência, dali em diante, seria apenas um longo momento horrível? Poderia a lâmina não o ter matado? Poderia Arlene não ter feito o que uma verdadeira amiga faria e ter quebrado seu pescoço? Poderia ela ter visto, como viu, enquanto adernava na rua, lidando com os fluxos de água de esgoto e sangue do braço, a placa de rua, outrora *Mercer*, que misteriosamente havia se transformado em *Mercy, piedade*? E que implorava a ela, ou a alguém, para entregar um último bocado dessa piedade? Libertá-lo? Ele não poderia ter sangrado no estúdio até não poder sangrar mais, para que não precisasse estar existindo, a caminho do nada, na lenta trilha de morrer como um zé-ninguém?

Na Bond Street, ele se encontrou parado diante de uma placa de trânsito.

Bond Street: impressa em helvética esparsa nos cartões-postais que enviara semanas antes, os convites para a primeira exposição real.

Bond Street: onde alguns dos melhores pintores da década haviam mostrado trabalhos, e onde ele deveria ter apresentado sua obra esta noite.

Bond Street: onde a Galeria Winona George ficava formalmente no meio do quarteirão, um pequeno farol de luz branca num túnel de escuridão industrial.

Não pensara em caminhar nessa direção. Pensara em caminhar sem direção, para o nada. Mas então, caminhou. E não podia evitar a curiosidade. Curiosidade sobre o homem que havia pegado seu lugar nos holofotes, cujas pinturas estavam onde as suas deveriam estar, a bela namorada ou esposa levantando o rosto para ele num beijo congratulatório. E se a curiosidade o matasse, ele aceitaria. Morreria de curiosidade ali mesmo. Iria entrar, apesar de tudo, nos paralelepípedos oscilantes da Bond Street. Iria gravitar, apesar de tudo, em direção às vozes, vindo da luz crescente que escorria da porta da galeria. *Entre aí, seu safado! Uma exposição e tanto. Não dou a mínima para a dieta da sua mãe, Selma. Você viveu o sonho por lá ou o quê? Você é apenas uma das putinhas de Basel agora, não é? Não minta.*

Apesar de tudo, ficou como uma mariposa, em direção à luz, pensando que era o sol. Apesar de tudo, começou a acreditar que a luz era a única direção a subir, mesmo que a luz em si pudesse queimá-lo.

RETRATO DE UMA EXPOSIÇÃO POR UM ARTISTA QUE NÃO ESTÁ PRESENTE

OLHOS: uma exposição que foi pendurada por um cego. Um homem que não diferencia formas, luz de escuridão; a composição o escapa. As pinturas estão todas erradas. São as erradas no lugar errado. Que cego foi ao apartamento de Raul Engales e pegou a porra das pinturas erradas e as pendurou de forma errada pra caralho? É essa visão — suas próprias pinturas odiosas, algumas inacabadas, que nunca deveriam ver a luz do dia, pelo menos não assim — que o faz querer em vez de perder a mão, perder os olhos.

CORAÇÃO: suas próprias. *Tum-tum.* Pinturas. *Tum-tum.* Penduradas. *Tum-tum.* Aqui. *Tum-tum.* Sem. *Tum-tum.* Ele.

CABEÇAS: perplexas, assentindo quando conversam, inclinando-se pensativamente enquanto olham para as paredes, inclinando-se loucamente para trás quando abrem bocas felizes para rir. As cabeças na galeria movem-se com a indiferença que vem de ser vazio. As cabeças na galeria movem-se com a indiferença que vem de estar completo.

MÃOS: de Selma nas costas de Toby. De Toby em sua própria cintura. De Regina sobre a boca quando come o homus que ninguém come. De Horatio, ao redor de um copo plástico de vinho tinto. De Winona no ar, gesticulando extravagantemente em direção às paredes. *Oh, queridos,* está dizendo, provavelmente, como uma caricatura de alguém que se importa com arte.

BOCA: *cigarro.*

CORPO: uma lenta dissolução de sua própria carne, enquanto observa o salão de sua antiga vida respirar e rir sem ele. Logo seu corpo terá sumido completamente, como a fumaça que solta e como as sombras em que fica, que vão desaparecer com a chegada da manhã.

CORAÇÃO: Maurizio, o açougueiro da Calle Brasil, segura um coração de carneiro nas mãos. Ele não deveria estar ali — Maurizio é de outro tempo, outra parte de sua vida e outra série de pinturas —, ainda assim Engales vê um pequeno ponto vermelho abaixo dele, a marca que significa que foi vendido. O coração que ele segura pinga sangue na cabeça concordante de um loiro.

CABEÇA: o alguém loiro é o único alguém loiro. A cabeça é *Cabeça de Lucy*, translúcida em sua claridade, inconfundível em sua claridade, terrível em sua claridade. A cabeça de Lucy é uma sirene e um grito e uma bola idiota que Engales quer arremessar. *Que porra ela está fazendo aqui?* Está conversando com Winona George, cujo próprio cabelo se projeta da cabeça como uma palmeira grisalha. Winona George e mais alguém. Winona George e um cara cujo rosto não pode ver. Um cara num terno branco bem feio e de certa forma familiar.

NARIZ: Engales pressiona o nariz no canto de uma janela da galeria, através da neblina de sua respiração observa uma transformação. Observa o rosto de Lucy se transformar de desinteressado em interessado (vê na testa dela, que franze entre sobrancelhas, quando ela quer algo). Observa Winona se retirar da conversa e se tornar absorta em outra (Winona é como uma esponja, espremendo-se em alguém e então se movendo para absorver outra pessoa). Observa o homem no terno branco colocar a mão no ombro de Lucy. Ele observa um *homem* colocar a *mão no ombro de Lucy*. Então vê, inconfundivelmente, *isso*:

Inclinação do queixo. Brilho de olhos semicerrados. Semissorriso, sem dentes. E finalmente — aqui está — olhos bem abertos, pupilas flutuando ao topo quando ela levanta o olhar, sou sua, *eles dizem, ela sabe,* sou sua.

Engales se lembrava do olhar no rosto de Lucy daquela primeira noite no Eagle, o olhar que significava que ela o amava, e que ele a amaria. Ele se lembrava também de como riu e a risada cintilava como a camisa, que ele não havia *desejado* amá-la. Amor, como sorte, era para os sortudos. Amor era para gente que podia se dar ao luxo de perdê-lo, para os que tinham espaço em suas vidas para perda, cuja cota de perdas já não fora preenchida.

— Órfãos não deveriam se apaixonar — Raul se lembrou de ter dito uma vez à Franca, num de seus debates sobre a legitimidade do relacionamento dela com Pascal Morales. Franca olhou torto para ele.

— Está errado — ela disse, trêmula. — Órfãos *têm* de se apaixonar.

Aparentemente, a irmã estava certa. Porque apesar de Engales ter tentado evitar se apaixonar por Lucy, apesar de ter tentado dormir com outras mulheres no começo do relacionamento, evitando chamá-la de namorada por vários meses, foi como se não tivesse escolha. Ele era ele e ela era ela. Ela era ela, com seu próprio conjunto de contradições intrigantes, combinação específica de desvios, desilusão e deleite, de esperteza semiformada e maravilha totalmente formada, com as caixinhas de fósforos que deixava no bolso, o ar quente que soltava quando dormia, inocência e desejo por destruir essa inocência. Ela era ela e ele era ele. E eles eram eles e isso era amor.

Mas ele se arrependia de tê-la encontrado, se apaixonado pela chama traiçoeira dela, enquanto a observava traindo-o tão facilmente. Ela havia ido ali, a exposição, quando sabia o que havia acontecido com ele. Até ajudara a orquestrar isso; ninguém mais tinha a chave da casa do François, onde estavam todas as pinturas. Ela usara aquela mesma camisa cintilante. E virara a cabeça daquela forma especial para outro homem, outro homem, que agora seguia pela multidão, pela porta, e para as mesmas sombras da noite em que Engales se escondia.

Ele se abaixou num canto. A pele ficou quente e a cabeça batia com pensamentos bárbaros: corra atrás dela, soque-a com o toco do braço; encontre uma faca em algum lugar, enfie nas costas daquele terno branco. Mas, em vez disso, ele os seguiu. Nas sombras, como um assustador espião aleijado. Estavam falando em sincronia e *rindo*. O homem — Engales ainda não havia visto o rosto — contava algum tipo de história, gesticulando com mãos pálidas. Atrás do terno branco, notou uma mancha preta, como se o homem tivesse se sentado em tinta. *Nojento*, Engales pensou. E para levar o julgamento além: *Ninguém mais usa um terno branco*. Estavam na Segunda Avenida. E estavam em East Tenth agora. E estavam na frente do apartamento de Engales. E os DOIS. ESTAVAM. ENTRANDO.

Quando a porta pesada do prédio bateu atrás deles, Engales saltou das sombras e fez um ruído com a boca que poderia ser qualificado de rugido, mas para ele pareceu a única coisa disponível, o último ruído restante no mundo. Tentou conjurar o que havia sentido no hospital: *ele não a queria. Ele não a queria. Ele não a queria*. E ainda assim não pareceu dessa forma. De repente, a queria desesperadamente, odiosamente, idiotamente, inteiramente. Queria sentir como havia se sentido antes de tudo isso acontecer: invencível, como um cometa que só iria se mover à frente e nunca se apagar. Queria dançar com ela no Eileen e tomar café da manhã no Binibon, e queria tocar a pele dela com as mãos, envolver o corpinho dela com completo e satisfatório controle. Atravessar a Ponte Williamsburg, como haviam feito poucas semanas antes, subindo o lento morro vermelho e no mar de homens com chapéus pretos e cachos pendurados como molas, homens que ele pintaria mais tarde. Queria estar no meio da ponte novamente, contando a ela sobre o sonho. *Iria subir até o topo*, disse no meio da ponte, bem quando a brisa tardia de verão se intensificou. *Como uma pepita de ouro numa tigela cheia de areia*. Era algo que ele nunca havia dito em voz alta antes, para ninguém, mas ela o fez querer dizer. Iria subir ao topo, repetiu, dessa vez no East River, para as cinco áreas da cidade, para a linha do horizonte, para o céu. *Como uma pepita de ouro numa tigela cheia de areia*.

Mas não foi esse o destino, foi? E era necessário algo como isso — total e completa ruína — para começar a reconhecer que o destino existia em si, e que um terrível mal havia caído sobre ele? Uma imagem da axila de Lucy piscou em sua mente. Aquele pequeno espaço côncavo: uma sombra cinza, íntima. Ele a imaginou levantando a saia. Oscilando a cabeça. Chupando um pau. Ele bateu com a mão, forte, na parede de tijolo do prédio. Sentiu um jorro de sangue brotar dos pontos, para não ser contido pelo pedaço mais sem sentido de gaze do mundo.

A vida é confusa nesse ponto — SAMO

Isso, acompanhado de AMO MAXINE e QUE SE FODA A POLÍCIA, na parede da cabine telefônica em que você se encontra momentos depois, enquanto tenta terminar com a própria vida, na esquina da Décima Rua com a Avenida A.

Dez segundos brilhantes nos quais esquece que houve um acidente. Quando pensa que pode responder ao rabisco de SAMO como sempre, uma tradição que manteve por anos: uma batalha — ou era um tipo de dança do acasalamento? — de rabiscos em muros e braços.

Você escreveria: LUCY OLLIASON É UMA PUTA

Mas você não tem mão para escrever: seus dez brilhantes segundos se foram. Há apenas quatro muros sujos, esse telefone sem ninguém do outro lado, essas pílulas.

O frasco de pílulas é uma das muitas coisas no mundo feita com a ideia de que a pessoa que vai abrir tem duas mãos. Uma para segurar o corpo laranja, outra para apertar e tirar a tampa. Você bate aquela tampa na caixa prateada do telefone até quebrá-la e as pílulas voarem como pequenas bolas de gude no chão.

Você as pega uma a uma. Você as engole.

A garganta tomada de areia.

Quando o sentimento ondulante das pílulas raspa na bochecha, nota algo. Uma caixinha azul — encimada como um tumor mecânico sobre o telefone. É a caixinha azul de que Arlene contou havia tanto tempo. Escuta a voz muscular: *Significa que os phreaks haquearam. Quando você tem o número secreto, pode ligar para a porra que você quiser, de graça.*

Você pode ligar para a porra que quiser de graça, e o coração se aperta, e a mente é apenas uma onda macia.

Seu coração aperta e há um tom de sinal e o chacoalhar do disco de ligação, e você está com sua irmã, sob a mesa da cozinha, amarrando juntos os cadarços dos pais.

Atenda. Por favor, atenda.

Você está lá com ela. Ela está cochichando uma receita secreta na orelha. Uma receita que transforma moleques em adultos e adultos em crianças.

Cigarros.

Por favor, responda.

Você está lá com ela, e ela finge dormir. Você finge dormir também. Cada um sabe que está fazendo um favor ao outro. Fingindo dormir. Se estivessem de fato dormindo, seria considerado uma traição.
Por favor, atenda. Você é a única coisa que resta.

Quando ela atender, ficará sem ar, mesmo antes de ouvir sua voz. Vai saber que é você porque ela sempre sabe que é você. Vocês ficarão em silêncio inicialmente, então será repentina a forma como volta a você. Serão crianças em calças de veludo cotelê combinando, com pais, jantar, a luz entrando pela janela, desenhos preto e branco, fortes feitos de lençóis, as histórias que a mãe conta, horas de Loba de Menos, sapatos pequenos, flores da cidade, bugigangas trazidas da Itália ou da Rússia, discos dos Beatles na vitrola, a mãe dançando no vestido de mangas bufantes — em algum ponto lá, o tango, em algum ponto lá, o *nada a perder* —, você até está respirando como se estivesse fingindo estar dormindo, dando petelecos de seus dedos, quais promessas você não é.
Mas só toca, e você amaldiçoa a caixinha azul, que não parece estar funcionando direito, funciona? E você arranca a caixinha haqueada de cima do telefone e joga no chão e grita para ninguém: "Filha da puta!"
E por que ela falaria com você se tivesse atendido? Depois que a abandonou por tanto tempo? Por que esperaria que aparecesse para a sua tragédia quando nunca apareceu para a dela, nem mesmo para ouvir as grandes notícias? E por que ligou, afinal? Quando nada significava algo? Quando tudo não significava nada? Por que foi atrás dela

quando o mundo estava acabando se o mundo já estava acabando, chegasse você até sua irmã ou não?

As moedas batem de volta na velha câmara no fundo do telefone. A forma branca do terno daquele homem queima sob suas pestanas. Há exatamente mais seis pílulas — havia 25 no começo — e você toma todas de uma vez, caindo no chão úmido da cabine telefônica até que sua irmã o enfia sob um cobertor de nulidades. *Vá em frente, Raul,* ela cochicha. *Desapareça da face da terra.*

Você está lá com ela, debruçado sobre o caixote de ovos quebrados, os restos de um acidente terrível.

Você está lá com ela, enfiando um pedaço do gostoso bolo dela na boca, ressentido, agradecendo a Deus por ela.

Mas você não disse obrigado. Nunca disse obrigado.

Você precisa ligar de volta, mas a caixa haqueada está no chão, uma pilha de fios azuis e vermelhos.

Tudo bem, ela diz, acariciando sua bochecha com as unhas de batatinha. *Você está bem, você está bem, você está bem.*

Terno branco, brilho da lua, onda macia. Leve-a para ver o que você fez. Prove que fez algo. Mostre a ela por que você a deixou, mostre a ela como valeu a pena.

Deixe a cabine telefônica, volte pela Segunda Avenida, olhos pesados como pedaços de pão. Em Bond Street novamente, em direção ao quarto bem iluminado onde todo mundo diz seu nome. Mostre a ela as cabeças das pessoas que estão dizendo seu nome. Mostre a ela como se movem tão facilmente nos pescoços das pessoas que dizem seu nome.

Mostre a ela sua apresentação de slides, a sombra da barrigona do Señor Romano no caminho do projetor.

Slide um: tudo azul. Que vazio maravilhoso, original.

Deixe seu corpo se dissolver em milhões de partículas, deixe-as pairar juntas numa neblina, então se dissipar.

Um quadrado azul. Um degrau duro. Deixe os olhos fecharem até o fim.

Mude de slide: preto, então branco, então preto.

Mude de slide: Yves saltando da beirada.

Você está bem. Você está bem. Você está bem. Apenas adormeça, com o som das sirenes e os cachorros e os caminhões nos paralelepípedos, seus telhados de metal estalando.

Como um homem pode estar arrastando lixo enquanto outro homem...

Você está bem.

Borrife-se entre os sons da cidade, com uma poeira com um lugar finito a cair.

Mude de slides: o artista cai em direção à calçada abaixo, em direção à morte em nome da arte.

O SHOW DEVE CONTINUAR

odo mundo que era alguém: era a frase que certas pessoas — provavelmente aqueles que *não* eram alguém — devem ter usado para descrever os convidados da exposição de Raul Engales na Galeria Winona George. Do canto, Lucy os observou se enfileirar: os colecionadores e os críticos e o fluxo sem fim de amigos pessoais de Winona, que conseguiram cobrir o rosto rebocado da galerista com marcas de batom antes mesmo de o vinho ser aberto. Rumi estava lá, cabelão expandindo para cobrir o espaço, e algumas das mesmas pessoas da exposição de Times Square — Lucy reconheceu um casal que só se vestia de vermelho, da cabeça aos pés, e um homem magrelo com um boné de beisebol bordado de azul: ARTE É MEU INFERNO.

Todos os amigos da ocupação estavam lá — Toby e Regina circularam como um inseto de duas cabeças, usando um longo cachecol amarrado ao redor do pescoço dos dois; Horatio e Selma os seguiam, ele em calça com estampa de damas que pintou com spray e Selma numa camisa que parecia ser feita de celofane, revelando forma e sombras dos pequenos seios onipresentes. Mas apesar de Lucy ter passado o verão regozijando-se no gênio sujo deles, emulando curiosidades e conversas, sabia que não eram seus amigos reais; pertenciam a Engales. Ele não iria querer que contasse a ninguém sobre o acidente, ela sabia, então teria de suportar o terror disso sozinha, enquanto tentava evitar os artistas, permanecendo no canto da festa com as pinturas, as costas em direção à sala enquanto estudava os temas do namorado.

Mas não demorou muito até avistarem e se aproximarem dela, com perguntas sobre o paradeiro de Engales.

— Não o vimos por aí — disse Toby.

— E ele está *sempre por aí* — disse Regina.

Lucy deu de ombros e mudou de assunto para o problema de galerias comerciais. Sabia que iria distrair Toby, pelo menos o suficiente até imaginar outra tática de evasão. Quando ele chegou à parte onde comparava artistas de galeria com trabalhadores de fábrica, ela se esquivou para longe na multidão, e percebeu que o boato da ausência de Engales havia oficialmente começado a circular. "Uma emergência familiar, talvez", disse uma mulher grandona com uma cabeça de jacaré na bolsa. "Ouvi dizer que ninguém o vê há uma semana", alguém retrucou. Logo, depois que algum tempo havia passado e vinho suficiente fora consumido, a ausência de Raul começou a ganhar força ainda mais dramática. "Espero que não desapareça como aquele menino", uma senhora com um broche esmeralda exclamou. "Não é a coisa mais trágica?" Horatio parou Lucy ao lado de uma pintura de uma chinesa com bochecha deformada e segurando um talo de couve. Lucy notava apenas um ponto branco no suéter da mulher. Um ponto que não havia sido finalizado. Pensou no chão do estúdio de onde recolhera a pintura dias antes, manchado de sangue enegrecido.

— Quando acha que ele vai aparecer? — Horatio perguntou em seu sotaque pesado.

— Provavelmente logo! — Lucy respondeu, tentando soar animada, apesar de os olhos ainda estarem no espaço em branco e o estômago quente com medo de que tivesse feito tudo errado.

Ela sabia que Engales não apareceria, nunca. E se aparecesse — se por mágica o tivessem deixado sair do hospital e ele por acaso descobrisse que a exposição não fora cancelada —, ficaria apenas furioso com ela, mais ainda do que já estava. Ele iria saber ou descobrir que foi ela quem fez tudo isso acontecer. Que foi ela quem ligou para o número que Winona havia deixado na secretária, marcando um encontro. Que fez com que Randy Randômico viesse do bar com o caminhão e ajudasse a levar as pinturas. Ele descobriria que foi ela quem assinou os papéis concordando com os termos da venda, de quem seria a culpa quando todas as pinturas se fossem, e tudo o que restasse fosse um monte de dinheiro. Ela pensou, desesperadamente, enquanto via Winona enfiar um ponto vermelho na pintura da couve: *Por que diabos eu fiz isso?*

Ela fez por causa do cereal. Mais especificamente, por causa do leite. Não havia comido nada dois dias inteiros depois de ver a gaze sangrenta ao redor do braço de Engales, e, enquanto tentava comprar cigarros e cerveja com a vaga ideia de que precisava de algum tipo de sustento, o cara do Telemondo notou o estado em que ela estava.

— Você não parece bem — disse, e ela apenas balançou a cabeça e colocou o maço azul de cigarros no balcão.

— *Você* não parece bem — ela retrucou.

Ele a ignorou e tirou uma caixa de cereal de uma prateleira e uma caixa de leite da geladeira atrás.

— Cortesia — disse, olhos castanhos firmes nos dela.

Lenta e hesitantemente ela tirou as parcas compras do balcão, parecendo sentir pelos olhos do cara do Telemondo que ela deveria levá-las, senão. *Senão o quê?* Ela queria dizer, mas em vez disso apenas partiu, caminhando como um zumbi por East Village com o cereal em uma das mãos e o leite em outra.

Foi por causa dessas compras que entrou na cozinha, um braço magro de um cômodo em que raramente entrava; não era grande cozinheira, e ultimamente não era muito de comer. E foi por ter entrado na cozinha e depositado a ração miserável e ficado lá se perguntando se deveria comer parte do cereal ou não que notou duas coisas. Uma: atrás da caixa de leite estava o rosto de Jacob Rey. Dois: na secretária eletrônica preta piscava a luz vermelha.

Essas coisas eram surpreendentes, não apenas combinadas, mas pela novidade: o rosto de Jacob Rey pertencia a postes telefônicos e quadros de avisos, lá fora, no mundo cruel, não ali em seu reino doméstico. Nunca antes Lucy vira uma pessoa perdida anunciada num produto caseiro, e o rosto de Jacob Rey, uma mascote para aquela noite terrível, parecia ter sido colocado lá apenas para ela, como se o fantasma a tivesse seguido na cozinha de Engales. A imagem ao mesmo tempo a assustava e intrigava: a perda particular de uma família tornada imagem pública, então enviada através de um laticínio comum nos lares particulares. Involuntariamente, imaginou o próprio rosto na caixa de leite, mas enquanto fazia isso notou a secretária eletrônica — uma relíquia do locatário anterior, Engales contara, que ainda tinha a mensagem expansiva de François: *Bonjour. É François. Quem é você?* — piscando por atenção como os olhos de um cãozinho carente de afago. Lucy apertou o botão.

Primeiro a máquina falou da forma como máquinas falam: uma voz humana transformada num robô, incapaz de fazer as curvas das palavras, prendendo-as em ângulos, como números de um relógio digital.

TEÊRÇA, DEZE-SSEÊIS DE SETEM-BRO. QUIN-ZE HO-RAS CIN-CO MINUTOS.

Terça passada. *O mesmo dia do acidente.*

Então, contraste total com o robô, uma voz humana rouca.

Raul, desculpe ligar tão tarde. Mas tenho notícias maravilhosas. Sotheby rolou molinho. Mais do que molinho — você praticamente já é rico e nem fizemos a exposição! E você não acredita quem comprou. Vamos apenas dizer que é alguém com um gosto fantástico. Me ligue de volta, Raul. Cinco nove zero nove quatro sete. É Winona, por sinal, Raul. Oh, e mexa essa bunda pra cá com o resto das pinturas, meu astro. Estamos prestes a mostrá-lo ao mundo.

Lucy entendeu naquele momento que a mensagem era destinada a ela, como o rosto de Jacob Rey no leite. Assim como a mãe na Broadway pedira ajuda na busca por Jacob, Winona pedia para que ela levasse Raul na semana seguinte. Sua lógica talvez fosse torta, sabia, mas no borrão do momento, tão abundante de mensagens, concluiu que era seu *dever* dividir as pinturas de Raul Engales com o mundo. Chegou até o ponto de se convencer de que a exposição, se fosse tão *molinha* como o leilão, poderia virar Engales de volta em direção a si mesmo, que ele iria testemunhar o próprio sucesso e visualizar um futuro de possibilidades e prospectos, em vez de desesperança. Se pudesse ver que o mundo amava suas pinturas, ela pensou, talvez pudesse se amar novamente. E talvez até amá-la.

Então ligou para Winona de volta. E quanto à caixa de leite, jogou o conteúdo na pia — abdicando completamente do cereal — e a colocou no peitoril sobre a cama de Raul: um talismã ou uma oferenda a ninguém.

Na galeria, enquanto desviava vertiginosamente das perguntas, Lucy percebia que fora idiota em pensar que era uma boa ideia; não era o lugar dela. Se Engales a visse em sua camisa brilhante bebendo espumante, ele a odiaria. Mais do que já parecia odiar. (*Não é seu projeto*, ela o imaginou dizendo repetidamente em sua cabeça.) E agora tudo o que queria fazer era ir embora. Mas Winona — que estava numa tensão, Lucy podia ver pelo cabelo: geralmente uma fonte imaculada, agora provocava em um tufo de lulu-da-pomerânia — não aceitaria isso. Ela encontrou Lucy no canto, perto do vinho, e colocou uma das mãos de unhas pontudas no ombro dela.

— Então, o que está rolando, srta. Lucy? Onde está nosso homem?

Lucy não pôde responder inicialmente, só bebericou o vinho em longos goles.

— Estou falando sério — Winona continuou. — Não dá para simplesmente perder. Não dá para *perder* sua *estreia*. Não nesta cidade. Não com Winona George.

Ele tem pânico de palco? Estava assustado com toda a gente que iria se apaixonar completamente por ele? Havia saído da cidade? Estava doente?

— Eu não sei — respondeu Lucy, evitando os olhos de Winona. Mas mentia mal, e era difícil mentir para Winona: como ave de rapina, iria bicar a pele até chegar ao osso. — Um acidente — Lucy finalmente divulgou depois que as bicadas começaram a doer, a palavra empurrando algo espinhoso em sua boca. — Houve um acidente.

— Que *tipo* de acidente? — Winona se inflamou. — Está *tudo bem*?

— Não exatamente.

Winona George, que Lucy imaginava que ficaria brava com ela por tê-la enrolado a semana toda, estava na verdade visivelmente *empolgada*. O mistério das cercanias do artista simplesmente só tornaria tudo mais interessante. Era em tragédia que se *baseava* a arte, Lucy podia imaginar Winona dizendo, em seu jeito esnobe, a voz grave. Era preciso tragédia para ser um artista ou pelo menos um coração trágico, e qualquer coisa além disso era apenas um bônus estilo Van Gogh, uma lasca da velha orelha, então finalmente, quando *morriam*, uma galinha dos ovos de ouro póstuma.

— Mas se ele *morreu* — Winona teve coragem de dizer —, eu preciso saber. Porque há toda uma outra coisa envolvida nisso. Precisamos fazer as finanças de forma diferente. Vou precisar saber.

— Ele não morreu — Lucy disse suavemente, olhando para as pesadas botas pretas, que num ponto pareceram tão importantes (ela as havia comprado porque vira Regina da ocupação usando um calçado similarmente agressivo) e agora eram um peso.

— Então o *quê*? — Winona continuou. — O que houve? Lucy, você *precisa* me contar. Você sabe, não sabe?

Naquele momento, um homem chegou, o longo nariz se inserindo como uma viseira entre as duas, bloqueando o interrogatório. Lucy viu o rosto de Winona mudar, de frenético para tranquilo, então para levemente desconfortável.

— Bem, se não é James Bennett. Estou tão *empolgada* por você estar aqui. E o que achou? Ele não é fabuloso? Posso mostrar? Fico feliz em dar umas aspas para seu artigo... Esta aqui é chamada de "Chinatown", vai notar a justaposição do físico e do metafísico, essa bochecha deformada e a parte inacabada aqui, o buraco na obra...

O homem ignorou Winona e olhou reto, incisivo, direto para Lucy. O olhar era terrível e invasivo e Lucy afastou o próprio olhar, em direção à parede ao lado, da forma como deve fazer quando um homem olha assim.

— É você — o homem exclamou, ainda olhando para ela. Os olhos eram de um azul-claro, caótico: olhos translúcidos, do tipo em que Lucy nunca confiara, apesar de serem um reflexo direto de seus próprios.

— Rá! James! — Winona disse bem alto. — Sempre o esquisitão, não é, James? — Ela inseriu o próprio nariz entre James e Lucy dessa vez, um jogo de narizes.

— É você! — ele repetiu novamente, o sorriso se alargando para revelar um conjunto de dentes manchados, amistosos. — Você é a moça no meu quadro!

Um sentimento estranho passou por Lucy ao ser reconhecida. Era um reconhecimento duplo, inicialmente por esse homem (que a havia chamado de *moça*, aquela palavrinha deliciosa que estalava na boca, metade da palavra do cartão-postal que a havia levado até ali), então por Engales, que parecia tão longe. Pensou naquela primeira noite em que ele a havia pintado, quão estranho e empolgante fora alguém olhar para ela por tanto tempo. O colarinho da camisa de lantejoulas coçando, a mesma desse momento. Os olhos subindo e descendo, subindo e descendo novamente, enquanto ele estudava linhas e cores. Lucy levantou o olhar para esse homem, que não conhecia, mas que a conhecia, que estava morando com aquele retrato.

— Como você tem esse quadro? — Lucy perguntou, apesar de já saber a resposta. *E você não vai acreditar em quem comprou. Vamos apenas dizer que é alguém com um gosto fantástico.*

— Bem, por *minha* causa! — Winona respirou. — Foi na Sotheby. Absurdo, realmente, o quanto de comissão essa gente pega. Se eu soubesse o quanto James iria gastar naquela coisa, eu teria lhe vendido diretamente!

Mas a voz de Winona começou a se dissolver no ruído da sala enquanto os dois, Lucy e James, olhavam um para o outro. E naquele olhar Lucy sentiu algo se mexer dentro dela, apesar de não poder definir o quê.

— Sabe, acho que vi você uma noite — disse o homem com gosto aparentemente fantástico, a voz flutuando. — No parque.

— No parque?

— Sim, no parque.

— Oh, não me lembro de ter ido ao parque.

Algo definitivamente estava acontecendo: um momento estava acontecendo. Winona, parecendo reconhecer isso, levantou as mãos, disse "Jesus Cristo", e se afastou. Mas o que era? O que estava acontecendo? Não era atração, com certeza, esse tal de James não era bonito de nenhuma forma que poderia definir ou entender. E não era reconhecimento, não no sentido em que o conhecia, porque nunca havia posto os olhos nesse homem antes. Mas havia o reconhecimento da sensação em si, familiar para ela, a noção de que toda a paisagem da vida estava prestes a mudar, e que ela seria quem a mudaria.

Ela podia roubar as contas da penteadeira da mãe — aquelas que havia admirado por tanto tempo e imaginava engolir como pequenas balas ou usá-las no banho como sereia — e sua mãe nunca saberia, porque iria enterrar atrás da casa, cobrir com uma pilha de ramos de pinheiro.

Poderia encontrar o professor de arte da escola — aquele cujos olhos olharam bem dentro do coração dela — no baile da escola, no corredor iluminado do lado de fora do banheiro. Ela o levaria para dentro do banheiro, abaixaria a calça dele.

Ela poderia se mudar para Nova York, furar o nariz, descolorir o cabelo, dormir com um pintor. Dormindo com ele, ele passaria a amá-la.

Poderia ativamente, *perversamente, se necessário*, seguir o coração, e, ao fazer isso, afetar o coração dos outros.

Ela podia permitir que a barriga esquentasse, enquanto os olhos desse James Bennett chegassem a um ponto especial e obscuro dentro dela.

— Não fui falar com você, bem, porque eu não tinha certeza de que era você! — James confessou. — E também porque teria sido estranho.

— E isso não é? — ela disse, surpresa de se ouvir rir rapidamente depois de falar. Ela não havia rido em uma semana, desde o acidente.

— Você está certa. Isso é estranho. Desculpa. Não queria ser estranho. Apenas sou. Eu *sou* estranho. É o que tenho tentado contar às pessoas a vida toda. Eu *apenas sou* estranho.

Lucy riu novamente. Por que estava rindo? Quem era esse cara de cabelo ralo, orelhas translúcidas e grandes, cujo terno era datado, amassado e *branco*? E por que ele a fazia rir, numa noite em que ninguém deveria estar rindo, porque um homem, o homem que *amava*, havia se *ferido* e nunca mais faria a coisa para a qual vivia, e ali estavam todos, comemorando. Tudo era má ideia. Deveria ir embora, pensou, examinando o salão por um caminho livre para a porta. Mas então James Bennett disse algo, e ela se encontrou presa, incapaz de mover os pés.

— Se eu contar algo. Você promete achar que sou apenas *estranho*, não totalmente louco?

— Tá — ela se pegou dizendo. *Me conte*, ela pegou os olhos dizendo, com cílios batendo. Isso era algo que sabia fazer, bater os cílios para dizer *me conte*.

— Você é muito amarela.

Ele tinha um ponto careca, Lucy viu. Um ponto brilhante, feio e careca.

— Sou *amarela*? — ela disse e notou que a voz estava se tornando graciosa de uma forma que não pretendia. — Sou amarela. Hum. Acho que vou ficar louco com isso.

— Entendido — James disse, sorrindo levemente. — Só queria contar mesmo assim. É muito raro, pelo menos ultimamente, que eu veja uma cor tão viva.

Lucy se viu lutando para apontar os pensamentos de volta a Engales: *está triste, lembra?* E ainda assim eles continuavam voltando para o momento presente, de volta à pessoa presente, de volta a James. A dor se transformava em ânsia, e as partes mais baixas do corpo se sentiam quentes e ouriçadas, contra a vontade mais profunda.

— Não gosto de ficar aqui — ela disse repentinamente.

— Por quê? — James perguntou. — Porque um louco está dizendo que você é da cor de flor de abobrinha? É essa cor exatamente: de uma flor de abobrinha!

— Estou triste — disse, ignorando a piada estranha, se é que foi uma piada. — Por estar ao redor de todas essas pinturas.

— Vai embora, então? — James perguntou com surpreendente seriedade.

— Vem comigo, então? — ela perguntou com surpreendente seriedade.

Foi rápido demais, essa troca, e Lucy se arrependeu. Observou o rosto de James despencar com indecisão.

— Ah — ele disse, brincando com as mãos.

— Ah, não precisa. Deixa pra lá. Quero dizer. Eu só queria dizer caminhar pra casa. Só isso. Porque vou embora. Mas não precisa. Quero dizer, nem te conheço.

— Ah, hum, claro! — Ele se alegrou, agradecendo o convite de fuga. — Uma caminhada parece ótimo. Está muito frio.

Por algum motivo, ambos riram, e novamente Lucy se perguntou por que estava rindo quando nenhuma piada fora contada. Ela estava rindo *dele*? Está rindo *desse* homem em seu traje engraçado, com jeito atrapalhado? Ou de *si mesma*, por se sentir intrigada por ele, só por falar com ele?

Mas não, ela soube quando eles costuraram pelo público e emergiram na rua, e caminharam fácil e silenciosamente, deixando todo mundo que era alguém para trás, sem se importar ou lembrar que as pessoas da ocupação podem tê-los vistos saindo juntos (e, talvez, naquela assustadora parte obscura de si mesma, até querendo que vissem). Ela queria rir novamente, então riu. Queria jogar o braço no triângulo do braço de James Bennett, então o fez. Não havia nada engraçado e não havia nada de legal em nada disso, em nada. Mas estava apenas *rindo*. Como uma pessoa faz. Porque *precisava*. Tinha de ser levada, carregada para longe. Tinha de desaparecer. Tinha de estar viva nesse momento. Um momento e clima que *apenas pareceram certos*, então, enquanto se aproximavam do apartamento de Raul Engales no beco saindo da Avenida A, apenas errado o suficiente para incendiar.

O AMARELO DE LUCY

Ele só pretendia caminhar com ela até em casa.
Ele só pretendia caminhar com ela até em casa.
Ele só pretendia caminhar com ela, a garota da sua pintura, até em casa. Porque era tarde da noite e garotas iguais a ela — jovens, loiras, bonitas, que inspiram pinturas — não devem andar por ruas perigosas do centro de Nova York sozinhas.

Certo?

Certo?

Ele só pretendia caminhar com ela até em casa. Em vez disso, estava entrando em sua própria casa com as cores de outra mulher por ele todo, as cores que mudaram tudo. Sob a influência de cores — que saltaram sobre ele como gatos predatórios quando entrou na Galeria Winona George —, *o significado* em si mudou quase inteiramente. Sob a influência das cores dele, o *significado* de fazer uma entrada silenciosa quando a esposa dormia no andar de cima não fazia o terceiro degrau subindo para o quarto perder o rangido.

Eu não pretendia, ele queria dizer para a escada. *Mas fez*, a escada resmungou de volta. *Você fez*. Fizera.

Fora à exposição de Raul Engales naquela noite com o coração decolando; havia finalmente chegado, a noite pela qual estava esperando. A exposição fora tudo em que conseguira pensar por semanas, desde que comprara a pintura de Engales, a encarara por 24 horas direto (para confusão e desgosto de Marge), então prontamente ligara para Winona para descobrir o que ela sabia sobre esse Raul Engales, e como ele poderia ver mais de seu trabalho.

— Ah, não sabe? Fui eu quem o colocou à venda! Meio que um teste, na verdade. Faço isso às vezes, nessas coisinhas que a Sotheby arma, quando colocam os esperançosos no final. Acabou vendendo por *uma boa soma*, como você *sabe*, James, mas não esperava que fosse *você*, entre todos. Quero dizer, achei que você estivesse *acima* de leilões.

— Eu estava. Quero dizer, estou...

— Enfim — Winona interrompera. — É meu novo carinha. Fabuloso. O talento. A energia. Apenas fabuloso. Estou jogando-o no círculo com uma exposição solo. O canalha não atendeu a nenhuma das minhas ligações, claro, mas tenho certeza de que está ocupado pintando! *Prolífico* esse aí.

Uma exposição solo. A ideia empolgou James. Imaginou toda uma galeria cheia de pinturas de Raul Engales, um mar todo de sensações. E imaginou finalmente encontrar Raul — o homem que havia conjurado asas de borboleta e música angelical no Ano-Novo — e apertar sua mão; imaginou uma faísca, literalmente, saindo daquela mão.

— O fato de você gastar uma quantidade exorbitante de dinheiro nessa pintura significa que vai resenhar minha exposição? — Winona perguntara, usando a voz de flerte/manipulação.

— Pode contar com isso — James confirmou, sorrindo.

Sim, ela poderia contar com isso. Ele podia fazer isso. Afinal, o homem responsável pela exposição era o responsável pela pintura que se debruçava tão lindamente em sua cornija e em seu coração. Ela entrara em sua consciência e em seu espírito e se depositava dentro dele em algum lugar, como uma costela a mais. Se as outras obras na exposição fossem como essa pintura, não teria problema com a resenha. O artigo iria conter a mágica da pintura, que a exposição certamente teria. Marcou a data da exposição no calendário da cozinha de Marge — no qual ela escrevia pouco tempo antes coisas como *ovulando*, mas onde agora só escrevia coisas como *aluguel* — com uma grande estrela ambígua. Observou a estrela ficar mais próxima conforme Marge riscava os dias com seu X (riscar os dias era algo que ela fazia, como se vivendo por cada dia, deletando-o do tempo, tivesse completado uma tarefa). Ele não podia esperar. O artigo que escreveria sobre Raul Engales seria a *pièce de résistance* de sua carreira, que iria fazê-lo voltar a escrever.

Está orgulhosa de mim?, perguntaria a Marge quando saísse o artigo, as colunas grandiosas dominando a primeira página da seção de Artes.

Extremamente. Ela leria em voz alta para ele com os ovos de domingo, como sempre.

Mas no dia anterior, véspera da exposição, James ficara inesperadamente nervoso. O dia ganhou aquele fedor suado de ansiedade demais; dera o beijo da morte de uma antecipação exagerada. Sua Lista começou a ganhar impulso: E se as outras pinturas não fizessem por ele o que a primeira fez? E se não pudesse escrever sobre todas? E se o artigo estivesse destinado a fracassar, como todos os anteriores? E se o editor se recusasse a ler? E se fracassasse com Marge novamente? Seria a última vez que ela permitiria?

Marge deixara claro, basicamente com o uso excessivo do *suspiro*, o som oficial do julgamento de esposa, que ele continuava a decepcioná-la. Primeiro, mentira sobre a coluna, daí comprado o quadro sem consultá-la, e então ficava sentado na frente dele por longos períodos, deixando os olhos se projetar da cabeça. Sabia o que ela pensava quando o observou da porta da cozinha: se essa pintura significava *tudo* isso para ele, tanto quanto um ano de aluguel e a confiança da esposa, ele provavelmente deveria estar escrevendo sobre ela.

— Escreveu alguma coisa? — perguntava no jantar, a voz mais alta do que o natural.

— Em gestação — James tinha de dizer. — Percolação. *Ideias.*

— Alguma boa? — Estava tentando, ele sabia, tornar a agressão passiva menos agressiva, cortá-la com algo familiar, com amor talvez. Mas ele queria dizer a ela que agressão passiva, por definição, *já* era um disfarce em si, que não podia se safar disfarçando duas vezes. Em vez disso, ficou quieto. E Marge suspirou novamente e guardou algo na geladeira. O ar frio iria soprar de lá: outro suspiro.

O suspiro em geral o faria se sentir como um pedaço inútil de merda, iria acariciar Marge, se desculpar. Mas com a pintura na casa e no cérebro, começou a se ressentir dos suspiros — e o resto da atitude de Marge — e acreditar que as intenções não eram boas. O que Marge queria, ele sentia, era que ele tivesse sucesso de alguma forma compreensível, de alguma forma direta que pudesse contar aos amigos e à mãe, e que pudesse usar para se sentir segura e normal, quando o que ele queria fosse provavelmente o oposto. Queria ter sucesso de uma forma não necessariamente compreensível. Como poderia ser, quando estava *dentro dele e apenas dele*? A presença de Marge começou a parecer restritiva, inibidora, logo quando começava a se sentir livre novamente. Via-se distante dela, como se estivesse do outro lado de um lago, e a água fosse fria demais para entrar e nadar. Sabendo que ela ainda estava furiosa com a pintura em que ele gastou todo o dinheiro, nem contou sobre o plano de escrever sobre a exposição. Não mencionou a exposição em si. Em vez disso, observava a pintura do sofá, deixava-se voar em suas asas. Ele a surpreenderia com o sucesso, numa grande tacada adorável que iria virar o mundo de volta ao normal. Até lá, teriam de conviver com os suspiros.

Ficou surpreso quando Marge interrompeu a paralisia no sofá aquela manhã com uma proposta chocante.

— Me come — cochichara, aterrissando de frente, no colo dele. Eles não haviam "tentado" no sentido de fazer bebês desde o leilão, então a proposta pareceu ainda mais descabida; Marge não era o tipo de mulher que usava a palavra *comer* quando falava sobre *fazer amor*.

— Está ovulando? — perguntou, estupidamente, tentando tirar o jornal que fingia ler. Estava grudado.

— Não me importo — ela disse, olhos como armadilhas de aço.

— Tá. Desculpe, parecia que você não queria isso ultimamente. Achei que estava brava comigo.

— *Estou* brava com você, James. Você é um idiota. Mas ainda quero ter seu bebê. Ou *um* bebê. — Sorriu com um cantinho da boca.

James riu, com esforço.

— Muito engraçado.

Colocou as mãos nas costas dela, que de certa forma pareciam desconhecidas nessa posição: uma nova fruta. Ela beijou o pescoço dele e ele sentiu um jorro de sangue mover-se pelo corpo. Com a pintura atrás, ela brilhou vermelha. Ele se moveu para dentro dela e beijou o rosto de morango silvestre. As preocupações derreteram; de repente, ele se sentia sublimemente feliz. A ideia da exposição de Raul Engales — onde chegaria amanhã de noite às seis; usaria o terno branco — o fazia ofegante de prazer. Então os olhos aterrissaram nos olhos da garota na pintura, em suas pequenas faíscas de luz nas azeitonas pretas das pupilas e — *puta merda, isso é bom* — ejaculou em Marge sem aviso algum. Ela suspirou e saiu de cima dele, o rosto parecendo dizer: *Não consegue fazer nada certo?*

A resposta era não. Ele não podia fazer nada certo, nada. Havia provado isso seguidamente, então de uma grande forma essa noite, na Galeria Winona George. Na galeria, cheia dos retratos imaculados, ultrajantes de Engales, James vivenciou todos os flashes brilhantes, os borrifos d'água, a música que quase o levava às lágrimas, todos os fenômenos sensuais da sala azul, tudo por que esperara. Mas não foi até ver a moça no canto — a moça na pintura cujo olhar o fizera chegar ao fim contra sua vontade no dia anterior —, com o cabelo de cuia amarelo e os olhos amendoados brilhantes, que sentiu o núcleo de todas as sensações, a mais poderosa de todas as cores. A garota radiava um calor espetacular, como se a pele pudesse queimá-lo com o toque, e ela era do mais profundo, mais belo *amarelo*.

Atingiu-o como um soco no rosto: era a moça da noite no parque, a garota que varria o parque com seu círculo de luz. E agora iluminava a sala com seu loiro selvagem e escandaloso. Ele se aproximou. *Que diabos, James?* Ele se aproximou. *Que diabo amarelo cintilante?!* Ele se aproximou e imediatamente se arrependeu. Porque logo que ela falou, era como se um hidrante tivesse se aberto dentro dele; o salão ao redor se afastou; as pinturas não importavam mais; o pintor em si não importava mais (James não notou que Raul Engales não apareceu); era como se a moça o tivesse engolido, e ele estivesse nadando dentro dela.

Dentro dela. Ele só pretendia acompanhá-la até em casa, mas ele se encontrara *dentro dela*.

O plano ao voltar para casa era apagar de sua mente: a camisa de lantejoulas, rasgada para revelar o pequeno corpo branco. Apagaria completamente a imagem dos olhos famintos, as lágrimas que reluziram nos cantos. Planejava negar a própria existência dos mamilos, os rostos inacabados das telas que cercavam a cama, as faíscas e as serpentes brilhantes que flutuavam pelo quarto. Mas isso se mostrou difícil quando, no terceiro degrau rangente, captou um vislumbre do retrato gigante, pendurado como um quadrado flamejante de sexo amarelo sobre a lareira.

Ele tentou evitar. Levou a mão aos olhos, conforme mudava de curso, desceu até o banheiro, onde precisaria lavar o cheiro dela — coco e alcatrão, com um toque de perfume barato de Chinatown. Protegeu o rosto novamente enquanto subia a escadaria vazia, para onde Marge dormia de lado: um monte de gostosura branca. Ele deslizou para a cama de forma silenciosa, deixando-a rolar instintivamente para ele. Eles sempre dormiram assim: James de barriga, como uma prancha, e Marge como um saco de feijão maleável, afundando e se encaixando sobre ele. Mesmo quando estava brava, seu ânimo a traía no sono; tornava-se pacífica.

Mas apesar de ele poder sentir o corpo dela contra o próprio, Marge novamente parecia oceanos e anos-luz de distância. A mente revirava com os acontecimentos da noite. A rua silenciosa, a caminhada tranquila, a sensação da claridade de Lucy, a escuridão do apartamento onde seu pênis havia visto o interior do corpo dela.

Seu pênis. Um corpo estranho. Um quarto tão escuro quanto seu coração. O amarelo.

Porra.

O sono o escapava. Os alvoroços, sirenes e cambaleios bêbados do mundo se aquietaram. A noite se ralentou e o momento tardio começou a gastar em seu cérebro. Começou a se sentir enjoado e preocupado, e enjoado de preocupação, com dor de cabeça. A pele de Marge parecia grudenta, terrível e com acesso proibido, como se ele não tivesse permissão para tocá-la. Não era o tipo de cara que fazia isso. Não era um cara que *dormia com outras mulheres,* nem *notava outras mulheres,* e ainda assim, de certa forma, *ele fizera.* Traíra Marge, que amava mais do que tudo, que havia tomado conta dele e o amado, apesar de seus defeitos, por uma mulher que não importava nada. Ele mal podia compreender quão ruim isso era. Quão terrível se sentia. Quão ruim era isso. Quão terrível ele se sentia. Quão ruim era isso. Quão terrível ele se sentia.

Quão ruim era isso. Quão terrível ele se sentia.

E então: que curioso.

Curiosidade, se esgueirando junto de sua preocupação naquela parte mais profunda da noite. A parte da noite em que vira o cérebro virar contra ele, deixando todas as coisas erradas entrarem. Junto da preocupação, piscava algum tipo de vergonha sensual. Ele se contorcia e se revirava e era cercado pela rua em seu rosto, mas na agitação e ansiedade havia fogo e empolgação e a lembrança de prazer. No alto desse sentimento, quando simplesmente não podia mais suportar o peso de Marge, deslizou debaixo dela e rastejou de volta às escadas. Ligou a luz e se sentou no sofá, bem em frente à pintura.

Imediatamente, o amarelo apareceu, zumbindo dos cantos dos olhos e os preenchendo. O rosto involuntariamente se transformou num sorriso. O corpo formigava e ele sentiu jorros de água divinamente refrescante no rosto. Sentiu o sangue correr para a virilha, a cueca se apertar. Lucy olhava para ele, assim como havia feito horas antes. *Ela* (loira tingida) estava olhando para *ele* (dolorosamente careca) de uma forma que sugeria atração. Os olhos dela se estreitando e a pele parecia quente. Os ombros eram tão pequenos! Os olhos estavam fazendo uma coisa! Deveria partir, mas ia ficar. Na nova experiência, aquela que tinha enquanto olhava para o retrato de Lucy na privacidade do próprio lar, não sentiu nenhum tremor de nervoso como anteriormente: apenas uma cor profunda clara. Apenas loiro tingido. Apenas repentino.

De repente: ela mergulhou nele. Era como uma famosa mergulhadora. Tinha um corpo tão *outro*, tão diferente do corpo que ele conhecia, tão magro, quase de menino. Tão sem peito. Tão não Marge. Deveria tentar sair debaixo? Deveria afastá-la? Mas Marge já havia desaparecido quando a boca de Lucy estava toda sobre a dele. Não podia se lembrar da própria esposa. Em seus braços, essa nova mulher se dissolvia e empurrava. Era um limão após uma dose forte de tequila. Era a falta de óculos escuros e de protetor solar quando se precisava de ambos. Era piche úmido quando os pés ficavam presos. A boca era toda línguas e dentes.

O sexo foi feroz e quente. Ela melanciou e se tornou hélio sobre ele. Era piedosa, perdoava-o por tudo; ela não era ninguém; não importava em nada, era a falta de pressão, um simples balão, flutuando para longe. Mas não flutuava para longe. Estava ali. Mamilos, branco, rosa, carne. Era o verso de um braço, o verso de uma perna. Era além da meia-noite, sonhadora, não existente. Era a sensação após a risada, que era a mesma de alívio, que era a mesma de nadar. Tinha língua de estrela-do-mar, o corpo de morcego, de cuia legítimo cabelo. Era TODA PELE. Não tinha NADA POR BAIXO. Ela nunca havia acontecido antes. Era TODA NOVA. Era uma tachinha pressionando embaixo do pé; eram sinos de vento e ondas na água, brisas leves; então um túnel de vento; ela rugia; ela o amava; não o amava; ela era um orgasmo; morreu por ele; ela se dividia em dois; envolvia suas pernas como uma aranha; era uma aranha venenosa; era uma cobra venenosa; ele explodia; ele a amava; ele não a amava; ele amava *Marge*; ele sempre amara Marge, e Marge descia as escadas em sua camiseta e calcinha, e ele levantou o olhar para ela, e o rosto dela contou a ele que sabia, mas ela não sabia, como poderia? Ele levantou o olhar para a esposa, tão sólida, tão vermelha, e seus olhos brilhavam, ele sabia, com culpa e desculpas.

— Está tão tarde — ela disse baixinho.
— Desculpa. Já vou.

Mas mesmo quando ele volta — desliza na cama com a esposa, toca seu rosto, faz café para ela na manhã seguinte, lê o jornal para ela —, James não está de volta. Vai sentir uma comichão no cérebro, como uma espada correndo por ele e em suas ranhuras. Vai coçar e, como toda cócega, vai levar a uma risada insuportável; a mais louca e sincera forma de prazer. Vai levá-lo de volta a Lucy.

Ela estará deitada como um desastre loiro na cama. Irá puxá-lo em direção a ela, e para baixo. Ela está sentindo a comichão também, apesar de a comichão dela ser de um tipo diferente. É uma que coça como ferida: nova pele cresce sobre um lugar que foi perfurado, esticando a pele ao redor. Ela entende que só deve coçar ao redor das bordas, porque coçar a coisa em si iria tornar a cicatrização impossível. E ainda assim não pode evitar. O alívio de coçar parece valer o sangue de um novo ferimento aberto.

Eles farão sexo novamente, e novamente. Vão se encontrar nas manhãs aquela semana toda, então a semana depois disso, quando Marge vai trabalhar. O sexo vai estar tomado de expectativa. James vai esperar fogos de artifício e naqueles fogos de artifício alguma mudança fundamental; ela vai ser o portal de volta a si mesmo, o interruptor de luz que reilumina o mundo. Lucy vai esperar uma perda de si mesma, um esquecimento, um alívio do vazio que sente quando sozinha. Vai esperar também a porta do apartamento se abrir, Raul Engales entrar para eles e, numa fúria, arrancá-los um do outro. *Por favor*, ela vai implorar enquanto James estiver dentro dela. *Por favor por favor por favor.*

Eles não vão falar de Raul Engales: isso será uma lei não escrita. Dizer esse nome seria admitir o que estão fazendo, que é se agarrar um ao outro, quando a pessoa em que deveriam se agarrar não pode ser encontrada. *É isso*, vão tentar dizer a si mesmos e um ao outro, repetidamente. Vão ofegar com vigor o suficiente para afogar esse outro pensamento: *Onde está o homem pelo qual vim aqui?*

Mas não importa quão forte trepem, não importa quão azuis as folhas lá fora se tornem e quão amarelo se torne o quarto, não importa quão nus fiquem e quão entusiasmadamente devorem um ao outro, não vão ser capazes de se livrar da comichão. Quanto mais tentarem coçar, pior vai ficar, e a porta nunca vai se abrir, e nunca serão pegos, e serão forçados a continuar tentando, a ficar mais vazios cada vez que preencherem um ao outro: muitas vezes a cada manhã, por duas semanas que parecerão muito mais.

Na névoa amarela dessas duas semanas, James vai perder de vista o artigo que deveria estar escrevendo, que prometeu a Winona George, a si mesmo, a sua esposa, ao mundo. É tarde demais, de toda forma, ele sabe. Esse não é o tipo de cidade que espera. Não é o tipo de cidade que dá a mínima para os pecados que comete para poder escapar da realidade. Mas na névoa amarela do caso, a cidade em si vai ficar para trás, a ideia de Raul Engales vai ficar para trás até que, numa manhã fria — outubro, e James está andando sem rumo novamente —, ele vê Lucy inesperadamente, no mundo real, e tudo irá transbordar de volta.

Quando James a avista, ela está sentada na lanchonete Binibon na Segunda Avenida, num dos bancos vermelhos, sozinha. Ele percebe instantaneamente o que fez. Porque quando ele a vê por trás do vidro nenhuma cor aparece. Apenas uma moça normal, desbotada na luz normal de lanchonete. E ele sabe então: eles se encontraram entre as pinturas. Eles treparam entre as pinturas. O amarelo de Lucy o envolveu, o levou a pensar que era tudo de que precisava para sobreviver. Mas não havia sido nada do amarelo de Lucy. Havia sido Raul Engales.

Não importa quão atrasado demais estivesse, não importava duas semanas inteiras — uma eternidade, no tempo da arte — que estavam perdidas. Não importava que provavelmente tivesse ido demais no caminho de Lucy para encontrar a saída com alguma graça. Não importava que tivesse perdido o caminho, pegado o atalho do caso absurdo, obsceno. Ele enxergava claro, enquanto se afastava da lanchonete e de Lucy. Ele deveria estar tentando encontrar Raul Engales o tempo todo.

PARTE QUATRO

RETRATO DO FIM DE UMA ERA

OLHOS: Toby, num poncho mexicano, se arrasta para a ocupação com um lustre gigante nas costas. Um cristal cai de um dos vários braços do lustre, acerta a calçada, tilinta, rola. "Magnífico!", diz Regina, que saiu de camisola para receber o lustre. Instale e acenda o troço, até as janelas da ocupação piscarem como pupilas de um homem apaixonado. *Eu faria tudo*, diz o reluzir da pupila de um homem apaixonado. *E continuarei fazendo até o coração estar partido. Até alguém segurar uma arma nas minhas costas.*

MEMBROS: duas bandeiras vermelhas, deixadas de uma festa semanas atrás, foram empurradas pelas janelas do segundo andar. Elas acenam para as tílias nuas, o céu, os policiais que acabaram de parar do outro lado da rua.

BOCA: TEMOS UMA SITUAÇÃO TÍPICA AQUI, JIMBO. O QUE TEMOS, CLEM? UMA CAMBADA DESSES TIPOS ARTÍSTICOS. FIQUE LONGE DAS PISTOLAS DE COLA DELES DESTA VEZ, HEIN, JIMBO? HEIN? FIQUE COM A BOCA LONGE DESSAS PISTOLAS DE COLA?! ENFIE NO SEU CU PELUDO, CLEM. FAÇA A PORRA DO SEU TRABALHO.

ESTÔMAGO: roncando, enquanto as coisas são derrubadas e reunidas. Esvaziadas.

PEITO: "Essas são minhas tetas!", grita Selma detrás da grossa janela fechada do carro de polícia para um policial que deixou o prédio com uma estátua de gesso de um par de seios. "Não pode levar! São minhas tetas!" O policial estuda a escultura, então a coloca sobre uma lata de lixo enferrujada. Ele tem dedos de salsicha, que usa para agarrar os seios, então aperta. "Ah, sério?", o policial diz. "Ah, sério?"

CORPO: *São apenas compensado e tijolo. São apenas tijolo e argamassa. São apenas pregos e reboco. São só concreto e metal.* Diga a si mesmo essas coisas, como pequenas rezas. Cochiche em tons abafados que soam como as escovas circulares embaixo dos caminhões que limpam as ruas de noite. *Podemos arrumar mais compensado. Sempre há mais tijolo. Argamassa, ouvimos dizer que há em grande oferta. Se quisermos concreto e metal podemos apenas ir para a cadeia.* Não pense no limpador de rua, cuja escova está cantarolando sobre a calçada, a poucos passos de onde você tenta dormir. Ele quase terminou o turno; vai estacionar o caminhão no Queens, tatear pela cidade de volta ao apartamento em Chinatown. Vai ligar e desligar a luz, ferver água sem motivo, ligar a televisão. Você, por outro lado, é um sem-teto agora, resmungando sobre materiais de construção sob a goteira de um deprimente consultório dentário na Sétima Rua com os dez camaradas que violaram a lei, perguntando-se aonde podem ir amanhã se tiverem de se separar, pensando em como sentem falta do pedaço de compensado que foi pregado sobre a pia do banheiro da ocupação, onde fica a escova de dentes, pronta para ser usada sempre que você quiser se sentir limpo.

BOCA: apesar de nunca terem feito isso antes, Toby e Selma agarram o rosto um do outro, os beijam. "Quando a tragédia nos atinge", Toby vai cochichar na orelha de Selma, que está grudada com gesso de um molde que ela fez e nem começou a secar.

SOL NASCENTE

Quando a ocupação é invadida e fechada inesperadamente numa manhã de terça, pouco após o café da manhã, Raul Engales e James Bennett veem a coisa toda da janela virada para o sul da Clínica de Reabilitação Sol Nascente, onde Raul Engales havia sido internado três semanas antes, depois do fracasso do suicídio. No topo da lista de coisas ingratas na Sol Nascente, para não falar nada das paredes rosa-shocking e dos enfermeiros letárgicos, estava a infeliz localização — na East Seventh e Avenida A, do outro lado de seu antigo domínio. No topo da lista de coisas ingratas sobre a vida de Raul Engales estava que ele a continuava vivendo.

James comprara café — desde que começaram as visitas diárias uma semana antes, Engales não tinha de beber a merda que serviam na cantina da Sol Nascente; um pequeno, mas significativo alívio. O fato de estarem bebendo aquele troço quente e delicioso, enquanto viam os carros da polícia — três deles no momento — pararem e se esvaziarem de corpulentos agentes da lei vestidos de azul-marinho, dava uma sensação de alheamento, como se estivessem vendo um filme ou um programa de televisão cujos personagens foram o elenco de sua vida pregressa.

— São seus amigos ali? — James perguntou, preocupado. Ele estava sempre preocupado, Engales pensou. Uma daquelas pessoas sempre preocupadas.

— Só uma questão de tempo, acho.

Havia o *blip blip blip* da sirene no meio do caminho, então o ressoar de chaves e o pisar pesado de botas. Viram os policiais bater suas loucas mãos na porta azul da ocupação — a porta em que Selma pintou às 7 horas de uma manhã, porque havia sonhado com uma porta azul e tinha de realizar o sonho imediatamente —, então a chutaram. Com a mão esquerda, Engales lutou para abrir a janela; na Sol Nascente só havia uma fenda, para o caso de perder o juízo e tentar pular.

— DIA RUIM PARA ROUBAR UM LUSTRE, CAMARADA. — Engales pôde ouvir de lá a voz armada do policial, talvez geneticamente modificada para soar como *cuzão*. — PÉSSIMO DIA.

— Merda — disse James Bennett. — Eles vão para a cadeia?

— Você é do tipo que tem medo de polícia, não é? — Engales perguntou. O ar frio deslizou entre eles.

— Tive uma sensação sobre hoje — James falou. — Acordei com roxo.

— Quando você fala como um louco — Engales comentou, olhos nas costas dos policiais enquanto eles se enfileiravam na porta. — É duro ficar por perto. É mesmo.

— Sabe que estão pondo Jean-Michel num *filme* agora? — James perguntou, virando-se suplicante para olhá-lo.

— O que isso tem a ver? — Engales quis saber. Ele não queria pensar na estreia cinematográfica de Jean-Michel Basquiat, sua fama crescente, ou nada acontecendo no mundo que não o incluísse.

— Estou dizendo que — James abriu a mão em direção à janela — vai acontecer em todo lugar. Em tudo. Os prédios, os artistas em si, tudo vai ser roubado, ou pelo menos comprado. O dinheiro está vindo para o centro, e assim será. Tudo vai mudar, é o que estou dizendo. Vai vendo.

E viram. As lonas azuis das janelas do segundo andar da ocupação incharam no vento. Os policiais entraram e deixaram a porta aberta, e Engales imaginava o ar frio soprando na sala, o frio que vencia os aquecedores portáteis e rastejava para debaixo dos suéteres, não importa quantos vestisse. Quando estava frio assim, na época em que Engales gastava cada momento livre ali, deixavam os suecos montarem uma de suas enormes fogueiras na laje de concreto atrás; do lado de fora, com o fogo, ficava mais quente do que dentro, sem. Não que o calor importasse muito. Tinham um ao outro e seus projetos, e esse espaço que podiam tornar deles — eram essas coisas que impediam que congelassem.

Engales percebeu que essa ação era uma oportunidade de alívio: finalmente a ocupação iria parar de provocá-lo do outro lado da rua. Afinal seria capaz de dormir sem imaginar o que poderia estar acontecendo, imaginando o que estava perdendo. Por três semanas, ouvira os sons de sua antiga vida penetrando pela fenda na janela — o uivo cósmico de Selma, festas enlouquecendo pelas horas dolorosas da noite, uma leitura experimental de poesia durante a qual todos gritaram em uníssono: "MUITO AMEDRONTADOR. MUITO AMEDRONTADOR. MUITO AMEDRONTADOR DE FATO!" E agora ficaria livre; se não tivesse paz de espírito, pelo menos haveria silêncio.

Mas não sentiu alívio enquanto esperava os amigos serem escoltados para fora do lugar que passaram os últimos anos transformando na manifestação de sonhos. Sentia uma profunda e inesperada tristeza, se não pela perda deles então pelo fato de que não podia participar. Ajudara a fazer a ocupação durante o tempo que passou lá — as prateleiras da cozinha, a rede tecida à mão, as paredes do estúdio —, então deveria estar lá quando destruída. Deveria estar lá, batendo boca com os policiais, com Toby, parado na frente de Selma para que não a algemassem. Em vez disso, estava lá, no próprio inferno particular do outro lado da rua, preso com um bando de bêbados e lunáticos e gente com membros gigantes ou membros faltando, assistindo à sua antiga vida como um voyeur, com um escritor obsessivo fracassado. Como isso se tornou *ele*? Como essa era sua *vida*? Por que e como ele estava *aqui*?

Por causa de Winona George.

Por causa de Winona George, Raul Engales não havia morrido por uma overdose de analgésicos três semanas antes, na noite da exposição que teria sido sua estreia artística. Em vez disso, ela o encontrou desmaiado e babando num degrau em Bond Street, enquanto andava em seus saltos na direção de um táxi amarelo. Ela o arrastou para o carro e instruiu o taxista a dirigir em velocidade meteórica para o hospital.

— Aquele taxista não tinha a menor ideia do que significava meteórica — Winona relatou depois que o estômago de Engales foi bombeado no mesmo hospital em que haviam costurado seu braço ("Já é freguês", uma enfermeira tentou brincar). — Mas ainda dirigiu como o diabo — Winona continuou. — E graças a Deus, ou você seria um homem morto.

— Quem dera — Engales disse.

— Ah, não diga isso. As coisas ficaram ruins por um segundo, eu sei, querido. Mas ainda há uma vida a ser vivida. E está em boas mãos agora.

Quais boas mãos?, Engales queria dizer. As mãos dos belos médicos do hospital, cuja capacidade era uma ameaça à própria vida? Winona, cuja manicure malva o deixava realmente enjoado? De algum deus? Que já havia se provado ou não existente ou mau? Boas mãos não existiam mais, Engales pensou, enquanto olhava para as cavernas vazias das bochechas de Winona da cama do hospital.

Mas Winona discordou. Ainda havia esperança para Raul Engales — mais vida a ser vivida e mais fama, se ao menos ele tivesse alguma ajuda. Foi inflexível: seria internado em algum lugar onde pudesse se recuperar e reabilitar; ela pagaria a conta.

Então foi por causa de Winona George que Engales não foi mandado para o apartamento de François, mas para a Sol Nascente (ou como o pessoal da ocupação chamava, a *Borracharia*, porque a clínica no primeiro andar distribuía camisinhas de graça). Ali estava para suportar a deprimente mistura estética de hospitalidade caseira e esterilidade médica comum nas instituições de bem-estar de Nova

York: placas toscas feitas de cartolina ("descarga apenas para número 2", dizia uma, no banheiro comunitário), lençóis azul-hospital, colchões finos de penitenciária, móbiles de vidro que refletiam luz colorida no rosto de manhã. Ele tinha de dividir um pequeno quarto com um ex-alcoólatra chamado Darcy, que cantava música gospel antes de ir para cama e engraxava os sapatos toda vez que os calçava. Ele tinha de aceitar pedidos e pílulas de uma enfermeira fantasticamente pentelha chamada Lupa, cujo espanhol mexicano era ao mesmo tempo preguiçoso e insolente, e cujo nariz era quase tão largo quanto o rosto. E frequentar terapias de todos os tipos: de conversação com um homem chamado Germond, que havia dito, absurdamente, "você pode me chamar de Germond"; terapia de arte (não podia ser mais irônico) com Carmen Rose, que não falou uma única vez, mas fazia uma quantidade incrível de sim com a cabeça e misturas de tinta têmpera; e fisioterapia com Debbie, uma atrevida loira professora de educação física, que tentava treinar sua mão esquerda num show solo, fazendo-o virar os botões de uma lousa mágica.

— É diferente com cada um — Debbie disse docemente, quando Engales perguntou a ela quanto tempo iria levar. — Precisamos recondicionar sua mente para entender seu novo corpo. É um processo.

Mas Engales não queria entender seu novo corpo, sua nova vida ou passar por processo algum. Não queria ouvir os sons de uma festa na ocupação enquanto tentava adormecer. Não queria fazer terapia, de nenhum tipo. E especialmente não queria ficar preso num quartinho por horas com as imagens terríveis que triangulavam sua mente: o terror do terno branco, conduzindo Lucy na noite; a casa da infância vazia do outro lado do telefone público haqueado; a lâmina prateada da guilhotina batendo em seu braço; os ovos de Franca, a gema sangrando. Então fechou os olhos com força, mas sob as pestanas teve uma versão mais confusa das imagens que o assombravam. Terno, telefone, gema, sangue. Germond, Germond, gema, terno. O nariz de Lupa, terno, lousa mágica, sangue. *Me encontre na ocupação, à meia-noite na ocupação, quatro da manhã na ocupação, nunca mais na ocupação. Aleluia, gema branca, vermelho. Gema,* ISSO É INTI-MIDANTE, o cheiro do cigarro de Lupa, telefone, telefone, telefone, se foi.

Mas então, na terça de sua segunda semana ali, o ritmo infernal da reabilitação foi interrompido quando um homem apareceu no final do horário de visitas, coberto de chuva. Algo nele era familiar, mas não conseguiu localizar. Ao redor das barras da calça do homem, formavam-se pequenos canais.

— Desculpe por isso — o homem disse, fazendo sinal para os pingos. — Perdi o guarda-chuva. Talvez eu nunca tenha tido um? Nunca sei.

Lupa enfiou a cabeça na sala.

— Esse é o senhor James Bennett — ela avisou em sua voz durona. — Srta. George o mandou. Seja bonzinho.

O coração de Engales se apertou levemente. *James Bennett.* Por isso que o cara parecia familiar: teve um flash da festa de Ano-Novo, quando Rumi listou as pessoas importantes na varanda. Ele se lembrou da silhueta caída de Bennett, a cabeça brilhante. Pensou na promessa de Winona: um artigo no *Times*, pelo mais *reverenciado* escritor de arte, tudo sobre a exposição. Engales se eriçou, primeiro com o tipo de esperança que sentia quando acordava de manhã: dez segundos brilhantes durante os quais um escritor do *New York Times* estava ali para escrever um artigo sobre *ele*.

Engales buscou a toalha na maçaneta do armário, jogou-a no homem. Ele pegou, esfregou sobre ombros, pernas. Então os dez segundos brilhantes se apagaram, tão rapidamente quanto chegaram. James Bennett só podia estar ali para escrever sobre uma coisa: o acidente, a mão. Imaginava as manchetes. "ESCRITOR FRACASSADO TERMINA NO PINEL." "ARTISTA ALEIJADO NUNCA MAIS PINTARÁ." "MÃO E CARREIRA DECEPADAS." *Leia tudo sobre.* Então imaginou Lucy pegando o jornal e vendo a triste história na primeira página. Haveria um *close* do braço enrugado, os nós pretos dos pavorosos e óbvios pontos frankensteinianos. De repente, se sentiu violado — da mesma forma quando o cara do Telemondo não fez a piada dos centavos. O mundo iria tratá-lo para sempre de forma diferente, olhar de forma diferente; a mão iria defini-lo dali em diante. A mão seria a única história.

— Não estou dando entrevistas — Engales disse rapidamente, e então desviou o olhar.

— Nem eu — disse James, tirando os pequeninos óculos redondos para limpar a água do rosto.

— Então o que está fazendo aqui?

— Bem — James Bennett disse sem fôlego, como se tivesse subido vários lances de escada. — Para dizer a verdade, estou tentando descobrir o significado da minha vida.

Então, quando James Bennett devolveu os óculos ao rosto, Engales viu: a denúncia do registro da mão perdida, que foi disposta no braço da cadeira de Engales como um pinto rosa. Esse era o padrão: rosto normal, rosto assustado de olhos esbugalhados, reajuste de rosto normal falso, então o rosto desabado. James Bennett não soubera do acidente. Não estava ali para escrever sobre o acidente.

Geralmente, havia um estágio final de descanso: a oscilação de sobrancelhas de *pena*. Mas James Bennett não se moveu para o estágio final. Em vez disso, oscilou numa boquiaberta expressão esbugalhada do que só poderia ser considerado *pavor*.

— Merda — James disse.

Engales observou ceticamente o rosto de James Bennett se contorcer num tipo de bagunça eufórica: olhos se esbugalhando e narinas dilatadas e bochechas mordidas.

— Está acontecendo — James continuou.

— O *que* está acontecendo? — Engales perguntou; curioso demais para não perguntar.

— Hum — James conseguiu dizer, rangendo uma cadeira para o lado de Engales, patinando com os mocassins molhados pelo linóleo, sentado o tempo todo mantendo olhos esbugalhados no rosto de Raul. Engales podia sentir o puxão dos pontos no braço, como se fossem explodir.

— É como uma coroa — James disse, a cabeça oscilando. — Ou um topo de auréola. Tem meio uma cor dourada. É bonito. Como o quarto azul. Eu sabia!

Engales escapou com a cadeira um pouco para longe; o linóleo gritou.

— Você está me apavorando. Então, a não ser que diga de que diabos está falando, vou chamar Lupa de volta.

— Ah, desculpe — James disse, tirando os óculos novamente para esfregar os olhos. — Estou sendo esquisito, não estou? Não posso evitar. Eu apenas sinto demais. Você está me fazendo sentir demais.

— Lupa! — Engales gritou para a porta, mas Lupa não veio.

James saltou para uma explicação: ele tinha um tipo de deficiência, explicou. Não, uma *eficiência*. Tinha a habilidade de ver coisas que não estavam lá, ouvir, sentir e cheirar coisas que não existiam no mundo real. Seus fios eram cruzados, explicou. Como um operador de telefonia que ligava as duas pessoas erradas para uma conversa, e aquelas pessoas acabavam se entendendo.

Engales o observou, ainda bem cético. Rumi estivera certa no Ano-Novo, quando chamou James Bennett de esquisitão. E ainda assim Engales sentiu algo que não sentia havia muito tempo. Se sentiu quente. Desde o acidente, havia estado frio, como se o ferimento fosse uma janela aberta para fora, da qual o calor do corpo escapava. Na presença de James Bennett, sentia o corpo esquentando.

Então Lupa irrompeu, dilatou as narinas e declarou que as horas de visita acabavam precisamente à uma da tarde e agora era *uma e cinco* e Mary Spinoza iria fritar a bunda dela como um *chicharrón* se Bennett não saísse de lá. James ficou de pé, deixando uma pequena poça de suor onde a bunda estivera, e buscou a mão de Engales.

— Bela tentativa — Engales disse.

James Bennett olhou para a mão, ele havia se estabelecido para sua direita, e foi tomado pelo que parecia ser vergonha verdadeira.

— Merda — James falou.
— É isso o que você tem a dizer? Merda? — Ele podia sentir o calor deixando-o.
— Gostaria de deixar algo aqui se puder — James pediu, procurando numa volumosa bolsa de mensageiro que Engales não havia notado antes. Tirou um pesado livro de couro marrom, jogou no colo de Engales.
— Que porra é essa?
— O que costumava ser o significado da minha vida. Me diga o que você acha.

Quando Darcy partiu para jogar pôquer no salão, Engales explorou a pasta de couro com curiosidade. No canto, num adesivo, havia um rabisco enigmático: FOME / SOL AMARELO / RAUL ENGALES. Que tipo de sistema de rótulo psicótico era esse? E por que o nome dele estava envolvido? Quando abriu, estava cheio dos pequenos quadrados brancos de slides para projetores. Engales correu a mão sobre o plástico satisfatoriamente liso, então puxou um dos slides de fora da pequena moldura. Levantou em direção à janela. No pequeno quadrado, viu um rosto. Oscilou o slide para que a luz trabalhasse: era Francis Bacon, o retrato dele por Lucian Freud. O mesmo retrato que Arlene havia mostrado naquele primeiro dia no estúdio, como contraponto de sua própria merda.

A coincidência era sinistra, como a pasta em si. Assim como James, que aparecera do nada por nenhuma razão, disse umas coisas bem estranhas, então o deixou com um bando de slides e sem projetor. Ou havia um projetor? Ele se lembrava de ter visto um na sala de fisioterapia, que Debbie usava para dar palestras de Corpo e Alma: um retrato de uma mulher esguia numa praia, uma foto de uma tigela de aveia, um retrato de todos os músculos da mão. Por sorte, Debbie tinha uma quedinha por Engales, a forma como massageava o braço dele durante as lições era simplesmente erótica — então, quando ele pediu emprestado o projetor e a sala, ela concordou como um flerte, com uma ressalva: *Só se eu puder ficar e assistir.*

— Ótimo — Engales disse, puxando duas cadeiras e fechando a porta.

Ele carregou uma página de slides e ligou o projetor. Um retrato vibrante apareceu na parede atrás das sombras de aparência robótica das máquinas de exercícios. Outra pintura que Engales conhecia: uma obra sem título de Francesco Clemente, uma mulher acompanhada por dois homens nus. A mulher tinha uma boca vermelha grossa e uma trança compatível sobre um dos ombros. Os homens ficavam de pé em poças individuais de azul, segurando as mãos sobre a cabeça, posando para ela.

— Sinto que há um *ménage à trois* vindo aí — Debbie comentou, como se a pintura fosse um programa de televisão do tipo que ele supunha que ela assistisse, onde as garotas usavam jaquetas jeans e mascavam chiclete, como ela.

Engales a ignorou e deixou a imagem penetrar nele. Adorara a pintura no momento em que a vira, numa exposição numa das maiores galerias havia uns anos; ainda a adorava. Adorava o medo franco que habitava o rosto da mulher e a questão que a pintura propunha: poderia alguém amar duas pessoas? Ou tanto amor os faria afogar, como o rosto dolorido da mulher sugeria? Pensou em Lucy amando outro homem no apartamento. Um sino tocou dentro dele: talvez ela estivesse se afogando. Talvez, mesmo que amasse aquele homem de terno branco, também o amasse. O brilho daquela pintura o tranquilizava, o fato de que estava fazendo pensar em tantas camadas. *Dois por dois.*

Engales passeou pelas páginas, e, quando terminou a página após essa, na terceira, se tornou claro que as coisas só estavam ficando mais sinistras. As obras na pasta de James Bennett FOME / SOL AMARELO / RAUL ENGALES eram quase todas obras pelas quais ele mesmo havia se apaixonado em vários pontos da vida. Havia as árvores de inverno de Hockney, as figuras monstruosas de Jean-Michel, os recortes de Matisse e os rabiscos urbanos de Avant. Havia até uma das *action paintings* de Horatio que o observou fazer numa performance à meia-noite num grande prédio vazio no Meatpacking, uma de suas obras de luvas de boxe. Mesmo as pinturas que nunca havia visto antes o emocionavam, vibravam dentro dele, e a coisa toda tornou o fundo de seus olhos cheios de lágrimas presas.

— Podemos levar você de volta — Debbie disse de repente, quando a parede ficou preta. — Está fazendo progresso com os flexores esquerdos. O palmar interósseo é o que precisa de trabalho, mas chegaremos lá.

— Obrigado, Debbie — disse, levantando-se da cadeira com certo esforço. Sentia-se exausto. — Mas não, obrigado, Debbie.

Sua mente, de todo modo, não estava na mão, na própria pintura ou em Debbie, mas nos slides e em James Bennett. O coração estava acelerado com a velocidade, o amor e a cor que os slides traziam. Ele não havia sentido essa velocidade, esse amor ou essa cor desde o acidente, e olhando para a coleção de slides apenas confirmava uma suspeita que teve quando James Bennett esteve em seu quarto: James Bennett tinha a mão cheia de cartas que Engales queria ver e conhecer. Então a mente de Engales ficou totalmente em branco, porque a mão de Debbie estava no botão do jeans dele.

— Fisioterapia? — ela perguntou abaixo dele, os cílios batendo.

James voltou no dia seguinte à mesma hora e novamente no outro dia, e rapidamente se tornou o tipo de visita de que alguém precisa numa clínica de reabilitação: a que continua voltando. Em troca de concordar com a Sol Nascente em si, Engales fez Winona prometer não contar a nenhum dos amigos — "especialmente Lucy", dissera com a mandíbula contraída — onde estava. Ela acabou concordando, mas argumentou que Bennett não era amigo de Engales e assim não contava; Winona adorava uma boa brecha. Mas Engales não ficou bravo. Num lugar onde não havia nada a esperar a não ser o filme de domingo, a pizza de sexta ou as barras de cereal de terça, a presença de James, se estranha, era de fato uma grata distração.

No segundo dia que James veio visitar, talvez porque Engales ficara emocionado pelas pinturas nos slides, o pintor se sentiu aberto, pronto para conversar. E conversaram, de uma forma que Engales não havia conversado com ninguém, até onde podia se lembrar, sobre pessoas que os dois conheciam (Jean-Michel, Selma Saint Regis), artistas com problemas de ego (Toby), projetos que os impressionaram (os trabalhos de luz e espaço de James Turrell) e que os deixaram indiferentes (Jeff Koons, os vácuos). A convicção sólida de Engales que havia terminado com a arte, pensando nela até mesmo quando, apagado no pano de fundo durante essas conversas, dava voltas inesperadas (James falou sobre ter uma ereção quando viu um Matisse, por exemplo) ou ficava inesperadamente profunda (Engales contou a James sobre seus pais: "Eu pintava pessoas porque não tinha pessoas.") Eles falaram longamente sobre os slides na pasta, e especialmente sobre Freud.

— O maravilhoso é que é incerto se ele terminou! — James exclamou. — Aquele fundo branco! Você sente toda a tensão do apelo naquele fundo! Todo o drama interno: ele deveria continuar? Ou deveria deixar tão perfeitamente inacabado? Parou porque duvidava de si mesmo ou porque amava o que havia feito? Está tudo lá, a história toda e a grande pergunta!

Engales assentiu levemente. Lembrava-se de quando Arlene havia mostrado a pintura, como ele havia tido um pensamento similar. James entrou num discurso animado sobre Bacon e Freud, sobre a amizade deles e os dias passados juntos no estúdio, fumando, comendo, conversando, pintando um ao outro. Então suas apostas, como eles venderam carros e pinturas para pagar as dívidas crescentes. Como as apostas eram a mesma coisa que as pinturas, quando se pensava nisso; arte era sempre uma intuição, uma dica que o conduzia ao escuro, cujo resultado nunca se sabia até estar tudo terminado, um jogo que se poderia perder.

— Sempre achei que os melhores artistas sabem qual serão seus resultados — Engales disse. — Que têm uma ideia inicial, então a obra vem dessa ideia. Eu não tenho ideia alguma. Costumo simplesmente pintar até haver uma pintura. Sempre pensei que deveria estar fazendo algo errado.

— Ah, não — disse James animadamente, os olhos se abrindo bem. — Você subestima o poder do cérebro associativo! É isso que um artista é! Alguém cuja forma de olhar para o mundo, apenas o olhar, já é uma ideia em si!

Engales ficou quieto, pensando. Imaginou Bacon e Freud, rostos enrugados, cheiro de terebintina, pedacinhos de azul que acrescentavam à sombra de cada um. De alguma forma, sentado ali com James Bennett, conversando sobre dois velhos e ideias e arte, não importava que não pudesse mais fazer isso, se sentia não tão terrível. Podia sentir acontecendo, talvez contra a própria vontade, ou por causa disso, tão rápida e organicamente que não conseguia prever a vinda ou articular a trajetória: James Bennett estava se tornando seu amigo. E o que, naquele momento, ele tinha a perder? Seguiria esse palpite no escuro. Talvez até apostasse nisso.

Um jogo: Raul Engales segurou um slide na direção da janela. James Bennett soltava o que sentia quando o olhava.

— Detergente para roupas! — James disse quando Engales segurou um de Walter Robinson.

— Cinza estupefato! — ele disse sobre "Men in the cities", de Robert Longo.

— Que porra é *cinza estupefato*? — disse Engales; eles riram.

— O pescoço de minha esposa — James disse para uma peça de Ross Bleckner, de linhas onduladas que desciam em cascata pela janelinha como cabelo.

Uma proclamação de Engales:

— Que se foda a abstração e que se foda o surrealismo e que se foda o pôr do sol. Especialmente o pôr do sol. Me dê narinas, sabe? Grandes e feias. Com meleca.

Uma pergunta de James:
— O que aconteceu com sua mão?
Uma resposta de Engales:
— Fui roubado.

Uma proclamação de James:
— Poderia voltar. Você nunca sabe. Um dia pode acordar e ter de volta. A cor do mundo, a beleza dele. Acredite em mim, *eu sei*.
Uma rejeição de Engales:
— Você não sabe porra nenhuma.

Uma pergunta de Engales:
— O que está fazendo aqui mesmo?
Uma resposta de James:
— Conversando com você.

— Minha aposta é numa galeria — James Bennett falou de seu posto na janela, enquanto observava os policiais enfiarem os artistas atrás de camburões, um por um. — E isso, senhoras e senhores, é a grande ironia do capitalismo. Que tal chutarmos os artistas para dar lugar à arte?
— Lá está Regina — Engales disse.
Regina, com o cabelo loiro-água-de-pia grudado no rosto manchado de lágrimas, que nunca antes parecera vulnerável a Engales. Então parecia um cervo assustado, pernas e lábios bambos. Atrás dela, o resto seguia — Selma no longo casaco de pirata; Toby no poncho peruano que parecia, à luz do dia, tanto cultural quanto visualmente ofensivo; Horatio, carregando as luvas de boxe cobertas de tinta. Engales sentiu o puxão distinto de exclusão novamente; queria desespe-

radamente estar naquela fila. Mas por quê? Por que ver a si mesmo numa cena tão terrível? Por que de repente queria voltar à velha vida, bem quando estava terminada?

Uma lembrança apareceu para ele tão vívida que poderia tê-la pintado, e antes de perceber estava falando a lembrança em voz alta:

— O prédio na frente do nosso pegou fogo. — A lembrança quando verbalizada ganhou força física; sentiu o calor do fogo no rosto. — Quando eu tinha quinze anos, um ano depois que meus pais morreram. Éramos apenas adolescentes, sozinhos nessa casa gigante, apenas minha irmã e eu. Acordei porque ficou muito quente, as chamas estavam bem do outro lado da rua, mas o calor explodia pelas janelas. Chamas laranja-vivo, como se fossem falsas, de um filme. Acordei minha irmã e corremos para o andar de baixo, e para a rua, onde a vizinhança toda estava do lado de fora vendo o fogo queimar o prédio. Ficamos parados por um tempo, e eu sabia exatamente o que minha irmã pensava, porque estava pensando também.

— Que era?

— Queríamos ser os moleques cuja casa se incendiou.

James ficou quieto. Pelo olhar, o café de bodega havia ficado frio, o creme cobrindo a superfície.

— Todas as famílias do prédio se mudaram para um pavilhão temporário no parque, todas juntas — Engales continuou, olhos vidrados, enquanto a mente mudava do presente para o passado. — Nós não tínhamos um pavilhão. Só tínhamos essa casa enorme congelada.

Lá embaixo na rua viram Selma começar a gritar e tentar se desvencilhar do policial: um cara enorme de rosto vermelho com um bigode loiro e lábios de porco. Aparentemente com pouco esforço, ele a conteve.

— Tentamos ficar com o grupo de pessoas do incêndio — Engales seguiu. — Estavam todos chorando e queríamos chorar com eles, mas não podíamos. Sabíamos que não era nosso; não era nossa tragédia. E de repente olhamos um para o outro e sem nem nos consultarmos começamos a correr rua abaixo. Sabíamos que o outro começaria a correr, e para onde. Fomos ao cemitério e nos sentamos sobre os túmulos de nossos pais. Eu estava no do pai e Franca, no da mãe. Nunca havíamos estado nos túmulos antes... tínhamos medo demais para vê-los ou imaginar que os corpos deles estavam de fato ali. Mas fomos naquela noite. Sabíamos que tínhamos de ir, exatamente ao mesmo tempo. Sabíamos o que era nossa tragédia, e tínhamos de sentir lá mesmo.

Não sabia exatamente por que estava dizendo isso para James Bennett, mas Engales não conseguia parar de falar. Era a primeira vez que falara sobre Franca desde que chegara em Nova York; não contara nem a Lucy. Era como se Franca fosse um animal enjaulado dentro dele e estivesse se debatendo, tentando sair.

— Com Franca — prosseguiu. — Era uma daquelas coisas em que somos próximos demais. Nos entendíamos demais. Víamos demais. Quase doía estar perto dela.

— É por isso que veio para cá?

— É minha culpa — Engales disse. A voz ficou grave e sombria, tão escura quanto o café em suas mãos.

— O que é sua culpa?

— Eu a deixei lá. Mesmo sabendo *a porra que iria acontecer*.

— O que iria acontecer?

— Tive um sonho com ela na manhã do meu acidente. Então eu a vi, bem quando aconteceu, quando a lâmina estava no meu braço eu a vi.

— Então você não *sabe* se algo aconteceu. Ligou para ela?

— Não entende o que estou falando, né? Você não tem ideia do que estou falando. Eu a deixei sozinha com um homem que não podia cuidar dela. Algo aconteceu. O país está fodido e algo aconteceu, apenas sei.

— Mas não falou com ninguém ainda e...

— Cala a boca — Engales disse, o rosto repentinamente inflamado. — Apenas pare de me dizer coisas que você desconhece. E também? Quer saber? Não vou pintar mais. Nunca mais. Me escutou?

Seu cérebro associativo consegue entender isso? Pare de agir como se soubesse tudo sobre minha vida. Como se fosse claro pra caralho.

— Sinto muito. Eu... Eu não deveria ter dito nada — James falou, pego de surpresa pela explosão hostil repentina. — Só fiquei confuso. Porque parece claro. Quando estou perto de você, tudo parece claro.

— Bem, não é — Engales disse, o coração ainda atropelando os pulmões. Queria mostrar a Franca seu braço esquerdo bem naquele instante. Ela era a única que entenderia sua cicatriz.

Os dois homens ficaram em silêncio e olharam de volta para fora, onde um plástico branco grudou na árvore mais próxima. Quando o vento o libertou, a mensagem foi revelada: EU ♥ NOVA YORK. Decolou no céu branco até que o céu a engoliu. Abaixo, interruptores foram ligados e sirenes começaram. Então os artistas se foram.

O GAROTO DESAPARECIDO E A GAROTA PERDIDA

Lucy acordou de um sonho encharcado de uísque com o som desconfortável de sirenes e uma batida alta na porta do apartamento. Uma sirene de manhã era como um drinque antes do almoço; um sinal de que as coisas estavam ficando feias. Porém o som de batida era um alívio. *James voltou.*

Cambaleou até se sentar, rolou as pernas para fora da cama. A cabeça pendeu para o lado como uma boneca de porcelana, pesada demais para o próprio pescoço. O chão do apartamento era traidor, inclinando-se para um lado e para outro, e ela teve a sensação distinta de não conseguir se situar no tempo. Era de fato outubro? O último mês havia de fato acontecido? Engales realmente perdera a mão? E desaparecido? E James Bennett havia de fato tomado o lugar dele na cama por duas semanas inteiras após a exposição, então abruptamente desapareceu sem nem uma ligação? Além disso: noite passada. Seria possível que ela *tivesse 23*?

Cambaleou até a porta, a ideia do corpo quente de James sob o feio sobretudo puxando-a à frente. Ela afundaria nele. Perguntaria onde esteve a semana toda, mas então diria que entendia. Sabia que tinha uma vida. Que ele não podia vir todo dia. *Ainda assim*, ela diria. *Senti saudades.* Que só era verdade dentro dos confins da coisa que criaram juntos, que era, claro, uma grande mentira. Ainda assim: uma mentira reconfortante. Uma mentira com que não se importava; pelo menos havia outro ser humano envolvido.

Não, disse o cruel mundo pulsante da pior ressaca de todos os tempos. *Você não vai destruir nenhum lar hoje.* Não era James na porta. Na porta, quando abriu a correntinha enferrujada, havia uma mulher loira alta num sobretudo cinza, segurando as mãos de um menino muito pequeno.

O menino perdido, Lucy pensou pouco antes de sentir uma mão agarrar seu interior e o revirar. Ela correu para o banheiro e se esvaziou da noite passada.

Noite passada havia sido uma bagunça de batom e uísque: o tipo de noite que uma garota tem quando os homens com quem ela conta para salvá-la não o fazem. Havia sido seu aniversário de 23 anos, e não havia ninguém com quem comemorar, e nada digno de comemoração. Não havia Engales — tentou em vão rastreá-lo, mas *nada* — e não havia James; ele parara de aparecer no apartamento havia uma semana, sem nenhuma explicação. Passou a manhã sentindo pena de si mesma, lembrando-se do último aniversário, quando Jamie e os garotos R haviam feito um bolo e, quando se provou não ser comestível, a levaram para o Mudd Club, onde giraram e giraram pela pista de dança, derrubando bebidas, apenas um num milhão de grupos de amigos em Nova York, saindo para se alimentar da cidade. Agora não havia grupo, não havia ninguém, e quando um aniversário sozinho se tornou demais para encarar, decidiu tomar as rédeas; ligaria para a casa de James, perguntaria onde esteve, o convenceria a ir até lá, o beijaria até que ele a adorasse de novo.

Essa ligação pedia nervos de aço, que só podiam ser obtidos através do álcool, então foi ao Telemondo comprar uma garrafinha. Escolheu Jim Beam, segurou a garrafa no peito como um reconfortante ursinho de pelúcia, humilde no saquinho marrom. Quando estava indo embora, fez uma pausa para folhear uma revista no suporte perto da porta. Abriu num anúncio de batom que dizia: *Algum homem realmente entende você?*

Não, pensou enquanto examinava a imagem de uma morena peituda, cujos lábios estavam cobertos com uma iridescência arriscada. O anúncio era do *Cerejas na Neve,* da Revlon, outra das cores de batom em que Jamie apostava. *Ninguém realmente conhece.*

Ninguém sabia que tinha uma argola prateada de Mason & Mick's enfiada no bolso da frente o tempo todo; provavelmente supunham que era o contorno presunçoso de uma camisinha não usada. Ninguém sabia qual era o verdadeiro cheiro dela, que era terra, estrume e madressilva do jardim; conheciam o cheiro dela de cigarros velhos, perfume falseta de Chinatown, brilho labial de cereja, sexo. Ninguém sabia do que a mãe dela a chamava: *moçoila,* aqui ela era a *mina do Raul* ou *Ida* ou *garçonete.* Ninguém sabia que logo que escurecia ela saía na cidade com uma lanterna para procurar por uma criança perdida ou que dormia cercada por caixas de leite com o rosto daquela criança; se soubessem, pensariam que era um *projeto,* alguma excursão no mundo artístico, em vez do que era na verdade, uma superstição de menininha, uma busca solitária. Não queriam falar sobre superstições em Nova York. Queriam fatos frios e cruéis: como se você está ou não trepando com um homem casado na cama do seu namorado recém-aleijado.

Revlon entende como você realmente é... Ah tão quente e um pouco impulsiva.

Tá, então, Revlon. Tá, então, Nova York. Um tubo de Cerejas na Neve da farmácia do outro lado da rua colocado furtivamente no bolso do casaco de lenhador que fora de seu pai. Uma passada do troço nos lábios rachados, usando a superfície prateada suja do telefone público como espelho. Um — não, dois — goles de Jim Beam para acalmar os nervos. Um rápido exame das macias páginas finas da lista telefônica da cabine para encontrar o número de telefone de James Bennett. Mas olhe, há algo ainda melhor. O *endereço* de James Bennett.

Ela poderia roubar o turquesa de sua mãe; poderia determinar seu próprio destino; poderia caminhar até a 24 Jane Street e olhar na janela menor do que o normal de James Bennett.

Ali era onde ele morava, onde *de fato* morava, com a esposa, que estava de pé no balcão da cozinha, com uma faca. Lucy ficou lá, bamba do uísque, olhando para essa mulher, uma mulher com cabelo castanho macio e camisa roxa. Uma mulher com uma panela de caçarola. Uma mulher que provavelmente havia ido para a faculdade. Em outras palavras, bem o oposto de Lucy. Então havia James, que veio pela cozinha para envolver os braços nela. Os braços disseram: *Eu sei como envolver meus braços ao redor dessa pessoa minha vida toda.* Os braços disseram: *Você, Lucy Marie Olliason, é uma pessoa terrível.*

Ela irrompeu em lágrimas de Jim Beam. *Desde quando você bebe Jim Beam? Desde que percebi que podia irromper em lágrimas a qualquer momento.* James não a amava; Engales não a amava; nenhum deles nem ao menos a conhecia; ninguém a conhecia. Esfregou o batom iridescente de sua boca com o pulso. Fugiu pela rua e de volta pela cidade, mas não antes de fazer paradas em qualquer bar que via pelo caminho. Em cada um, fez alguma versão da mesma dança tosca. No Eagle, colocou Blondie no jukebox e dançou sozinha (se é que se podia chamar isso de dança; foram principalmente braços); Randy Aleatório assistiu com tristeza. No Aztec Lounge, puxou a gravata de um gordo e beijou seu rosado rosto de porpeta. No Reno Bar, de Eileen, onde plantas de plástico se penduram do teto e homens usam sombras azuis brilhantes, bateu o pulso no bar e tentou recontar ao bartender seu apuro.

— Estávamos *apenas aqui* — resmungou. — Raul e eu. Estávamos dançando e Winona acabara de ligar. Ele estava tão feliz. "Winona George me ama", ele disse. Eu disse que todo mundo o amava. "Tipo quem?", ele perguntou. "Tipo eu", respondi. Foi a primeira vez que falei pra ele. Que eu o amava, quero dizer.

O bartender não se importava com a história, ou com as que ela contou depois, sobre a mão, sobre James, sobre a esposa de James na janela. Ninguém se importava. No final, Devereux, travesti que frequentava a ocupação, a acompanhou até em casa, cochichando *querida narcisa, querida rosa,* seguidamente em sua doce voz deliberadamente aguda, até que Lucy vomitou nos sapatos brilhantes de Devereux.

Hispânico. Seis anos de idade. *Um metro de altura. Cabelo preto, olhos castanhos.*

É ele, Lucy pensou enquanto borrifava seu rosto com água no banheiro, em cuja pia uma barata-d'água havia fixado residência, não se afogando com nada. O garoto na porta tinha de ser Jacob Rey. Ele batia com todas as descrições nas caixas de leite; e não estava carregando uma mochila? Jacob Rey tinha uma mochila. Ela pensou na noite do acidente, os rostos fantasmagóricos e ansiosos das mães. Ela soubera naquele momento que havia entrado no destino do menino e ali estava ele. Ali estava o garoto desaparecido, bem na porta. Ali estava o destino, vindo para ela.

Não, disse o cruel mundo pulsante da pior ressaca de todos os tempos quando voltou para encontrá-lo na porta. *Não deveria estar salvando nenhum garoto perdido hoje.*

Não era Jacob Rey, ela via. Os olhos eram diferentes. Não eram os olhos de Jacob Rey, e ainda assim ainda eram familiares. Conhecia o garoto de outra forma. Em outra forma que envolvia seus olhos.

— Você é a esposa? — a loira perguntou num inglês hesitante, antes que Lucy pudesse situar os olhos do menino na biblioteca de olhos que conhecia.

— Como é? — Lucy disse, reorientando-se em direção à mulher, cujas bochechas eram como duas cerejas rosa. *Cerejas na Neve.* A lembrança do batom a fez querer vomitar novamente. Respirou fundo.

— A esposa de Raul Engales? — a mulher perguntou novamente.

Fosse porque desejava que fosse verdade ou porque não conseguia pensar direito, Lucy não sabia, mas assentiu.

— Que bom — a mulher alta disse. Extraiu um envelope laranja da bolsa larga, tirou um pedaço branco de papel e pressionou nas mãos de Lucy. Era uma carta, escrita numa bela letra sem manchas. As palavras em espanhol.

— Oh, não leio em espanhol — Lucy se desculpou.

A mulher bateu no papel, para uma parte destacada.

Raul Engales (hermano)

265, Avenue A, Apartamento 6
Nova York, Nova York 10009

Lucy olhou para a mulher, cujo rosto pálido não trazia respostas. Lucy estava muito confusa. *Hermano.* Isso ela sabia. Mas Engales não mencionara um irmão ou irmã. Sempre dissera que não tinha família — estavam todos mortos.

— Desculpe — Lucy disse, segurando a própria testa, que estava quente. — Não estou entendendo. Quem é você?

— Sou Sofie — a loira respondeu num inglês mecânico hesitante. — Vizinha da irmã de Raul, Franca.

— Acho que Raul não tem irmã — disse. Lucy por algum motivo pensou na barata-d'água que vira na pia um momento antes, a nojenta cabeça reluzente buscando a água do ralo.

Outro pedaço menor de papel foi tirado do envelope por Sofie e colocado sobre o primeiro. Era um cartão-postal do horizonte de Nova York, em toda a glória em preto e branco. Era notavelmente similar ao cartão-postal que Lucy encontrara em Ketchum, e quando ela viu, seu coração parou. Todas as linhas do destino estavam se cruzando, apesar de não poder entender como, ou por quê. Quando virou o cartão viu algumas palavras em espanhol na letra de Engales, então as grandes e belas iniciais. *R. E.*

— O que é isso? — Lucy perguntou.

— Prova — a mulher respondeu. Sua voz era como um avião a jato: esguia e pontuda, com um sopro de ressonância.

Lucy olhou para ela perdida, perguntando-se se Sofie dizia isso como uma afronta ou se algo estava sendo perdido na tradução; inglês definitivamente não era a primeira língua daquela mulher. A prova significava que Lucy estava errada, mostrava a ela que Engales tinha sim uma irmã, uma irmã para quem ele enviava cartões-postais? Mostrar a ela que seu marido escondia coisas dela? Coisas tão substanciais como irmãos? Lucy sentiu uma pontada no peito, que ela tomou como uma prova de que não conhecia Raul Engales tão bem quanto achara. Que talvez não conhecesse nada dele.

— Você tem chá? — Sofie pediu, preenchendo o silêncio de Lucy. — Estamos com bastante frio. Uma xícara de chá seria legal.

— Claro — Lucy disse sem pensar, esquecendo-se por um segundo de que não era o tipo de pessoa que servia chá, e que não havia chá no apartamento de Raul Engales, nunca houvera. A falta de chá, uma falha doméstica épica, a fez se sentir repentinamente culpada, como se tivesse feito algo completamente errado. Foi para a cozinha mesmo assim, colocou as mãos no canto da pia, tentou respirar. A luzinha na secretária eletrônica não piscava. Sem mensagens. — Desculpe — disse Lucy quando voltou, a cabeça balançando. — Sinto muito, mas não temos nenhum chá aqui. Não temos de fato mais nada.

A palavra *nós* pareceu uma mentira. Isso a confortou.

— Saímos então para comprar? — a mulher sugeriu. — Talvez Raul esteja de volta quando terminarmos?

Lucy abaixou o olhar para si mesma, percebendo agora que estava usando só a camisa de Engales. A camisa do marido, Sofie pensava, o que a consolou.

— Vou me vestir. Vou me vestir para o chá.

Lá fora o céu estava alto e cinza. A tempestade de vento que havia atacado na noite anterior desaparecera e deixou ruas molhadas e galhos partidos em sua passagem. Lucy conduziu a mulher e o garoto pela A até a Sétima. Apesar de ter muitas perguntas — o que exatamente a mulher estava fazendo em Nova York? Onde estava a mãe do menino, que aparentemente era a irmã de Engales? Por que Engales não contou a ela que tinha uma irmã? Onde exatamente deveria levar a mulher e o garoto para o chá? —, ela não podia perguntar. Em vez disso, caminharam em silêncio, a mente girando de ressaca e confusão. Sentia falta de Engales, da certeza que havia visto nele quando se conheceram. Talvez apenas os homens possam obter aquela marca particular de certeza. Ou talvez apenas um homem. Talvez apenas ele. Ela se perguntou se a certeza fora na verdade orgulho. E se perdera tudo isso quando perdeu a mão. Se foi por isso que a dispensara, por isso que não voltara para casa.

Os três desceram a Segunda em direção ao Binibon, o único lugar em que conseguia pensar, onde ela e Engales iam para tantos cafés da manhã tardios após noites de bebidas na ocupação. Ela ia com frequência, quando queria sentir como se ele estivesse presente. Na Oitava, passaram por um homem de cadeira de rodas vestido todo de amarelo, com uma placa que dizia BANANA MAN: O ESQUIADOR AQUÁTICO DESCALÇO MAIS VELHO DO MUNDO. Observou o menino encarando o Banana Man, a cabeça dele virando para segui-lo quando passaram. Banana Man levantou uma das mãos enrugadas e gritou: "Bem-vindo a Nova York! Onde todo mundo é chutado para fora de seus lares!" Num terreno abandonado à esquerda, uma cerca de correntes agia como cabideiro para os sem-teto; Lucy observou uma gravata masculina beijar um casaco de lã sujo, cujo dono, Lucy imaginou com tristeza, definitivamente não conseguira emprego.

No Binibon, um sino tocou quando entraram, e foram recebidos por uma lufada de ar quente. O lugar estava vazio, a não ser por dois homens mais velhos de mãos dadas na mesa dos fundos, e Devereux, cuja presença, um aceno em direção à noite passada e à vida passada, fez Lucy querer dar meia-volta. Por sorte, Devereux não julgou, e quando se virou para ver o estranho trio de Lucy, apenas disse: "Olá, narcisa", como se nada tivesse acontecido na noite passada e nada disso — uma senhora estrangeira, um garotinho, uma enorme camisa de homem sobre uma meia-calça preta rasgada — fosse estranho.

Lucy sorriu rapidamente — sempre gostou de Devereux, cujo forte senso de identidade vencia qualquer estranheza de aparência: peito plano, a barba que crescia pela maquiagem. Tinha-se a impressão de que Devereux era apenas Devereux, que externamente era exatamente como no interior, e não iria mudar por ninguém — uma qualidade que Lucy invejava. Hoje, Devereux usava sombra de olho roxa com brilhos e severas botas pretas que chegavam ao joelho. Lucy conduziu Sofie e o garoto a um banco perto da janela: o banco, sabia, onde o couro vermelho tinha menos rachaduras.

Sofie pareceu bem confusa ao olhar o cardápio, então Lucy tentou explicar simplesmente lendo as opções em voz alta. Omelete de fígado de galinha. Omelete de *ratatouille*. Omelete provençal. Carne com ovos. Sofie apontou em dúvida para o provençal para ela, carne e ovos para o menino. Lucy pediu apenas café e quando trouxeram colocou as mãos ao redor da caneca quente, vendo as meninas atrás do balcão colocar pedaços de tortas em pratos, conversar sobre nada, balançar o cabelo em bandanas. *Ah,* pensou. *Ser uma dessas meninas.*

Além de tratar do cardápio, ela e Sofie ainda não haviam falado nada desde que deixaram o apartamento, e o rosto de Sofie ficou recolhido. Lucy se sentiu profundamente preocupada. O que diria a essa mulher? Que não tinha ideia de onde Engales estava? Que foram até ali para ver alguém que não podia ser encontrado? Mas já havia dito que era esposa dele! Uma esposa não saberia onde está o marido? Como tudo em que estava mergulhada, estava fundo demais.

No suporte prateado de guardanapo, Lucy notou o canto de uma caixa de fósforos enfiada no meio dos guardanapos. Lenta e secretamente puxou a caixinha, a abriu sobre a mesa. *VOCÊ É UM CORDEIRO,* dizia, na escrita de maiúsculas de Jamie. Jamie estivera lá, e Lucy pedia aos céus que ela voltasse com seu batom e sua confiança para salvar Lucy do que quer que fosse essa bagunça. Imaginou o grosseiro executivo de Jamie chamando-a de cordeirinho. Mas Jamie não era um cordeiro. Lucy é que era um cordeiro. A patética ovelhinha que precisava de pastor. Ela era tanto uma ovelhinha quanto o garoto, cujos olhos estavam abaixados para o mármore da mesa.

A comida chegou nos braços de Maria José, a garçonete com que Engales sempre flertava, dizendo que era sua garçonete favorita, mas "psssiu, não conte às suas amigas atrás do balcão". Lucy se esforçou para sorrir para ela, cujos seios se esparramavam como presuntos para fora da camisa. Era o oposto de Lucy em todos os aspectos: exoticamente escura, voluptuosa, com o apelo sensual de alguém que fornecia comida.

— Lucy — Maria José disse docemente, mas com uma pontada de ressentimento, enquanto colocava um enorme prato de carne e ovos na frente do garotinho. — Quem nós temos aqui?

A mesa ficou em silêncio. Ela buscou Sofie para ajudá-la.

Maria José, parecendo ter alguma intuição linguística, fez a pergunta em espanhol, e Sofie respondeu rapidamente:

— Julian.

Não Jacob Rey. *Julian.*

Então Maria José e Sofie tiveram uma conversa inteira em espanhol, que Lucy não conseguiu entender. Maria José falava rápida e ternamente, e Sofie, mais lento e grosseiramente. Maria José com a mão nos quadris, e Sofie com as mãos pressionadas abertas na mesa. Em certo ponto, as sobrancelhas de Maria José se franziram com o que só podia ser preocupação, e ela fez um som de *tsc-tsc* com a língua. Enquanto conversavam, Lucy olhou para o menino. Estava olhando timidamente para o prato gigante de comida. Ela viu que a carne viera numa enorme fatia plana e que ele teria trabalho. Lucy se inclinou e começou a cortar a carne em pequenos bocados do tamanho de uma mordida. Mas o garoto puxou a manga da camisa de Sofie e apontou para uma vitrine no balcão cheia de doces e sonhos.

Maria José sorriu. Sofie pareceu culpada.

— Ele é formiguinha, descobrimos — ela disse em seu inglês desajeitado cheio de sotaque.

Lucy parou de cortar a carne. Viu que Devereux estava de olho e veio até a mesa com o prato de sonhos que tirou da vitrine.

— Escolha um, docinho — Devereux disse, inclinando-se sobre o garotinho. O garoto olhou para os olhos brilhantes de Devereux e o longo cabelo encaracolado falso. Olhou para Sofie buscando aprovação; ela assentiu. — Vá em frente — Devereux disse em sua voz mais doce. — Os sonhos do Binibon? São quentinhos e cobertos de açúcar, assim como sua tia Devereux. — Ela riu.

— Obrigada, Dev — Lucy agradeceu. — Por tudo.

— Tudo por uma amiga como você — Devereux respondeu, empinando as *hot pants* de volta a seu banco, segurando o prato de doces como uma garçonete de drinques, na ponta dos dedos, sobre o grande ombro.

Maria José, batendo levemente em Devereux, brincou:

— Está tentando tirar meu emprego aqui, srta. Devereux?

Elas riram, e Devereux respondeu:

— Amiga, com o tanto de café que eu bebo, você *sempre* vai ter um emprego.

O garoto estava ocupado, contando os sonhos em pedacinhos, colocando-os na língua, deixando-os lá por um momento antes de engolir. A carne ficou fria e dura, e Lucy pegou um pedaço com os dedos e piscou para o menino quando colocou na boca. Imediatamente se arrependeu de fazer isso, e olhou pela janela enquanto engolia.

Depois que comeram, Lucy não soube o que fazer com eles. Sabia que Engales não estaria em casa se voltassem, que provavelmente nunca estaria em casa, mas onde mais poderia ir? Queria se livrar da responsabilidade, descer a rua sozinha, entrar em qualquer loja, deixar a mulher escandinava que falava espanhol e seu menino se virarem sozinhos. Queria ir para a loja de discos com Engales como costumavam fazer, procurar nas cestas de dez centavos. Ou ficar sozinha com James no apartamento, deixando-o falar com seu jeito estranho sobre o gosto particular dela, seu cheiro, seu corpo singular. Mas em vez disso estava ali, com essa mulher e essa criança, parada do lado de fora do restaurante no frio, olhando para a rua.

— Não acho que Raul vai estar em casa — Lucy falou lentamente. — Ele disse que ficaria fora o dia todo. — Silenciosamente, ela rezou para que Sofie não tivesse planejado ficar na casa de Engales. Não havia cama extra, nem mesmo sofá. — Onde vocês estão hospedados? — ela se aventurou.

— Um hotel. No Centro da cidade.

Lucy assentiu, enfiou as mãos no bolso do casaco de lenhador muito fino. O garoto chutava uma pequena pedra em círculos.

— Sofie — ela disse lentamente. — O que está fazendo aqui? Onde está a mãe de Julian? Pode me dizer o que está acontecendo?

Os olhos de Sofie se afastaram de Lucy em direção à rua como se estivessem tentando escapar. Então, de repente, sentiu as grandes mãos de Sofie em seus ombros. Havia um tipo de força nervosa nelas, uma energia que podia ser lida como pânico. Sofie olhou direto em seu rosto e deixou os olhos azuis ficarem grandes e amplos.

— Sinto muito por fazer isso — disse, o belo rosto severo se tornando moldável, mudando para angústia ou arrependimento. Ela apertou a pequena mochila vermelha de Julian no peito de Lucy, junto com um envelope laranja. — É a única coisa que posso fazer. Por Franca.

Então Sofie partiu pela Segunda Avenida, caminhando rapidamente em seu sobretudo cinza, que Lucy via agora que era do tipo que mulheres cultas e ricas usavam: ombros claros, provavelmente cobertos de seda. Ela já havia se afastado um quarteirão antes de Lucy agarrar a mão do menino e puxá-lo atrás dela.

— Para onde está indo? — ela gritou, mas Sofie não se virou. Lucy começou a correr, puxando o menino. — Não pode ir embora assim! — Suas passadas em desespero; o garoto lutava para acompanhar. Sofie, poucos passos à frente, entrou na rua e esticou o braço para um táxi. — Não! — Lucy berrou, percebendo que soava como uma criança. — Para onde está indo?! Não!!

Sofie entrou no táxi amarelo e desapareceu na avenida.

Lucy gritou para o táxi:

— Não pode me deixar aqui com uma criança! Raul não está aqui! Eu tenho 22 anos! — Mas sua voz partiu, e o carro se foi, e ela havia dito errado, não tinha mais 22, e não importava mesmo porque o som dela gritando foi levado no vento como o som de vozes na noite do garoto desaparecido.

SER BONITA NÃO É SUFICIENTE

James foi para casa após a visita ao Sol Nascente sentindo cheiro de couve-de-bruxelas e uma casa brutalmente fria. Havia sido um dia bom, disse a si mesmo, enquanto tirava o cachecol, a jaqueta e o mocassim na entrada. Apesar do fato de que acabara de testemunhar uma cena bem deprimente de dez artistas chutados do lar improvisado por uma equipe de policiais cuzões, fora um dia dentro de uma série no qual as coisas começavam a parecer melhores. Raul Engales começava a confiar nele e, melhor ainda, em si mesmo. Não havia sido capaz de ver Lucy por uma semana, e parecia bom. Uma página estava sendo virada. Na página seguinte, estava a vida calma e colorida que deveria viver. O outono remexia na cidade com dedos ventosos e as coisas ficariam bem.

Marge estava de pé na frente do fogão aberto quando ele caminhou na cozinha segurando o vestido dela para que o ar quente entrasse. A luz ao redor era de um maravilhoso, comovente vermelho caloroso. O vermelho de Marge, de volta do túmulo, desde que ele encontrou Raul.

— O aquecedor quebrou de novo — disse para James, ainda de costas.

— De novo? — perguntou por trás dela, deslizando as mãos frias nas suas axilas. Gestos como esses — as mãos nas axilas, o beijo na bochecha — foram difíceis para James nas últimas semanas: expressões de intimidade que eram de fato um monte de pequenas mentiras. Mas se sentia melhor, como um fumante que passara uma semana sem cigarro: havia oficialmente largado o vício, e podia fazer isso, colocar as mãos frias nas axilas úmidas da esposa. Sim!

— Sinto cheiro de repolho — James disse.

— Faz bem pra nós — Marge disse. Então se virou, agarrou o rosto dele e o beijou.

De alguma forma, Marge estava mais feliz: outro grande sucesso. Desde que começara a visitar Raul Engales — apenas uma semana, mas parecia uma eternidade — tudo mudou. Ele começou a escrever novamente, em longos, inspiradas torrentes que entravam noite adentro, e por isso Marge parecia aliviada, se não encantada. Talvez suas expectativas tivessem baixado quando ela o vira chegar tão baixo — não parecia preocupada que ele não houvesse tentado *publicar* nada — ou talvez apenas estivesse cansada de ficar irritada.

— Gosto de ver você assim — ela dissera uma noite, descansando o queixo na porta do estúdio antes de ir para a cama.

— Gosto de ver *você* assim — ele havia dito de volta, reverenciando a boca de morango dela.

— Estou feliz que esteja de volta — disse, antes de subir novamente, os suaves passos familiares tão reconfortantes quanto chuva num telhado de zinco.

Ele estava feliz também. A escrita parecia boa, de uma forma totalmente nova: além de acender as cores (Engales, em carne e osso, era o azul Yves Klein mais rico), havia algo na essência de Raul Engales, a forma como existia no mundo, que alterara os sentimentos de James sobre escrever como um todo, seu propósito, sua função, sua *sensação*. Ali estava um homem que perdera sua habilidade de criar, o que havia anteriormente sido sua única razão de existir. Havia um homem que fora furtado da própria coisa que o definia. Se não por causa de Engales, James escrevia *para* ele. Não importava se fosse terrível — e a maior parte era, havia poucas frases de que gostava — apenas importava que ele *fazia*. Porque podia. Escrevia, bem, qualquer coisa que quisesse — suas visitas a Engales, sobre tentar se conectar com a mãe e o pai, sobre perder o bebê, sobre perder suas cores e encontrá-las novamente nos lugares mais estranhos. Havia escrito sobre Lucy, o que pareceu um tipo de libertação, tão purificador quanto uma confissão, amplificando a sensação de que havia feito o certo em não prosseguir com o caso, e havia escrito sobre Marge, como ainda a amava desesperadamente e não podia entender como se afastara tanto. Havia escrito mais de cem páginas em apenas uma semana e, da forma como as coisas estavam indo, sabia que tinha mais centenas por vir.

Sim. Era bom estar de volta. Mas também era aterrorizador. Porque no diagrama Venn de sua vida, entre círculos do amarelo de Lucy, do azul de Engales e o vermelho de Marge — as cores, mesmo quando não estava próximo de Raul, haviam retornado com força —, havia zonas sombreadas onde os círculos se sobrepunham, zonas sombreadas cheias de preocupações e mentiras.

AMARELO: ele não havia contado a Lucy que sabia onde Engales estava. Apesar de saber que ela estava desesperada e procurava por ele, e apesar de ter parado de vê-la, não podia suportar o pensamento dos dois juntos. Ele se prontificara a ligar e contar sobre a Sol Nascente, mas então a imaginou visitando Engales, seus lábios nos dele, a língua na orelha, e se deteve. E se ela contasse a Engales? E se desmoronasse e contasse que estiveram juntos? Iria destruir tudo o que construiu com o pintor, que nesse ponto era sua última chance.

AZUL: ele não havia contado a Engales sobre Lucy por motivos óbvios. Queria se aquecer nele, escrever sobre ele e beber sua cor, e se Engales soubesse sobre Lucy tudo isso iria terminar. Mas no meio-tempo, estava começando a *gostar* de Engales, se importar de uma forma que raramente se importava com alguém. Se essa mentira fosse revelada, não perderia apenas as cores, também perderia um amigo de verdade. Mas não podia parar. Continuava visitando-o todo dia na hora do almoço. Continuava escavando mais fundo. Continuava ficando mais rico de cores. Sugando-as de Engales como se fossem um elixir muito viciante.

VERMELHO: a pior e mais proeminente traição, é claro, foi mentir repetidamente para Marge. Não contara a ela sobre as visitas à Sol Nascente — tanto porque parecia perto demais do terreno de seu caso e porque Marge havia desenvolvido um sério desagrado até pelo nome de *Raul Engales* devido à pintura que simbolizava James fodendo com tudo. Em vez disso, criou um artista do nada de um nome que havia visto na campainha do apartamento de Lucy. *François Bellamy*. Ele estava escrevendo um artigo sobre François Bellamy. Era o que ele fazia no estúdio, tarde da noite. E Marge acreditou, por que não?

Resumindo, as mentiras estavam funcionando. E James tinha suas cores e as engolia também. Rezava para que as esferas continuassem a se afastar umas das outras, como continentes que iriam acabar muito distantes. Rezava para que tudo não explodisse na sua cara. Mas por enquanto as mentiras estavam funcionando e ele estava bem. Estava lá com a esposa vermelha em sua casa fria, as mãos enfiadas aconchegantemente nas axilas dela.

— Acho que vou ter de acabar fechando isso — Marge disse ao puxar a porta do forno. — Mas não *quero*.

— Vou manter você aquecida — James falou.

Ele a virou num abraço apertado. Enquanto fazia isso, viu um retrato maravilhoso em sua mente: de Marge no topo do monte Etna, na lua de mel na Sicília, uma bermuda cargo feia e um chapéu molenga, gritando para ele de um ponto mais alto na trilha. Percebera então que ela era fundamentalmente melhor do que ele. Era mais alta do que a montanha. Era real e maravilhosa e ele não a merecia. E olha só: estava certa.

— Vamos tomar vinho — Marge sugeriu, libertando-se do abraço e pegando uma garrafa do armário.

— Vamos.

— Daí vamos comer.

— Vamos.

— Daí vamos fazer um bebê — Marge disse em sua voz de bebê que usava para falar sobre sexo.

— Vamos — disse James, apesar de a ideia deixá-lo nervoso. Ele sabia que dizer que não tinha vontade de fazer sexo iria magoá-la ou significar algo que não deveria, e estiveram num terreno muito instável recentemente, tinha de obedecer ao relógio do bebê dela. Ele poderia arruinar a noite, até então tão prazerosa, então a deixou abrir seu cinto e descer o zíper, rezando por alguma interrupção cósmica que o salvasse de dormir com a própria esposa.

A interrupção cósmica veio, na forma do som profundo da campainha. O alívio tomou conta dele.

— Eu atendo! — disse, provavelmente rápido demais, abotoando a calça enquanto seguia para a porta.

— Quem pode ser? — Marge perguntou, a voz tomada de irritação.

— Quem sabe?! — James exclamou, e só então percebeu que *sabia*, porque vinda do vidro fosco havia uma nuvem de amarelo.

James se sentiu como um quadro de Richard Hambleton que havia visto em Bleecker Street alguns dias antes: uma sombra negra congelada em pleno pulo, atingida no peito com um respingo vermelho de sangue. *Como estava aqui? E como estava amarela?* Estava tão certo de que havia se livrado dela, tão orgulhoso de sua descoberta que podia ter as mesmas sensações — *melhores* sensações — simplesmente ao ver Raul Engales todo dia. Não precisava dela. Mas ela estava ali e estava brilhante e ele, paralisado. Não podia abrir a porta e deixar Lucy entrar, e não podia *não* abrir a porta e Marge perguntar quem era. Poderia mentir e dizer que era uma vendedora, mas vendedores de porta ainda existiam? E se conhecia Lucy, e começava a sentir que conhecia, sabia que ela não iria desistir; não se importava muito com o mundo fora dela mesma, e iria tocar a campainha novamente.

Sem saber o que fazer, abriu a porta rapidamente, deixou um sopro de ar frio na casa, a fechou atrás de si. Sangue nervoso pulsando por todas as veias. Lucy. Lucy com seu narizinho. Lucy, ali, mesmo que ele tivesse renunciado de vez a ela. Lucy, parada lá com um garotinho.

— O que está fazendo aqui? — James sussurrou.

— Sinto muito — Lucy disse. O rosto branco de medo e frio, e havia ranho saindo do nariz, reluzindo com as luzes da rua no lábio superior. — Mas você era a única... pessoa velha que eu conhecia.

— Pessoa velha? É isso que pensa de mim? Como encontrou minha casa? Estou jantando com minha *esposa*. Como me encontrou aqui?

— Tem uma coisa chamada lista telefônica. Você está nela.

— Isso não significa que possa vir aqui! No que está pensando?

— Não sei no que estou pensando! No que devo pensar? — Lucy falou alto demais, fazendo James se virar para espiar pelo vidro colorido. — Não tenho mais nenhum lugar para ir!

— E por que tem uma criança com você?!

Lucy estava tremendo, usando o tipo de casaco que não era apropriado para o auge do outono. Os lábios estavam estranhamente opalescentes ou era apenas a mente dele? Parte de James queria convidá-la para entrar, fazer café, abraçá-la. Mas no que estava pensando? Ela tinha de ir *embora*. Ele tinha de dizer para ir embora nesse minuto, antes de tudo ser arruinado. Estava colocando a vida de volta nos trilhos, tornando as coisas certas com Marge, prestes a ter oceanos entre seu continente de mentiras. E ali estava a mentira na entrada de casa, trazendo uma criança.

— Olhe, minha esposa está aqui dentro. Você precisa ir. — Ele olhou para o menino, cujos olhos estavam esbugalhados de medo, cujo cabelo estava fazendo aquilo que os cabelos dos meninos fazem, revirando como um redemoinho no topo da cabeça.

— Não é que eu *queira* estar aqui — Lucy retrucou. — Não estou pedindo para você trepar comigo. — James praticamente gritou *pssssiu!* — Só estou dizendo que não estou tentando acabar com seu casamento. Estou aqui porque não tenho mais ninguém a quem pedir. Não conheço *uma pessoa responsável* nesta *cidade inteira*. E essa moça... essa moça que eu nunca tinha visto! Ela me deixou com esse *menino...*

— Bem, quem é ele?

— *É o sobrinho de Raul Engales* — Lucy cochichou.

Ai, Jesus, James pensou, a cabeça pulsando de frio. Os olhos de Lucy se tornavam enormes poços de amarelo e azul; a própria visão dele estava ficando nublada.

— Uma moça aí o deixou — ela continuou. — Veio lá da Argentina... e não sei o que *fazer*. Não consigo encontrar Raul, não tenho ninguém, não sei como cuidar de uma criança... Não tenho nenhum lugar pra ir! Fui para a Jamie e ela estava com um cara no quarto! Fui para a ocupação e não tinha ninguém lá; o lugar todo foi evacuado, tudo se foi, até os papagaios! Não sabia o que fazer!

Lucy começou a praticamente hiperventilar enquanto soltava súplicas. Quando fez isso, o garotinho, como qualquer garotinho faria se seu responsável se mostrasse aterrorizado e, assim, indigno de confiança, começou a chorar, e a bagunça toda culminou numa tensão de lágrimas e respiração.

James desceu para a escada acima de Lucy. Colocou o braço ao redor dela e segurou o pequeno corpo frio. Sua juventude, toda vez que ele havia se encontrado com ela no apartamento, havia se adiantado numa confiança ousada e sexualidade predatória. Agora expunha medo, necessidade de atenção.

Sobrinho de Raul Engales. Vindo lá da Argentina.

Ele pensou no que Engales falara naquela manhã sobre a irmã, preocupado que ela não estivesse segura. Não poderia ser que a intuição de Engales estivesse certa, poderia? Mas então, ali estava esse menino, sem uma mãe em vista.

Ele tinha de ajudar, mas o que iria dizer a Marge? Por que mentira para ela, quando sabia que o único resultado seria ser desmascarado? Por que mentiras sempre geravam mais mentiras? Como a primeira mentira o transformara num *mentiroso*? Ele se sentiu apagando. Ele se instigou a apagar completamente. Lucy parada lá chorando, sem ir a lugar algum. O moleque chorando. Seu próprio corpo sumindo.

— Tudo bem — disse suavemente, ausente, se para si mesmo ou para Lucy, não sabia. — Vai ficar tudo bem.

Ele se abaixou para segurar os ombros do garoto, para fazer carinho em sua cabeça. Então ficou de pé e abraçou Lucy novamente. Ele percebeu ao abraçá-la que nunca fora alguém a quem outro alguém pedisse conforto. Agora sabia por quê. Ele desapareceu quando a abraçou. Ele não estava realmente lá. Surpreendeu-se que parecesse estar funcionando, que Lucy se apoiava nele, agarrando sua camisa. Que pudesse convencer alguém com um abraço que as coisas ficariam bem, mesmo quando não acreditava nisso. Especialmente não quando Marge abriu a porta atrás dele para encontrá-lo abraçado numa jovem loira que ela nunca vira antes.

— O que está acontecendo? — ela perguntou. Jogou o cabelo para trás, como de hábito. — Quem é essa?

James se virou para olhá-la, sabendo que seu rosto o estava traindo, como de costume.

— Vou explicar — James disse para ela. Então olhou para Lucy, cujo rosto ainda estava marcado de lágrimas. Ele sentiu, apesar de não querer, uma pontada de amor por ela, por seu cabelo tingido bagunçado, sua desesperança. — Hum, por que não entramos?

Lucy no sofá, Marge na poltrona, o garoto no colo de Lucy, o quadro de Lucy na cornija. O cérebro de James saltava de um desses terrores para o próximo. Havia arruinado tudo, fora longe demais; a mente estava inundada. O amarelo zumbia passando por ele e Marge como uma aquarela, e o laranja que se desprendeu da mistura era tão estonteante que achou que iria desmaiar. Como arrumar isso?

— Alguém quer me contar o que está havendo? — Marge falou para o resto deles. Ele era alguém. Ele era o alguém que deveria contar o que estava acontecendo. Mas ficou mudo.

Para seu horror e surpresa, Lucy se prontificou.

— Sou Lucy — disse, estendendo a mão de seu casaco xadrez, como a cabeça de uma tartaruga, em direção a Marge.

Pare de falar, James queria chiar. Mas sua voz ficou presa por trás de camadas de sensações que haviam coagulado numa parede de vidro ao redor dele.

Para seu horror e surpresa, Marge se adiantou:

— Sou Marge. Prazer em conhecê-la. Não preciso dizer que você parece familiar. — Marge assentiu a cabeça para trás em direção à pintura. Como ele se esquecera disso sobre sua própria esposa, que sua educação iria superar qualquer suspeita, apagar qualquer irritação, controlar qualquer curiosidade, e ela seria *educada pela mulher que, há uma semana, ele fodeu de pé, contra a parede do apartamento de Raul Engales?* Quase todo o pânico que vira em Lucy na escada evaporara, ela estava conversando com essa prazerosa esposa perfeita, e o rosto de Marge de repente ficou desprovido de irritação, maternal e receptivo.

Lucy sorriu de volta. *Lucy sorriu de volta!* O que estava acontecendo? O que era esse universo alternativo? Havia algum tipo de código entre as mulheres que ele não conhecia, onde o padrão era ser... *legal*? Por que isso estava acontecendo na sua sala? Na sua vida?

— E quem é esse? — Marge perguntou, apontando em direção ao garoto.

— Esse é Julian. É por isso que estou aqui. Eu o conheci hoje. E mal conheço seu marido, só o encontrei numa galeria uma vez, e ele me reconheceu do quadro, então conversamos, e eu não queria vir aqui assim, só não tinha para onde vir... Sou nova nesta cidade...

Não sei como cuidar de crianças, e essa moça, Sofie, deixou o Julian comigo, então vim aqui, porque, bem...

— Então você tá numa treta? — Marge assentiu de uma forma que uma professora assente para um aluno que não passou na prova: com pena e aviso, mas de forma mais profunda, um desejo de ajudar.

— Acho que pode se dizer isso.

James ainda estava se desenrolando, as costas pressionadas contra o sofá, as mãos agarrando as almofadas perto das coxas. De repente, ele se ouviu falar.

— Não, ela não está numa treta — disse prontamente. — Está pronta para ir embora agora, é o que ela está.

Marge olhou para James, seus olhos se estreitando. Ele conhecia esse olhar. Era o olhar que dava quando ele dizia algo indevido numa festa, quando era acidentalmente rude com um convidado, quando fracassava, como havia feito tantas vezes em seus anos juntos, em ser uma pessoa normal e um homem direito. Decidiu que não deveria mais falar a não ser que fosse absolutamente necessário. *Cale essa boca, James.*

— Vamos começar do começo — Marge virou-se para Lucy, ignorando James. — Você dizia que uma mulher deixou esse garoto com você.

— Sim. Seu nome era Sofie e ela era alta e loira e falava espanhol, mas disse que era dinamarquesa.

— E disse onde estava?

— Só disse que era no Centro da cidade, então provavelmente queria dizer Midtown, mas foi embora, do nada. Entrou num táxi e me deixou parada na rua com o menino, e não tenho ideia de como encontrá-la novamente.

— E ela era parente do menino?

— Vizinha... foi o que disse.

Marge ficou pensativa. James não conseguia suportar olhar para ela, tentando calmamente resolver o problema de Lucy. Mas era por isso que Marge era tão maravilhosa. Era por isso que a amava! Ela estava tão *no mundo real* que podia olhar para os problemas reais, dissecá-los e resolvê-los. Podia ser boa e graciosa enquanto isso. Ser paciente e perdoar.

Mas ela poderia perdoar isso? Se soubesse o que *isso* realmente era?

— O que vamos fazer — Marge concluiu — é ir ao Juizado de Menores. Vou procurar, e vou com você, podemos começar lá.

James sentiu o laranja na sala pressionar seus olhos. Era tão forte quanto um semáforo. Ele sabia o que precisava fazer. Fechou os olhos contra a luz. Apertou forte.

— Não — ele disse com uma careta dolorosa, balançando a cabeça. — Não pode ir ao Juizado de Menores. Ninguém vai ao Juizado de Menores.

— E por quê? — Marge disse, ainda calma, mas obviamente frustrada.

— Porque sei quem é responsável por esse menino, e se ele for para o Juizado pode nunca mais sair. Então não. Não podemos realmente levá-lo ao Juizado de Menores. Não.

— Quê? Do que está falando? O que quer dizer?

Os olhos de James ainda estavam fechados; não conseguia abri-los para revelar o que estava na frente dele. Marge, Lucy, o garoto, a pintura.

— Porque Raul Engales é responsável por ele. Tenho visitado Raul Engales numa clínica de reabilitação, onde está desde o acidente. Ele me contou sobre a irmã hoje. Hoje mesmo, ele estava preocupado com ela.

A sala ficou em silêncio por um segundo. Quando James abriu os olhos, viu Marge e Lucy o encarando: os olhos cinza de Marge, os olhos azuis de Lucy, ambos fixos em seu rosto. Ambas belas bocas abertas. Ambas as línguas.

— Você sabe onde ele está? — Lucy de repente ficou sem ar. — E não me contou?

— Desde quando você está visitando alguém numa clínica de reabilitação? — Marge questionou alto.

Lucy e Marge disseram essas coisas exatamente ao mesmo tempo, e suas vozes, uma sobre a outra, combinaram-se para formar uma hélice dupla de som de rugido nos ouvidos de James, não diferente de uma sirene. *Porra.*

— Espere — Marge disse, olhando para James, que não devolvia o olhar. — James, por que você teria contado a ela? — Ela virou-se para Lucy: — Por que ele teria te contado alguma coisa?

Lucy levantou o olhar, olhos congelados como lagos árticos. James podia ver arrependimento neles, mas não importava. Ele sabia o que precisava fazer. Fechou os olhos novamente, nadou lentamente no som.

— Eu poderia ter contado a ela quando a vi da última vez. Que foi terça passada. Sete de outubro. Eu a vi por quinze dias seguidos, e fizemos sexo 22 vezes. Tive um caso, Marge. Terminou agora; acabou, mas não é desculpa. Sou um homem terrível. E sinto muito. Sinto muito, muito.

O grito em seu cérebro parou. Havia apenas o zumbido estático do laranja das duas mulheres que ele amava sentadas na mesma sala. Havia apenas a voz de Marge, tensa como um balão, dizendo:

— Então esse é o François Bellamy. Seu mentiroso de merda.

James esperava que Marge o deixasse ali mesmo, se levantasse e marchasse para fora da porta e fosse direto para sua mãe, ou para sua amiga Delilah, ou qualquer lugar em que ele não estivesse. Mas deveria saber que ela não faria isso; não iria sair pelos mesmos motivos, porque James era um fodido de primeira em quem poderia oficialmente se recusar a confiar, e, sem ela, tudo desmoronaria.

O que Marge menos gostava era quando as coisas desmoronavam: massa de torta, quebra-cabeça terminado, vidas. Onde havia caos, até num grau moderado, ela agia. Fazia o que deveria ser feito, e não iria desistir simplesmente porque sentia raiva ou porque era difícil, ou uma bagunça. Era faxineira das bagunças, arrumava as coisas. Não poderia deixar James ali sozinho com uma criança, porque ele não saberia o que fazer. Então, ela ficaria. Ela teria de ser a cola.

Mas não antes de dizer a Lucy que tinha de sair, com um rápido e lacrimoso sermão sobre o que significava ter dignidade, especialmente como uma bela mulher. *Ser bonita não é suficiente*, James pensou ouvi-la dizer através do zumbido em suas orelhas, não podia ter certeza. *Beleza é para os outros. Você tem de ser algo para você.*

Mas quando Lucy chorou, em sua sala, na frente de sua esposa, James começou a ver que Marge não estava de fato brava com Lucy, e que Lucy não estava brava com Marge. Mesmo sendo mulheres completamente diferentes, mesmo que a única coisa em comum fosse terem dormido com James, o que deveria deixá-las com ciúmes, desconfiadas ou bravas uma com a outra, estavam no mesmo time. Eram mulheres que haviam sido prejudicadas, e ele era o homem que as havia prejudicado. Quando Marge disse a Lucy que ela precisava ir embora, e que deveria deixar Julian com eles, pelo menos de noite, a seriedade também foi gentil, como se já fora Lucy certa vez.

Quando Marge fora Lucy? James mal podia imaginar: Marge, como uma mulher bem jovem, iniciante para as dificuldades da vida, tropeçando nelas com sua maconha e seus desenhos. Ele sentia saudades dela. Sentia saudades de cada versão, apesar de tecnicamente todas ainda estarem dentro dela em algum lugar, e ela estava bem ali na casa com ele, bem a seu alcance.

E ainda assim ela estava muito longe. Lucy havia sumido e Marge estava muito longe.

Então Marge estava se movendo. Porque, se ficasse parada, mesmo que por um segundo, o desmoronamento iria começar. Estava fervendo uma panela com água para cozinhar macarrão. Carregou o menino para a mesa, colocando-o sobre uma grande almofada, pegando pedacinhos de comida para ele. Fez a cama no sofá — bem ao lado de James, e ainda tão longe de James! — com os cobertores mais macios que pôde encontrar, os que sua mãe trouxe de Connecticut que nunca foram usados, James preferindo as colchas esfarrapadas e pesadas em vez de os cobertores felpudos, frivolamente lanosos — puxando os cantos adoravelmente nas fendas, arrumando um travesseiro. O garoto precisava de algo? Queria ver televisão? Podia ver só um programa, no máximo. O garoto não respondeu, possivelmente sem entendê-la ou assustado demais para falar, mas ela seguiu fazendo perguntas, arrumando-o. Como podia estar fazendo tudo isso? James mesmo estava paralisado, as mãos presas nas laterais. Mas aí estava a diferença: ela era a cola e as mãos dele estavam grudadas nas laterais. Marge fazia as coisas. Ele ficava no lugar, meramente pensando sobre elas.

Antes de subir para a cama, Marge disse para James com os olhos: *Você fica aqui embaixo.* E: *Estou ficando pelo menino.*

No meio da noite, Julian fez xixi. James sentiu o líquido quente escorrer sobre sua perna. Deu um pulo, levando os punhos aos olhos com o instinto noturno. Ligou a luz para ver o cobertor molhado, os olhos molhados de Julian.

— Ah, não. Julian? O que aconteceu, moleque? Nós tivemos um acidente? — Era isso o que adultos diziam para crianças, certo? "Nós" e "acidente"?

James teve uma memória repentina distinta de ter quatro ou cinco anos e ter tanto medo de pedir ao pai para levá-lo ao banheiro durante a igreja que fez xixi na calça. O medo do pai era maior do que o do líquido quente na perna. Tinha aquela sensação de que estava preso num corpo que não era seu, precisando de coisas de que não queria precisar, então estava sozinho no mundo.

Era assim que Julian se sentia, olhando para ele com seus grandes olhos culpados cheios de medo? Havia simplesmente ficado com medo demais para acordar James e pedir para usar o banheiro? Ou isso era algo que crianças pequenas faziam, algo normal? Fosse o que fosse, James desesperadamente queria que ele se sentisse bem. Mas como alguém fazia uma criança se sentir bem? Especialmente se a criança não podia compreendê-lo?

— Não se preocupe, moleque — disse. Puxou Julian pelas axilas. Caminhou para o banheiro, ligou as luzes com o cotovelo, colocou-o no azulejo e abaixou a calça dele. — Uma perna para fora — ele disse, tentando dizer algo que soasse como o que Marge diria. — Pronto, duas pernas para fora. — A calça era cáqui em miniatura, metade escurecida pela urina. James colocou numa pilha no canto, junto com a cueca de Julian, que tinha sapos verdes. — Tudo bem, levante os braços — James pediu. Os braços de Julian se levantaram. Ele tirou a camisetinha listrada. Os bracinhos estavam frios e magros, e James não sabia exatamente como mexer neles.

Deveria ir até Marge? Sem chance. Isso não era difícil. E ele não podia pedir nada a ela, não naquele momento.

— Melhor ligarmos essa água — disse, como se narrar cada movimento fosse de alguma forma tornar o garoto mais aberto a isso. — Vamos deixar na temperatura perfeita. Não quente demais, tá?

O rosto de Julian parecia que iria se partir em lágrimas a qualquer momento, mas ele segurou os lábios firmes e o rosto fechado enquanto assentia. Estava tremendo, e James percebeu simultaneamente quão pequeno e vulnerável era, e o quanto parecia com Raul.

Quando a água ficou quente o suficiente, James tapou o ralo e levantou Julian para o banho. Sentia-se nervoso e desconfortável, como alguém no primeiro dia de um emprego, tentando passar pelos movimentos que nunca havia passado antes com algum tipo de graça ou conhecimento que nunca teve. Imaginou Marge observando-o, como uma patroa, avaliando cada movimento.

— Aqui vamos nós — disse. Esfregou o corpo de Julian. Disse para fechar os olhos quando pôs xampu. Ele lembrou o quanto ardia ter sabão nos olhos. Ele se lembrou de estar na casa de um amigo quando era pequeno e, ao tomar banho, a mãe do amigo dizer a ele para fechar os olhos. Ele nunca disse a alguém para fechar os olhos. Sua mãe nunca dissera isso a ele. Ele simplesmente deixava os olhos arderem, então os esfregava com os punhos. Lavou gentilmente o penacho macio do cabelo escuro de Julian com o xampu lavanda de Marge.

James sempre se perguntou, especialmente quando Marge estava grávida, se seria capaz de confortar uma criança da forma que sempre quis ser confortado. Ele se perguntou sobre sua capacidade de abnegação e sobre a sensação de seu próprio toque. Seria capaz de tocar alguém pequeno com cuidado e leveza? De beijar a cabeça de uma criança? De conjurar essas ações do nada, por não tê-las recebido de seus próprios pais? Seria capaz de desenvolver a linguagem de amor a uma criança? Era algo que se podia aprender?

James puxou o tampo da banheira que esfriava, puxou Julian pelas axilas, envolveu-o numa toalha que Marge acabara de lavar. Na porta entre o quarto e a cama, na pequena fenda de luz pelo vidro fosco na porta, a cabeça de Julian se inclinou no pequeno espaço entre ombro e pescoço, o espaço onde a cabeça de Marge sempre ia quando se deitavam na cama. O lugar era como um portal para o afeto, um caminho para a intimidade. Era o espaço no corpo que melhor mantinha a cabeça de outro ser humano. Ele e Marge até falaram sobre isso: "adoro colocar a cabeça no seu cangote", ela disse quando eram mais novos. Quando pararam de dizer isso? Iria alguma vez dizer de novo? James puxou os lençóis molhados do sofá, o cobriu com uma toalha nova e deitaram-se de volta, desta vez com a cabeça de Julian descansando na coxa de James. Estavam quentes do vapor do banho, e o garoto dormiu quase instantaneamente. Os olhos de James, em contraste, permaneciam abertos, presos a pinturas cujas cores haviam despedaçado sua vida.

Marge acordou às seis e meia em ponto, como sempre. Os olhos de James, que finalmente fechavam numa hora profana da manhã, abriram-se quando ouviu os pés na escada. Olhou para ela. Sopros de uma bela franja marrom. Ele não havia notado antes essa franja?

Havia ficado tão cego por Lucy que não notara que o cabelo de sua mulher havia mudado?

Ergueu a cabeça de Julian de sua perna e se levantou para encontrar Marge na cozinha. Ela o ignorou, seguiu com a tarefa agressiva de fazer o café da manhã, fazendo uma marmita para o almoço, montando um pote cheio de coisas para Julian comer. James observou o cuidado dela com atenção. Deveria dizer algo? Deveria ir até ela?

— Ele dormiu? — Marge perguntou, de costas para ele.

— Sim.

Ela abriu o armário, fechou novamente.

— Você dormiu? — ela perguntou.

— Não muito.

— Bom.

— Ele foi ao banheiro — James disse, sentindo uma onda de vergonha passar.

— O que quer dizer? — Marge estava cortando o plástico de um pacote de salsichas; a faca parou como uma barra invertida no ar.

— Quero dizer, fez xixi. Na calça. Coloquei uma toalha no sofá.

De repente, Marge soltou uma risada. Quase assustou James, tão inesperado. O riso se tornou um uivo gutural. O rosto caiu para trás com a risada crescendo em volume e tamanho, uma genuína gargalhada profunda e sincera.

— Que foi? — James disse defensivamente. Mas viu que não iria parar a risada dela, que ela iria continuar até a barriga doer, e assim era que ele a amava mais, quando estava rindo até a barriga doer, dizendo, *pare de me fazer rir, sério, pare de me fazer rir!* Era contagioso, e James começou a sentir também o teor hilário da situação, da vida, de colocar toalhas em sofás.

Ele queria se certificar de que Marge continuaria rindo, que continuariam rindo juntos, mas quando achou que poderia dizer algo mais engraçado, viu que Marge estava caindo sobre a pia, e que a risada não era mais risada. Ela fora direto de rir para chorar, e o corpo estava soluçando, as mãos cobrindo o rosto.

James foi até ela e colocou as mãos nas suas costas. Ele desejava que fossem as mãos que Marge costumava conhecer e amar, *mãos que poderiam curá-la,* ela costumava dizer, mas ela o sacudiu, mandando-o embora.

— Por que fez isso, James?

Ele apenas olhou para ela, balançou a cabeça. Estava levemente ciente de que sua boca estava aberta, os lábios remexendo-se.

— Não — ela continuou. — Já sei por quê. Sei bem como isso rola. A mulher fica mais velha, mais feia, fica grávida e perde o bebê, ainda tem as marcas de estrias disso, e meu cabelo está ficando *ralo*, James! Meus seios estão murchos! E sou uma *velha chata*! Ah, porra!

James ainda balançava a cabeça, com mais força.

— Não, Marge. Não é isso. Não é nada disso. Nada mesmo.

Ela levantou a cabeça para ele, olhos cinza úmidos, intensos e brilhantes como bolinhas de gude.

— Por que você tem de ser o gênio? — ela perguntou.

— Quê? — ele questionou, incrédulo.

— Você pode viver em outro planeta de gênio. Pode operar nesse planeta completamente diferente. Enquanto estou presa neste aqui, com essa porra de... salsicha! Nessa porra de plástico! — Ela balançou a bandeja de isopor que segurava; respingou um pouco.

James tentou tocá-la novamente, mas novamente ela o rejeitou, puxando o ombro para longe.

— Estou bem aqui com você — James tentou dizer. — Estou. Estou aqui. Assim, e sempre, lembra?

— Não está aqui há anos. Mesmo antes disso. Antes dessa... menina. Você olhava para arte enquanto eu trabalhava numa baia. O lugar onde eu trabalho? Onde estou prestes a ir agora para ganhar a grana e pagar o aluguel? Tem paredes de espuma. Sabia? Sabia que o lugar onde trabalho tem paredes de espuma? E uso coisas chamadas de post-its? E tem carpete? Não, porque você nunca esteve lá. Nunca teve de ir lá. E estou feliz e estou bem e continuo indo todos os dias porque é assim que é, James. É assim que resolvemos. Você escreve quando a inspiração vem. Você trepa com uma menina quando a inspiração vem. E eu volto às paredes de espuma e engulo.

Começou a chorar com força, o nariz escorrendo e as costas do punho esfregando o ranho.

— Sabe o que é a paulada de verdade? — ela perguntou, com a faca balançando na mão. — Eu desisti de todas as coisas que você amava em mim para nos manter juntos: minha arte, meu senso de aventura, tudo isso. Achei que poderia cuidar de tudo, que poderia salvá-lo, poderia nos salvar. E aonde isso me levou? Fez com que você não me amasse mais.

— Nunca pedi para você desistir de nada, Marge, você não me perdeu, estou bem aqui...

— Mas pediu! Pediu, sim. Pediu com cada pintura que comprou. Com cada conta que não pagou. Você me deixou sem escolha, James. Não havia espaço para nós dois seguirmos nossos próprios desejos.

— Marge, não. Eu ainda te amo. Nunca parei e não vou parar. Você é a melhor pessoa que eu conheço. — Começou a chorar também. Queria abraçá-la tão forte que toda a tristeza sairia dele, mas sabia que ela não deixaria.

Então, como era tão boa em fazer, se recompôs com passes rápidos. Tirou o cabelo do elástico e o prendeu novamente. Respirou fundo. Puxou o suéter para baixo e apontou para a sala com a faca.

— O menino está sozinho — disse secamente.

— Eu sei — James disse.

— Não podemos ficar com ele aqui.

— Precisamos.

— Quando você teve tanta certeza assim? — Marge perguntou balançando a cabeça.

— Apenas até Engales sair.

— Você nunca esteve certo de nada na sua vida toda — Marge disse entredentes. E com um repente desesperado, ela se virou para longe, em direção às salsichas. Ela cortou a pele que as mantinha juntas e elas caíram chiando na frigideira.

PARTE CINCO

QUE SE FODA O PÔR DO SOL

Lupa Consuelo sai da Sol Nascente pouco antes de o sol se pôr. Não olha para trás; não deveria. Cruza a rua, faz o sinal da cruz. Pensa em tia Consuela e baby Consuelo e mama Consuelo: todas as pessoas que moldam sua vida fora daquele lugar, as pessoas — as *mulheres* — que fazem da vida dela uma coisa viva e que respira e que significa tudo. Está a caminho de comprar ingredientes para sopa, então vai à lavanderia para pegar baby C da tia C e volta para cozinhar para todos. É um dos pequenos presentes de Deus, pensa, que esta noite seja sua noite de fazer sopa, algo para manter o foco. Algo fora da Sol Nascente. Presente de Deus, ou o pedido abençoado de mama Consuelo.

Lupa se sente mal com isso, sente; se sente mal por todos que deixou para trás, todas as almas tristes que aterrissaram naquele lugar — Deus as ajude —, um lugar em que nunca mais teria de pôr os pés, mas onde os pacientes teriam de ficar, em beliches, que sabe que são duras como rochas. E apesar de ser a última gota para ela — ou como chamavam, seu calcanhar de aquiles? —, se sentia especialmente mal pelo que aconteceu com Raul Engales.

Claro, ela pôde prever. Com aquele Bennett espertinho demais e aquela pobre alma aleijada, Raul, que não queria nenhuma visita. Ela não devia ter permitido, quanto mais encorajado. Essas eram as coisas que ensinam a prestar atenção, deter antes que comece. Mas o que era isso que diziam? Retrospecto de visão perfeita? Sim. Retrospecto perfeito. Como poderia ter sido detida antes? Mesmo se estivesse de plantão como deveria, em vez de fugindo para um cigarro na escada, onde sempre escapava para fumar, três vezes ao dia, no máximo, como poderia ter previsto o incidente? O incidente que fez com que sua supervisora Mary Spinoza fizesse o que fazia de melhor: despedisse empregados dedicados da Sol Nascente — já havia chutado quatro desde que começara como gerente em janeiro — como uma metralhadora. BAM! Do nada Lupa não tinha mais emprego. BAM! Baby C não tinha um novo uniforme escolar. BAM! Raul Engales ficaria preso lá por mais um mês, transferido para o Piso dos Potencialmente Violentos, onde Lupa sabia que um dos pacientes matou outro com uma caneta esferográfica, lá em 1978. Se alguém tivesse escutado, Lupa poderia ter contado que Raul Engales estava limpo como uma barra de sabão, tão violento quanto um beija-flor, e que era culpa de James Bennett — gostara de James Bennett, *gostara*, mas pela informação que recebeu de Darcy Phillips depois, sabia que era *culpa de James*: havia usado o terno errado no dia errado e mexido com o homem errado.

Às vezes, você usa o terno errado no dia errado. Às vezes, você fuma o cigarro na escadaria no dia errado. Às vezes é o destino, e o que aconteceu aconteceu, e Deus olha para você e sorri e diz: Lupa C? Você vai ficar tão bem quanto um dia de Sol.

Lupa desobedece a si mesma no último segundo, olha de volta para a janela mais ao leste no terceiro andar. Pensa que vê a sombra aleijada de Engales, mas não pode ter certeza. Aprendeu a gostar de Raul. Gostava da malvadeza misturada à vulnerabilidade. Queria ajudá-lo. Sente uma pontada de culpa por não ter sido capaz. Mas também se sente livre, mais livre do que se lembra de ter se sentido por um longo tempo. Tira um cigarro, faz o sinal da cruz novamente. *Perdoe-me, Deus, eu não deveria fumar. Obrigada, Deus, por me salvar daquele lugar cheio de almas perdidas. Obrigado pela sopa e por tia Consuelo e baby Consuelo e mama Consuelo. Obrigada, James Bennett, por usar aquele terno branco que Deus me livre — Deus me perdoe.*

Marge deixa o trabalho quinze minutos mais cedo, pouco antes de o Sol se pôr, apesar de saber que Evan Aarons, o chefe que tentou colocar a mão dentro da camisa dela num coquetel da tarde de Natal no ano anterior, a quem ela estava ao mesmo tempo paparicando e evitando desde então, não gosta quando ela sai mais cedo. Ela se sente culpada. Sempre se sente culpada. Mas Evan Aarons — não deveria ser Aaron Evans, afinal? — que se foda. Evan Aarons pode enfiar aqueles quinze minutos no cu. Evan Aarons pode demiti-la, se quiser. Na verdade, Evan Aarons, por favor, faça. Ela tem merdas mais importantes com que se preocupar naquele momento.

Está ansiosa para chegar em casa e ver o que aconteceu re: Julian (*re:* uma palavra do escritório que significa memorando, que ela embaraçosamente começou a usar em conversas), se ele teve um bom dia com Delilah, a amiga de Marge a quem ela pediu que cuidasse dele no primeiro dia de volta ao trabalho; tirou a semana anterior de folga para ficar com Julian. Estava ansiosa para voltar para ele e para ter tudo na sua lista mental verificado: Gristedes para o jantar — o que quer que pareça bom — além de pasta de dentes de criança para Julian porque ele se recusava a escovar o dente com a deles, além de papel higiênico, anticoncepcional, porque não tem como ficar grávida este mês, além de vinho, porque ela precisa essa noite e esteve precisando a semana toda: a garrafa na lateral da cama onde ela tem dormido sozinha; e a quem ela está enganando, ela não tem escovado os próprios dentes também.

Caminha apressada e com um propósito. O tempo mudou, tornou-se oficialmente outono e ela está com meia-calça o que odeia. Afundam nas partes do corpo de que não quer lembrar. Estava usando meia-calça de grávida, com elástico extra na cintura, no último Ano-Novo. Ela evitava pensar no Ano-Novo a todo custo. E então pensa, por causa da meia-calça. *Que se fodam.* Consegue evitar os pensamentos que geralmente seguem: como a vida dela seria se não fosse pelo Ano-Novo etc. etc. Ela se permite uma felicidade específica: *já teria perdido todo o peso do bebê.*

No Gristedes, Marge é sugada no vácuo de frio e luzes. Tudo está claro, areado, em ordem. Pacotes coloridos correm como arco-íris na prateleira. Tudo em seu lugar. Ela adora mercados e farmácias. Há muito potencial em cada gôndola. Tudo pode preenchê-la, torná-la mais bonita, arrumar algo. Cada produto que compra pode definir você de alguma forma. Compra o pote mais caro de beterraba em conserva? Compra.

Ela sai, estressada com o novo peso das responsabilidades e o conhecimento de que já são 6h17 e ela deveria estar em casa às seis e meia, e vai conseguir? E o que importa se não conseguir? James vai ter voltado para casa e dito a Delilah para ir embora. Ela percebe que é para isso sua correria. Não confia em James para ficar sozinho com a criança. Inevitavelmente haverá um desastre em escala James se ela deixar isso acontecer, o que vai requerer reparos em escala Marge. Corra, Marge. Há vento vindo da avenida, mas você pode abrir caminho.

Na Bank, um homem num apartamento de cima pratica para uma apresentação musical. *Você me faz sentir tão jovem!* Ele canta. "É provavelmente algum substituto de substituto da Broadway", Marge pensa com desprezo. *Sinos serão tocados!* O som a faz pensar em James quando James era James, nela quando era ela mesma. Pensa na luz dourada do apartamento na Columbia, nos dois na mesa da cozinha, trabalhando com seus projetos um em frente ao outro. Pensa no cheiro que tinha a cola que usavam: metálico e empolgante, como trabalho e brincadeira ao mesmo tempo. Sente saudades de si mesma.

Na Bethune, sob as árvores, Marge se pergunta por que sente uma pontada de empolgação, em algum lugar no fundo, algum lugar não pronunciado. Não é a cantoria, que é ruim. Não são as memórias, que doem mais do que inspiram. É a luz. É o momento favorito do dia, sempre foi. Os minutos levando ao jantar, quando o trabalho termina, quando carrega uma garrafa de vinho tinto na sacola. Assim como na farmácia, o jantar é uma promessa. É algo firme e tangível, conhecível e belo. E há um garoto esperando que o alimente, e um homem. E ela não deixa que o fato de que o homem é um que a traiu e o garoto é um que vai ser tirado dela a qualquer minuto a perturbe. O sentimento é baixo o suficiente em seu corpo para que nenhuma lógica se aplique.

Ela está quase em casa — na Jane, bem na frente da lavanderia onde a sra. Consuelo havia traduzido e lido para ela a carta que encontrou na mochila de Julian e disse, tão triste, *em caso de desaparecimento...* — quando uma mulher dá diretamente com ela. Compras batem e rolam por todo o chão, folhas de cenouras se espalham como o cabelo de uma mulher morta. A mulher pede desculpas sem fôlego. Marge murmura que está tudo bem e se abaixa para refazer os sacos. O frasco caro de beterrabas se quebrou e está sangrando na calçada.

— Mil desculpas. Mil desculpas — diz a mulher. — Deixe-me. Deixe-me. Deixe-me.

Elas se erguem ao mesmo tempo, encontram os olhos uma da outra. A mulher é um pouco mais velha do que ela — *ela mesma é velha o suficiente para se dizer de meia-idade?*, ela se pergunta. Não, não realmente, ainda não, ela não é tão velha quanto essa mulher, *ufa*. A mulher tem uma juba vermelha. Usa um vestido fluido com uma estampa bizarra: sem meia-calça. Em vez disso, botas de caubói excêntricas e um tipo de sobretudo com muitos, *muitos* bolsos.

— Eu conheço você? — a mulher pergunta, avaliando-a.

Marge abaixa o olhar rapidamente, como se para verificar se alguma de suas compras foi roubada na bagunça. Sente o rosto corar, re: essa mulher.

— Não. Acho que não. Com licença.

Mas o rosto da mulher a deixou arrepiada.

Ela abre espaço passando pela mulher em direção à sua casinha, a casinha onde passou a maior parte do que poderia chamar de vida adulta. A casa onde certa vez esteve grávida. A casa onde James havia contado que tinha sido infiel a ela e onde havia chorado e dito que nunca perdoaria. A casa onde lhe perdoaria. A casa onde prepararia essas compras num jantar e onde iria fazer o menino escovar os dentes com a nova pasta e onde o colocaria na cama e beijaria sua testa. O que ela não tem tempo é para essa mulher que a derrubou duas vezes, fazendo-a perder o bebê e as beterrabas. O que não tem tempo é para o rosto inchado, detonado, de seu marido quando ele abre a porta e faz a expressão menos favorita dela, aquela que parece *ops*.

Arlene, Arlene, Arlene! Recomponha-se. Aquela mulher está bem, Raul está bem, você está bem. Não fez nada de errado. Nem antes, nem agora. Não naquele dia no estúdio, quando colocou a mão cortada numa grande lata de terebintina. Não quando puxou a mão para fora novamente, com medo de tê-la arruinada, envolveu num trapo e a colocou na bolsa. Eles não podiam tê-la reatado de todo modo, até o médico disse; todos os tendões foram fatiados além do reparo. Fatiados! Terebintina não se fatia. Terebintina *escurecia,* aparentemente. A mão que você apresentou ao doutor era *preta*. Jesus Cristo, Arlene. Sério?

Sério. Havia definitivamente sido dela, a mulher do Ano-Novo. Ela estava usando borgonha naquela noite. Você lembra porque sempre se lembra de borgonha; é a única cor que é exatamente tão feia quanto bonita.

Naquela noite: havia encontrado alguém chamado Claude e deixado a espanholidade dele pegá-la. Claude havia feito seus ombros ficarem molinhos com o sotaque, que era a coisa que significava, gostasse ou não, que dormiria com ele. Tenham seus ombros ficado molinhos de propósito, e tenha o desdém de Raul Engales com você mais cedo naquela noite algo a ver com isso, era sujeito a discussão. Jesus Cristo puta merda diabos. Raul era um bebê! Claude era um homem maduro, como você. Onde você pertence! Com alguém velho e estrangeiro como Claude. Claude deu a você algum tipo de cigarro enrolado, certamente batizado com algo; quem se importava, que diabos? Você ficou tonta e se tornou ignorante pra caralho. Gritou *1980, cuzões!* E por razões que não pode lembrar, comeu uvas.

Então viu Raul Engales através da porta de vidro, encontrando o caminho até uma sala com Winona George. Aquela puta! Ela era tão velha quanto você! O que Raul estava fazendo numa sala sozinha com a puta da Winona?! Você oscilou um pouco, tentando ter uma visão melhor: iam se beijar? Ele iria apertá-la contra uma das paredes azuis? Você oscilou e então oscilou demais e *caiu*. A queda foi amortecida por uma grata bola de carne. Aquela mulher que acabou de ver na rua. Havia sido ela, a carne dela. A barriga macia dela na qual aterrissou com toda força. O vestido borgonha em que derrubou champanhe, criando continentes molhados no mundo do vestido justo. O marido nada atraente havia dito, para seu terror, *é só que ela está... grávida*.

Na manhã seguinte, na cama com Claude, que de repente odiou, você lembrou a semana toda em detalhes abstratos, mas viscerais. O estômago dela cedendo. O pequeno grito. Pensou que podia ter machucado o bebê. Você se preocupou com isso por meses. Perdeu sono. Foi para a *terapia por causa dessa mulher*. E acabou de vê-la na rua e o que fez? Assassinou as beterrabas. Matou as beterrabas dela. A derrubou e foi junto com ela: as duas agarrando desajeitadas latas e caixas de cereal e de absorventes. Ainda não sabia. Como poderia? Se havia ferido o bebê daquela mulher, como havia temido tanto? Enegrecido sua vida como havia enegrecido a mão de Engales? Ah, porra, Arlene, você fodeu com tantas coisas na vida que até assusta.

Seu terapeuta diria, definitivamente: *não*. Mas seu terapeuta é um cuzão com uma barbicha, e é sua única chance. Para parar de se perguntar para sempre. Para se virar. Para se virar e seguir a mulher do Ano-Novo, ver quais degraus ela sobe. Bater na porta, agir calma, fria, composta, apenas uma senhora normal num casaco cargo normal e com botas normais de caubói. Para se deixar sentir o profundo alívio pungente quando vir o garotinho. Já tinham um filho: então não importa, você não arruinou a única chance deles. Eles têm um garotinho saudável com um belo cabelo, sapatos bonitinhos e olhos — puta merda — que parecem exatamente com os do Raul.

Engales havia sido transferido para um andar em que as paredes não eram rosa, mas de um triste azul clínico. Não há copos laranja e não há Darcy e não há Lupa. Engales odiava Lupa, era uma puta das antigas, como Darcy havia colocado tão eloquentemente, mas, sem ela, Engales se pegou querendo-a. Ele ouvira Spinoza explodindo com ela. Ouviu a palavra em espanhol para *demitida*. Sabia que era culpa dele. Mas, entre tantos arrependimentos, Lupa é apenas um.

De seu novo quarto ele pode ver diretamente dentro da ocupação abandonada, dentro do corredor escuro para a sala onde aprontou pela primeira vez com Lucy; o quarto ao lado, onde havia ajudado Selma a misturar argamassa; a ducha improvisada feita de torneira e mangueira, onde Mans e Hans trabalhavam pirotecnias, com fácil acesso à única fonte de água. Ele se lembra de uma das primeiras noites na ocupação com Arlene, quando uma morena apareceu num collant preto e começou a dançar entre o povo. As pessoas abriram espaço para ela, vendo o corpo gracioso se torcer, acenar e se dobrar. Havia um pedaço de carvão em cada uma das mãos e começou a fazer superfícies com os gestos: enormes acenos dos braços, amplos, buscando braçadas.

— É a Trisha — Arlene disse, mas Engales não havia se importado muito com o nome.

O que interessava era a forma como preenchia e usava o espaço, como se fosse tudo para ela. O que interessava eram as linhas que fazia: arcos como Luas quase cheias, gestos como degraus de escadas. No final da apresentação, Trisha saiu por uma das janelas e para a rua, desaparecendo tão rapidamente quanto havia chegado. Atrás dela as faixas de carvão com seus movimentos. Havia partido, mas também ainda estava lá.

Agora as lonas azuis e janelas Plexiglas que Tehching havia instalado se foram, e as feridas das janelas são poços negros de nada, onde as tripas e a alma da arte do lugar foram extraídas por gente que não sabe o que são as tripas e a alma da arte. Engales se pergunta se as marcas de Trisha ainda estão nas paredes e no chão, apesar de duvidar. Ele imagina o borrão triste de carvão, a forma como desaparece se não lacrar com aquele spray tóxico. Na frente do prédio, do outro lado da rua, um bêbado interpreta uma transa vulgar brincando com um hidrante. O punho esquerdo de Engales pulsa como uma luz piscante com uma terrível dor compreensível.

O resto da dor que sente não é compreensível. A ocupação vazia. O que Lucy fez. Aquelas coisas que James Bennett disse. O que ele havia feito com o rosto de James Bennett.

Ele não havia acreditado em James inicialmente, quando veio semana passada, gaguejando um blá-blá-blá sobre "algumas coisas que você precisa saber". Havia deixado os fatos que James apresentou atingirem como pequenos projéteis de uma realidade impossível, sendo jogados bem na sua cara. *Sua irmã. Filho. Seguro. Sofie.* Impossível. Franca não tinha um filho. Balançou a cabeça. Mas bem no fundo sabia. Sabia que era a grande novidade de Franca que estava sendo entregue por James Bennett porque ele havia tido orgulho demais para descobrir sozinho. Mas como? Ele se lembrava de pensar naquele curto espaço de tempo antes de apagar James Bennett. Como James Bennett recebeu a grande novidade de Franca?

Foi quando viu, colocado sobre a cadeira plástica onde James Bennett se sentava, o paletó branco.

A imagem que fora queimada em sua mente naquela noite ressurgiu: o retângulo branco de terno com a mancha preta atrás da jaqueta, como um pequeno buraco, como se acompanhasse Lucy pela avenida escurecida. Podia ver a cabeça paqueradora de Lucy oscilar, sentia as sombras que haviam espreitado e a pressão do concreto frio. Podia sentir a raiva quente que sentira naquela noite, a raiva que o terno havia trazido, penetrando nele.

Não podia ser ele.

Não podia ser aquele *James*, a única pessoa com quem havia se permitido conversar ou confiar desde o acidente, havia sido aquele que levou Lucy para casa naquela noite, que viu desaparecer em seu próprio prédio. Não podia ser James — careca, feio, irritante, *James*

— que estava tendo um caso com Lucy. A quem Lucy havia recorrido quando a grande novidade de Franca — um *filho*; Franca tinha um *filho* — havia aparecido no apartamento cujo endereço Franca teria mantido e salvado em seu livrinho preto daquele cartão-postal solitário de tanto tempo. Não. Era longe demais. Mas os olhos de Engales estavam fixos no paletó.

— Passe isso para mim — Engales disse de repente.
— Passe o que para você?
— Aquele paletó.
— O que quer com meu paletó?
— Me passa a porra do paletó.

Quando Engales estava encontrando a mancha preta atrás do paletó, a mancha preta que iria revelar James Bennett como um infiel canalha sem coração, algo caiu do bolso do paletó que iria vencer a mancha. Era uma caixa de fósforos: pequena, branca, com uma pequena faixa vermelha de *acenda aqui*. Engales levantou o olhar para James, cujo rosto havia ficado repentinamente branco e esticado como uma tela. Engales pegou a caixinha do chão, abriu a dobra com o polegar da mão esquerda. O interior da caixa dizia: *ISSO É PROFANO*.

Ah, sim, James. É sim.

Engales caiu sobre James mais rápido do que uma única batida de coração. A mão boa havia afundado no rosto de James Bennett. Novamente: o rosto de James Bennet como o rosto de Pascal Morales. Novamente: o rosto de James Bennett como o rosto de seu pai irresponsável, morto no impacto contra uma árvore na estrada. Novamente: o rosto de James Bennett como o merdinha que fez o que quer que seja com Franca. Quando Lupa finalmente interveio, Engales a empurrou de lado. Novamente. James Bennett bateu numa ruína sangrenta, que implorava *sinto muito*. De novo. De novo de novo de novo.

Depois que terminou, Mary Spinoza conduziu Engales para uma sala onde não poderia fazer mal aos outros, onde visitas não eram aceitas e as paredes eram azuis. Seus direitos foram lidos — não que parecessem direitos — e sua sentença entregue. Por esse incidente: outro mês em outro quarto.

Ele está nesse quarto uma semana inteira depois, ainda queimando de raiva, e o sol se põe, tornando marrons as paredes azuis. Ele se joga numa cadeira dura, vendo uma mulher numa janela do terceiro andar do outro lado da rua caminhar casualmente pelo apartamento, pelada. Seus pés batem secos na frente dela. O corpo é magro e pouco notável. Seu triângulo de pelos púbicos a marcam como um alvo. Ela olha janela afora, como se para verificar quem está olhando de volta. Não vê Engales, coberto pela sombra. Não vê ninguém, e seu pequeno show ficou sem testemunhas. Ela faz um biquinho na direção da noite, abaixa uma persiana, desaparece. Engales se esquece dela imediatamente. Sua mente está do outro lado da cidade, com um garoto que nunca encontrou. Suas mãos estão na carta da irmã, que James Bennett pressionou fracamente sobre o peito de Engales antes de ser arrastado, coberto no sangue de seu próprio nariz.

Raul,

Sabia que naquele longo tempo que você e eu fomos irmãos eu nunca te pedi nada? Sei o que está pensando: minha irmã só fala merda. Mas é verdade. Eu fiz questão disso. Nunca te pedi nada para mim. Em vez disso, quis fazer tudo por você.

O tiro saiu pela culatra. Vejo isso agora. Deveria ter pedido algo. Deveria ter te pedido para ficar. Realmente pedido, não apenas chorado como um bebê nos degraus. Quando você partiu, tudo ficou ruim. Pascal não podia me salvar — você estava certo sobre isso. Agi como uma criança — sabe como eu fico quando estou triste, é como se tivesse seis anos novamente — e ele acabou indo embora. As pessoas acham que foi um sequestro — é o que está acontecendo aqui agora, por todo lugar. Acho que ele está na mãe dele.

Se receber isso, significa que algo deu errado. Não sei quais são as notícias aí, mas as coisas estão feias por aqui. Os sequestros estão acontecendo para todo mundo, até mesmo com pessoas que não estão envolvidas. As pessoas desaparecem, somem no meio da rua. Estou assustada, Raul. Não posso não me envolver. Mas preciso saber que Julian ficará em segurança.

Sim, eu sei. Eu queria contar sobre ele, juro. Mas não podia mandar uma carta; estão abrindo todas as correspondências. E não sabia para que número ligar. Ele é a única coisa certa que fiz na vida, e é só porque devo a ele toda minha sanidade e minha felicidade completa que agora peço algo a você.

Raul, por favor, tome conta do meu filho.

Ele tem cinco anos — provavelmente quase seis agora — nascido em 16 de fevereiro, um ano depois que você partiu. Ele é esperto — provavelmente esperto demais — acho que puxou o Braulio. Gosta de carne quase preta, como Pascal. Gosta de doces, como eu. Gosta de desenhar, como você. Por favor, ame-o por nós dois.

Sua, sempre sua.
F

Julian Morales tem certeza de duas coisas na vida: que a noite é só o dia com uma pestana sobre ela, e que sua mãe, se fizer tudo certo, irá buscá-lo esta noite, quando o relógio fizer um L invertido. A primeira coisa ele sabe porque sua mãe falou. A segunda, também sabe porque ela contou.

Sua mãe sabe de tudo. Ela sabe quantas xícaras de farinha colocar e como o ar empurra as asas dos pássaros para fazê-los voar. Sabia multiplicação e vodu. Sabia as histórias certas para cada situação e que terças são o dia de que Julian menos gostava, já que ele tinha de ir pra casa do Lars. Ela sabia tudo, ele achava, porque era telepática, o que significava que podia ver o que acontece na cabeça dos outros. Mas só funciona com gente que ela ama muito, como Julian, e com o

Irmão. Uma vez, na vez de que ela mais gosta de falar, contou ao Irmão (em sua mente) que ele precisava de um corte de cabelo. O Irmão foi para o banheiro no mesmo momento, cortou o cabelo grosso ele mesmo até ficar como uma planta espetada. A mãe teve de arrumar. Ela arrumava tudo.

Julian vê o relógio, colocado sobre a geladeira de Marge e James como um olho, como ele costumava observar seu peixe, Delmar, no aquário. O relógio zumbe e borbulha e olha para ele. É lento demais, assim como Delmar. Onde ela estava? *Nade mais rápido.* Ela está atrasada, atrasada, atrasada. Mas, espere, onde está Delmar?

Ele reza: *Querido Deus, mande à mãe uma mensagem telepática. Diga a ela que desenhei todas as figuras e assei todos os bolos na minha cabeça. Diga a ela que eu o faria na vida real se pudesse, mas estou numa casa com gente que fala engraçado. Seus fornos são engraçados também, e não consigo encontrar nenhum papel. Diga a ela para chegar rápido. E Delmar. Lembre a ela de alimentá-lo porque às vezes ela esquece. Amém.*

Ele mandou um monte de mensagens telepáticas recentemente — passou muitas terças seguidas na casa de Lars, sem sinal da mãe — e nenhuma delas funcionou. Mas as coisas agora são diferentes. Ele não está mais na casa de Lars, onde as paredes eram feitas de um cimento cinza grosso e provavelmente não deixava as mensagens passarem. Está numa casa com quadros nas paredes onde sua mãe vai encontrá-lo. Por que a mãe de Lars o teria levado até lá, num avião e trem e no banco detrás de um carro amarelo se não fosse lá onde sua mãe o encontraria? Era a única coisa que faria sentido.

Além do mais, é terça, o dia em que sua mãe sempre o pegava. Ele sabe que é terça porque ouviu a mulher da lavanderia, quando foi lá com Marge de manhã: *Ainda é terça e estou exausta*, a mulher havia dito finalmente em um espanhol que ele conseguiu entender. *Obrigado, Deus*, pensou. Porque, claro, terças eram seu dia menos favorito porque sua mãe o deixava por um tempinho. Mas também eram o favorito porque sua mãe o buscava, ele sentia mais felicidade do que nunca, o tipo de felicidade que até o fazia saltar. Como se o chão não pudesse aguentar. Como se tivesse de dar uma folga ao chão.

A moça que estava cuidando dele enquanto James e Marge estavam longe pinta as unhas com esmalte rosa e depois, com transparente, e o esmalte tem cheiro de veneno. Julian não gosta dela, assim como não gostava nada de Sofie, a mãe de Lars. Ele não gosta de ninguém que não é sua mãe. E por que deveria? Ele vê o relógio lento. O Sol está descendo como uma grande bola em algum lugar, mas Julian não consegue ver, apenas sentir. Finalmente escuta chaves; James está em casa, com um rosto feio.

A coisa menos favorita de Julian é quando um rosto é feio. Isso pode ser o rosto em si (linhas nos lugares errados, uma boca como um buraco), ou algo que aconteceu ao rosto (as bochechas inchadas de James e os olhos pretos avermelhados). Às vezes, o rosto de seu pai ficava feio sem nada acontecendo. Mas só às vezes.

James conta algo à moça, que agora tem unhas rosa, e ela se levanta para partir, o que assusta Julian porque ele não quer ficar sozinho na casa com o rosto feio. Em sua mente, ele desenha com essa caneta imaginária: *um rosto que não parece feio, um rosto que não parece feio, um rosto que não parece feio.* James não fala nada, esfrega a cabeça de Julian, coloca um pacote de ervilhas nos olhos, sangra pela boca.

Quando Marge chega em casa logo em seguida, tem uma linha de preocupação no meio da testa. Está carregando muitos sacos e seu cabelo está bagunçado. Julian já viu sua mãe assim. Ele não gostou na época: a pessoa que deveria cuidar dele, sem controle. Ele não gosta agora.

Mas não importa que James e Marge pareçam feios e preocupados, ele diz a si mesmo. Ou que estejam gritando um com o outro na sala ao lado, ou que os olhos de Marge pareçam quase lacrimejantes. Não importa porque ele vai embora. Sua mãe está indo buscá-lo. Apenas veja o relógio e seja paciente como um jacaré.

Seja paciente como um jacaré. Ele quer perguntar a sua mãe por que ela sempre diz isso. Por que um jacaré é paciente? Ele vai perguntar quando ela vier. Quando ela bater. Três vezes como um *pau au au*. Três vezes como um belo rosto. Três vezes como um feitiço de vodu que leva as mães diretamente aos filhos, como presentes. *Ela está aqui*.

Ele corre para a porta. Voa como um pássaro com ar sob as asas em direção às batidas.

Marge se inclina sobre ele, puxa a maçaneta. Trancas rangem e dobradiças cantam por sua mãe. Ela está aqui. É como ele lembra: pés, pernas, vestido. Ele agarra as pernas, que fazem um L para trás com os pés. As pernas riem. Não é a risada de sua mãe.

Ele levanta o olhar.

Não é o vestido de sua mãe: sua mãe não tem um vestido com peixes.

Ele sente o choro como um trem se movendo pelo seu corpo. Quando abre a boca, vem rugindo para fora, alto o suficiente para que a mãe, onde quer que esteja, escute-o, vá correndo. Ele tem a sensação de que o choro não vai parar, nunca, não até ela estar aqui. Ele vê James vindo para ele: o rosto mais feio e quebrado do mundo.

Na Lista Corrida de Preocupações de James: que seu rosto esteja quebrado; que a única mão restante de Raul Engales esteja quebrada; que seu casamento esteja quebrado; e logo, se o choro dessa criança não acabar, que o ouvido coletivo da vizinhança se quebre. Ele quer arrumar. Quer ser a cola para variar. Quer catar os pedaços do casamento e do rosto e o rosto de Marge e a mão de Raul e *arrumá-los*.

Marge: pegando Julian e embalando-o para ficar em silêncio. Simultaneamente lidando com essa mulher — quem é ela? *Não se preocupe*, Marge diz repetidamente, mas a mulher permanece. James deveria intervir? Mas como poderia? O espaço perto de Marge está interditado, isso ela já deixou claro. Ele fica de pé, paralisado na sala, enquanto a mulher de cabelo vermelho abre caminho em seu lar. Ela fica de pé, com as botas separadas, na frente da cornija.

— Não fode! — ela diz, num distinto sotaque de Nova York. — Você tem uma das obras de Raul aqui? Aqui no meio desses picas grossas?

— Desculpe, quem é você? — James pergunta.

— Meu nome é Arlene. Eu trombei na sua esposa. Hoje. Mas antes também. No Ano-Novo. Sempre quis dar uma olhada em vocês, sabe? Nunca soube para onde ligar. — Seu olhar cai em Julian, seus olhos aumentando com um esbugalho louco que os sem filhos usam para as crianças, seja para não parecer ameaçador ou para disfarçar que eles mesmos estão ameaçados. — Bem, olhe para *essa* pessoa adorável. Por que está tão tristinha? Hum, pessoazinha adorável? Eu *sou* nova. Você precisa se acostumar com as pessoas, certo? — A mulher bagunça o rosto molhado e cheio de lágrimas de Julian.

James dá uma rápida olhada em Marge, avalia. Ela segura Julian como um bebê e olha bem para ele, os olhos dizendo: *não vale a pena*. Não vale a pena, ele concorda. Ele dá a ela o que parece ser um aceno de conforto.

Ele vê a cena pelos olhos de Arlene. Ele é um pai, com a família. Com a esposa, a franja dela, o menino. Não são ricos o suficiente para viagens de avião, mas podem alugar um carro e ir para o Maine. Jantam fora, uma vez por semana, talvez nas terças. Eles tomam banhos os três juntos, apertados na banheira pequena. Vão para o parque e veem os patinadores. Encontram beleza nas pequenas coisas da vida. Encontram beleza uns nos outros. É tudo do que precisam.

Ele vê a vida por seus próprios olhos: um garoto chorando, de quem ele não é pai, uma mulher que ele ama que revogou a reciprocidade, uma sala cheia de pinturas que não merece. Seu rosto está inchado no que parece um enorme galo. Não há sensações, nenhuma cor, nenhum cheiro — talvez Engales os tenha socado para fora dele, roubando-os tão rápido quanto entregou inicialmente. Há apenas uma sala cheia de coisas que ama e que não o amam de volta. Ele se sente repentina e profundamente cansado.

— Estou vendendo — diz, talvez suave demais para alguém ouvir.

A sala fica branca e quieta. Então, no mesmo momento, tanto Marge quanto Arlene dizem:

— Você *o quê?*

— Estou vendendo. Estou vendendo o quadro para o qual você está olhando, Arlene, porque é uma grande de uma merda que arruinou minha vida. E estou vendendo esse ao lado porque um cara me deu numa venda de garagem, mesmo que valha quinze mil dólares e eu tenha sido cuzão demais para contar, mesmo que eu soubesse precisamente o quanto eu o estava roubando. E estou vendendo esse aqui, o quadro de Nan Golding, porque mesmo que seja eu quem tenha *descoberto* Nan Goldin, encontrei esse quadro numa maldita caçamba fora do estúdio. Aquele lá eu comprei inteiramente com o dinheiro da Marge, e aquele comprei com o que deveria ser minha parte do aluguel. Não mereço nada disso. Não fiz por merecer. Não mereço você, Marge. Mas você merece minha ajuda. Agora, se me dá licença — ele diz, sentindo-se agitado e tonto agora. — Vou ligar para Winona.

James entra na cozinha, onde há um telefone vermelho preso à parede branca. Um telefone que, mesmo que não acerte tudo, vai pelo menos libertá-lo. Ele imagina as paredes sem nada, uma varredura completa. Da sala, escuta a voz desnorteada de Arlene.

— Ele quer dizer *Winona George?* — Ele sabe que Marge não vai responder. Ele conhece Marge como a palma de sua mão. Conhece Marge como conhece a pintura de Hockney e seu Kligman, e seu Engales. Ela vai ficar quieta, deixando a mentira que o garoto é deles decantar, macia, doce, pare... não, continue. Arlene é insistente. — *Winona, a ricaça? Com o cabelo?*

James disca um número que conhece de cor.

Winona está eufórica. Ela queria colocar as patas nessa coleção por *anos.* Já tem tudo planejado: vão fazer no novo lugar, a primeira exposição no novo espaço, em dezembro, sim, o coquetel perfeito antes de todos os coquetéis. Chamará Warren para pendurá-los, oferecer umas azeitonas, um bom Chard. Ela vai usar calça de couro. AI, PORRA, SIM: CALÇA DE COURO. Fenomenal. Vai ser fenomenal, James, espere só. Todo mundo que é alguém vai estar lá. Vamos vender cada coisa, aposto meus peitos turbinados nisso. Vai tudo embora antes que possa dizer *surrealismo* três vezes, James. Não vai ter de se preocupar com nada.

Ahhh! O pôr do sol está insano esta noite, James. Já foi lá fora? Estou no telhado, James. No telefone sem fio. Já ouviu falar nisso? SEM FIO. Corta algumas vezes — pode me ouvir, James? Sim? Não pode ver? Ah, é uma coisa e tanto. Laranja e rosa, borrado todo sobre o rio como uma maldita pintura. Acho que é o problema com o pôr do sol, certo? Não dá para ficar com eles. Suspiro. Mas talvez seja por isso que seja bonito? Ainda está aí, James? Sem fio. Porque não podemos ficar com eles?

— Que se foda o pôr do sol — James diz secamente, bem quando Winona vê o tão cobiçado flash verde. Ela sabe que é uma miragem — refração, é como chamam — mas ela vai aceitar. Não há nada que ame mais nesse mundo do que a beleza fugidia.

NÃO HÁ NADA A FAZER SOBRE O AMOR

Novembro é a cor do exterior de uma berinjela. Tem o cheiro do interior da caixa de joias de uma mulher idosa. *Saia da cama*, você vai querer dizer a novembro se o vir. *Faça algo.* O inverno cutuca a cidade com o ombro frio. Os cantos das janelas se tornam praias do arrepio. A cachemira emerge. Lã ainda não. O mês arrasta-se, como semiadormecido. Está esperando. Ele sabe. Novembro é um mês que *sabe*. Sabe que os corações por todo lado estão prestes a se partir; acontece nesta época todos os anos.

Marge e James desviam um do outro em sua casinha, como animais que não se encontraram. James se remexe pedindo atenção, paparica; Marge funga. As vozes tremem quando dizem certas palavras: *Julian, morango, casa*. Marge poderia partir a qualquer minuto. Não parte. Marge vai partir quando Julian se for. Ou não. Eles se beijam uma vez, depois do jantar, quando ambos têm vontade de chorar. Dormem separados. Julian chora toda noite, como um ritual. Para arrumar, dê a Julian uma caneta e um papel; ele ficará quieto, então desenhará para sempre. James prende os desenhos de Julian na parede como substitutos para as pinturas, que foram tiradas, envolvidas em plástico, apoiadas contra a parede ao lado da porta. De algumas formas, não de todas, funciona.

O desenho é apenas uma das coisas que aprenderam sobre Julian da carta que a sra. Consuelo, da lavanderia, traduziu. Outras coisas: ele tem quase seis anos, com aniversário em fevereiro. Esperto para a idade; sem inglês. A mãe está em apuros. Raul Engales é sua única esperança.

Eles têm exatamente quatro semanas até Engales ser liberado da Sol Nascente. James não quis prestar queixa, mas Spinoza chamou a polícia mesmo assim; eles o liberaram, com bom comportamento, se ficasse na Sol Nascente por mais um mês. Esse conhecimento foi obtido via Lupa, que ligou para a casa de James, e contou, quase com tristeza, que estava cozinhando sopa para todo mundo. Porém por quatro semanas, Julian é deles.

Filmes passam às 8 da noite nos domingos. Engales assiste a comédias românticas, comédias convencionais, terror. Outro filme passa em sua cabeça: a irmã e um garoto. Rebobina. *A irmã e um garoto*. De volta ao quarto, observa a garota do outro lado da rua tirar a camisa novamente, olhar diretamente em seus olhos. Ela o encontrou. Ele pressiona o corpo contra o vidro: a mão dele, seu jeans, sua língua.

Um grupo de mães se ilumina num quarto mal iluminado. Há um balão murcho num canto que diz *Feliz Um-Zero*. Alguém trouxe café numa garrafa térmica pesada, mas ninguém bebe. Elas seguram mãos como nós pessoais à frente delas na mesa. *Nós ainda temos tudo a leste de A*, a mãe de boina vermelha diz. *Estamos procurando há meses agora*, a mãe de jaqueta preta de ombros largos diz. *O que isso quer dizer?*, diz a mãe de roupão esmeralda felpudo. Ela não tirou o roupão desde julho. Não vai tirar até ele ser encontrado, um ano e dezessete dias depois, apertado nos aparadores de um porão do SoHo, a mochila a coisa mais viva nele.

No museu de História Natural, Julian aponta para a grande baleia azul. Marge segura sua mão; James pode ver a força do aperto do outro lado da sala. A luz no salão é tão azul quanto a baleia, não porque a mente de James a faça ficar assim, mas porque o museu é iluminado dessa forma: uma falsa profundidade oceânica.

James pensa sobre como Leonardo da Vinci pintou usando perspectiva aérea, baseada na ideia de que a atmosfera absorvia certas cores. Objetos que estavam mais próximos do pintor sempre tinham mais azul. Objetos mais distantes, menos azul.

Não importava, pensa agora, esteja perto ou longe das coisas que mais ama no mundo. Ele está ferrado. Todos estão. Marge se apaixonou pelo menino. Ele pode ver pela forma como ela usa os braços. É tão óbvio quanto o mamífero gigante pendurado acima. É a coisa sobre o amor, ele pensa. Não há nada a fazer.

No Part Deux, o mercado chinês abandonado na Grand Street onde os membros da ocupação fixaram residência, uma linha que foi desenhada. Literalmente: Selma Saint Regis desenhou uma linha de giz num círculo usando o corpo, no taco engruvinhado.

— Vou me sentar dentro desse círculo até eles me forçarem a sair — ela avisa. — E se Reagan vencer, vou me recusar a comer. — Ela está praticamente histérica, não comeu nada substancial em dias.

— *Psss* — diz Toby, que a agarra sob as axilas, a puxa de pé, a arrasta para fora do círculo e para a cama improvisada.

— Nunca vai durar — ela diz para Toby.

— Nada dura — diz Toby.

— Não isso — ela diz.

— *Nós* — Toby diz solenemente. — Nada dura, nada dura.

Lucy se aproxima de uma mulher alta com um crachá que diz: SPINOZA. Spinoza balança um dedo grande como os pintos falsos na sex shop debaixo da casa de Jamie.

— Na-na-não! — Spinoza diz: um exercício de poder. — Ninguém mais vê Raul Engales. Ninguém pode ver aquele homem neste momento, resta a ele um mês, pelo menos. A lei. E pensar que eu demiti uma das minhas melhores enfermeiras por causa dele. — Spinoza bate no queixo.

Lucy vaga de volta para a East Seventh. No meio do caminho, a ocupação vazia reclama: *não tive diversão nenhuma em semanas*. Ela sabe como é. Volta para Jamie, onde reassumiu a velha posição como a garota boazinha. Toma uma ducha, corre as mãos pelos azulejos mofados. Usa uma loção que tem cheiro de lavanda. Ainda se sente suja. Não é a garota boa da casa desde muito tempo. Toca as próprias mãos, pensa na mãe por um longo tempo.

— **Estou fingindo** — diz Marge para o café.
— Eu sei — diz James para os ovos que sangram.
O céu lá fora é da cor do céu.
— Isso não vai terminar — Marge diz.
— Eu sei — James diz.
Os ovos fazem James pensar em Franca, uma pessoa que nunca encontrou e nunca vai encontrar, cuja carta Marge traduziu com a moça na lavanderia, cuja tradução o fez chorar.
O céu, quando olha para fora da janela, o faz pensar no homem que deveria ser, mas nunca será.

Um caminhão para em fila dupla na Jane Street, gerando buzinadas de uma fila de táxis impacientes. A boca do caminhão boceja numa antecipação preguiçosa por toda aquela arte que receberá.

PARTE SEIS

SEM DEUS ALGUM

Se havia algo como uma mistura de neve e neblina, foi o que aconteceu no dia que Engales foi liberado da Sol Nascente: a segunda terça em dezembro. Ficara escondido, num quarto colorido, sem ar, por quase dois meses, o que fazia o ar de fora parecer mais denso de umidade, como se a cidade em si fosse uma nuvem gigante. Ele não conseguia evitar de se perguntar, enquanto emergia no universo livre, frio, se poderia talvez ser um sonho. Ou se tudo isso foi, sua vida toda, talvez.

Ficou na entrada da Sol Nascente com um pequeno saco contendo as coisas que Darcy havia dado como presentes de despedida — um maço de cartas de baralho e um pôster de uma mulher exótica num biquíni, bebendo uma garrafa de Jim Beam. Ele usava um dos ternos de Darcy, que ganhara numa partida ferrenha de Loba de Menos, apesar de que Darcy teria dado a ele de todo modo. Darcy gostou de Engales desde o começo, e se tornou ainda mais dedicado quando soube da saga do sobrinho; ele mesmo tivera um filho, Darcy explicara, apesar de Engales não ousar perguntar por que não tinha mais.

— Vá encontrar esse menino — Darcy dissera enquanto entregava o terno obsessivamente passado: cinza com risca de giz branca. — Vá encontrar esse menino e fique bonito para ele e diga ao menino que ele é amado.

Aquele foi o plano de Engales, não que houvesse outra opção. Ele não poderia *não* encontrar o filho de Franca. Não poderia *não* tomar conta dele. Havia passado cada momento do último mês pensando sobre ele: enquanto experimentava o alfabeto com a mão esquerda — ficou bem competente nisso — e enquanto Debbie beijava seu pescoço na sala de fisioterapia e enquanto jogava cartas com Darcy durante o horário comercial. Os pensamentos do menino tornaram-se o foco de seu universo muito limitado. Como seria o cabelo dele? Teria os dentes de Franca? Seria tímido e engraçado, igual a ela? Ou corajoso e atrevido, como Engales fora? Ou pior: fraco e irritante, como Pascal? Engales havia desenvolvido cenas inteiras: Franca aparecendo em Nova York e os dois levando o garoto para o Central Park ou, mais realisticamente, e ainda assim menos atraente, a mesma excursão de Central Park com Lucy.

Havia pensado sobre esse momento, ou essas séries de momentos — caminhando pela cidade para o apartamento de James Bennett, batendo na porta, encontrando o menino — um milhão de vezes. E ainda assim ainda estava parado lá, na entrada da Sol Nascente, um merdinha com as partículas de neblina fria penetrando nele, o terno praticamente encharcado, incapaz de se mover. Um sino de igreja de algum lugar da cidade alta comemorava seu imobilismo com um melancólico e distante *dong*. Parte dele desejava que pudesse se virar e voltar para dentro, onde pelo menos não havia decisões, o fim de nenhuma negociação, nenhuma responsabilidade pairando. Seja a porra de um homem, tentou se instruir. Mas não se sentia como um homem. Era um garoto sem pais. Um bêbado sem mão. Um bruto num terno risca de giz.

Seus olhos aterrissaram na ocupação do outro lado da rua. Houve um momento prolongado em que questionou se deveria cruzar a rua e entrar, mas ele mesmo sabia; não seria capaz de não entrar. Finalmente respirou fundo e cruzou naquela direção. Empurrou a enorme porta azul — *cadeados são um símbolo de ganância proprietária*, Toby certa vez clamou — e entrou na grande sala aberta da frente. O cheiro se apoderou dele: verniz, resina e terebintina misturados com mofo crescente e comida velha. Engales chutou uma garrafa de cerveja, que rolou convulsivamente, como um corpo numa bolsa. Nas rachaduras do chão estavam os restos de uma festa: uma pena verde, um saco plástico em miniatura, lantejoulas douradas, que o lembravam distintamente de Lucy.

A nostalgia crescendo: essas paredes finas; essa tinta idealista, viva; essa casa de juventude e sonhos. O lugar, claro, havia sido estripado do grosso da mobília — sofás de calçada, louça descombinada, mesas bambas, a arte —, mas o que restava era o suficiente para fazê-lo se lembrar da sensação precisa que tivera quando caminhou ali pela primeira vez: *é isso*. O espaço era a Nova York pela qual viera e incorporava tudo que significava estar vivo. Mesmo o cheiro o fazia arder de um desejo que nunca se tornaria realidade: voltar atrás. Ele se deixou viver dentro daquele desejo por um segundo, imaginando Mans e Hans no canto, levando um maçarico a um bloco de bronze. Toby saindo do quarto dos fundos, o braço ao redor de Regina, dizendo a todos: "Essa é a vida, gente. Nós conseguimos." A cantoria de Selma saindo do banheiro improvisado junto com o vapor. Mas esse mergulho na vida passada foi interrompido pelo que soava como uma voz humana, dos fundos, dizendo o que parecia, de onde Engales estava, como: *Artista fracassado! Artista fracassado! Artista fracassado!* A porra do papagaio.

Engales foi para o quarto dos fundos, que tinha um cheiro como se mil ratos tivessem morrido ali. Segurou a respiração, abriu caminho pelo lixo. O pássaro soou novamente, de algum lugar no canto: *Capitalismo é pra cuzão!* Quando o encontrou, bamboleando sob uma cadeira virada, o animal olhou para ele com seus olhos bizarros de pássaros, sacudiu as penas sujas e emaranhadas. "Como conseguiu ficar vivo?", Engales se perguntou esticando o braço bom para pegá-lo. Mas até aí, como alguém conseguia ficar vivo hoje em dia? Estavam todos por uma porra de um fio.

O pássaro subiu no braço de Engales até o ombro. Engales queria odiá-lo, mas, por algum motivo, essa coisa viva prendendo-se a ele com suas garras rudes, deu a ele a pitada de coragem de que precisaria pelo que sabia que teria de fazer em seguida: sair de volta pela porta azul, deixar o lugar de vez, desistir de qualquer pensamento de voltar atrás. *Upa!*, o papagaio gritou, o que Engales traduziu para si mesmo como *em frente*. Apenas em frente. O pássaro zoado e o homem de um braço saíram para o mundo.

Na segunda, a rua parecia sinistramente vazia. Os bares com placas de neon desligadas e portas fechadas. Quando passou pelo Binibon, onde as janelas geralmente ficavam nubladas pelo vapor de respiração e café dos fregueses, viu que a grade estava abaixada. Na grade alguém havia pendurado uma folha de caderno que dizia: FECHADO HOJE. Então um rosto triste e um sinal da paz. A minúscula livraria no canto da Quinta Rua fechada também, e o grande corredor da cerveja não estava tomado de bêbados como de costume. Não havia o saxofonista desprezado na Quarta, onde geralmente fazia serenatas na rua em qualquer clima. Não havia sirenes. A cidade parecia estar em pausa, como uma cidade fantasma após um tiroteio. A única coisa aberta era a Telemondo, e apesar de Engales não querer ver o cara da Telemondo, entrou e pediu um maço de cigarros. Viu uma fileira de garrafinhas douradas na parede dos fundos.

— Uma dessas também — disse.

Para o seu alívio, o cara do Telemondo não o tratou de forma especial, apenas deslizou o cigarro e o uísque pelo balcão e disse com a voz de sotaque:

— São 552 centavos.

Ele seria capaz. Estava armado com bebida e um pássaro e estava coberto de neblina e o cara do Telemondo havia feito sua piada. Ele estaria bêbado quando chegasse lá, e a coisa toda iria apenas afundar nele como o álcool fazia, lento e quente. Faria pela irmã o que não havia sido capaz de fazer por ela antes; enfrentaria por ela. Passou por um terreno baldio onde uma camisa social masculina pendurava-se numa cerca de corrente, balançando ao vento como um fantasma. Passou por um homem numa cadeira de rodas, vestido todo de amarelo, com uma placa que dizia algo sobre esqui aquático. Passou por uma mulher com uma maquiagem de palhaço bem borrada. *Os belos horrores de Nova York*, pensou enquanto dava um grande gole de sua garrafa. *E estou entre eles.*

Finalmente ele chegou a Greenwich e virou-se em direção a Jane. Conhecia bem essa rota porque foi como ele havia caminhado para o Eagle para visitar Lucy em seus turnos, para boliná-la enquanto ela trabalhava, beijá-la sobre o bar. O pensamento dela o atingiu. Ele a afastou, virou à esquerda em Jane. Havia encontrado o endereço de James Bennett na lista telefônica provavelmente bem datada da Sol Nascente: número 24, uma pequena casa de madeira apertada entre dois grandes prédios residenciais de tijolinhos. Na frente da pequena porta, a névoa-neve se movia de uma forma engraçada. A névoa-neve movia-se de uma forma que dizia *você não sabe de porra nenhuma.*

De repente, quando encarou a porta que iria abrir para a grande notícia de Franca, se sentiu paralisado. O que aconteceria quando abrisse? O que estaria lhe esperando atrás? Sentiria algo quando visse o filho de Franca? Veria Franca nele? O garoto veria Franca nele? Ele iria se lembrar de tudo sobre ser um garoto ele mesmo? Que maravilhoso era correr pelas ruas — tão mais rápido do que sua irmã — e sentir o vento no rosto? Saberia exatamente como o garoto se sentia, sozinho num lugar estranho, sem pais para mencionar? O garoto teria medo dele? Teria medo de sua mão?

O garoto teria medo de sua mão.

Não, não podia fazer isso. Caminhou de volta descendo as escadas da entrada, descendo o quarteirão que ele e Lucy outrora adernaram como bolas de pebolim bêbadas de amor.

Eu nunca te pedi nada.

Ele se virou. Subiu de volta.

Cola-velcro!, o pássaro soltou. O pássaro. Ah, Jesus, a porra do pássaro. Sem chance, Engales. Sem chance de fazer isso.

Raul, por favor, tome conta do meu filho.

Subindo as escadas novamente, dessa vez com força, determinação e raiva, pressionou o olho de gato dourado de campainha, esperou.

Ninguém veio à porta. Tocou novamente; ainda nada. Espiou pela janela de vidro fosco, através de um triângulo vermelho de vidro. As paredes da minúscula sala estão cobertas com grandes folhas de jornais, decoradas com desenhos de crianças. O terno branco medonho de James Bennett está jogado sobre uma cadeira de palha. E lá, perto da mesinha de centro, há um par de sapatinhos minúsculos, ridiculamente minúsculos.

Seu coração dá voltas. O filho de Franca está de fato ali. Engales sente o peito se apertar, e pressão atrás dos olhos.

— Droga! — ele gritou, batendo no vidro com o toco da mão.

Ele se sentou nos degraus frios por um momento, colocou o rosto na única mão. E agora? Do outro lado da rua, uma velha o espiou da janela no primeiro andar. Ele mostrou o dedo do meio da mão esquerda; ela fechou a cortina roxa rapidinho.

Ele acabou se levantando, cambaleou por Jane e errou pela Sétima Avenida, bebendo a plena vista de sua garrafinha. Vagava e bebia; a luz se apagava e o ar parecia duro no rosto. Ele se virou para o Leste em algum ponto, e se encontrou na Washington Square Park, os grandes arcos brilhando como o interior de uma concha no crepúsculo. Enquanto se aproximava, ouvia um zumbido grave: algo entre coro de igreja e estática de televisão. Uma grande multidão congregada em círculos e massas ao redor da fonte e sob o grande arco branco no canto norte. Além do arco, a multidão se espalhava pela rua. Usavam os trajes alegres de começo de inverno: cachecóis estampados e jaquetas coloridas, mas os rostos tinham expressões de dor. Todo mundo se abraçava ou dava os braços. Algumas pessoas soluçavam, outras cantavam.

Engales se viu caminhando na multidão. Ninguém empurrou: eles se moviam para deixá-lo passar. Ele viu um homem com um cachorro gigante, um cachorro do tamanho de um cavalo. O homem segurava o cachorro pelo pescoço e chorava no pelo prateado. Uma jovem loira, com um corte de cabelo curto parecido com o de Lucy, sacudia lentamente um pandeiro, e cada vez que batia com ele na mão, soltava um suspiro triste. Ele chegou a um grande círculo aberto na multidão, onde ficou ao lado de dois homens pequenos com terno xadrez; percebeu quando olharam para ele com os mesmos exatos sorrisos tristes, eram gêmeos.

Então, através do círculo, do outro lado do que parecia ser algum tipo de altar, balançando em sua longa saia de peixe e casaco que de certa forma era ao mesmo tempo bufante e fluido, estava Arlene. Ele a viu se ajoelhar e colocar um buquê de margaridas sobre uma grande foto preta e branca de John Lennon. Quando as colocou lá, as margaridas roçando o pescoço de Lennon, uma mulher de cabelos longos ao lado dela caiu de joelhos também, então colocou as mãos no asfalto como se rezasse. O cabelo caiu sobre os braços e no chão como o desenho de um sol.

Arlene levantou o olhar e viu Engales. O rosto dela parecia mais velho, com mais linhas ao redor dos olhos, e ainda mais bonito do que Engales se lembrava. Ele de repente a viu como uma mulher, não a hippie boca suja com quem dividia o ateliê, mas uma mulher de verdade, com sentimentos e seios e um cabelo e todas as outras coisas de uma mulher. Ela deu um sorriso triste, não diferente do que os gêmeos deram. Era o sorriso de que John Lennon morrera. O sorriso que se sorria quando todos perderam a mesma coisa, mas ainda tinham uns aos outros. Arlene cruzou o círculo para ficar ao lado dele. Ela não levantou o olhar para ele, pelo qual ficou grato. Mas então fez algo estranho — pegou as duas mãos quentes e as envolveu no toco do braço dele, aninhado no tecido do terno de Darcy. Ele não se afastou. Ficaram lá por um tempo, suspensos na tristeza de todos ao redor deles, as mãos em sua deformidade. Ela apenas disse no vento: *Ah, Raul.*

Engales sentiu uma enxurrada de emoções, aquelas que ele não se permitira sentir enquanto estava entocado na Sol Nascente, mas que ali fora, ao ar livre, com a mão de Arlene em seu braço e o mundo todo de luto, deixou que entrasse nele. Pensou no pai em seu veludo esfarrapado, fumando cachimbo, olhos da cor do cachimbo, cachimbo da cor do veludo, veludo da cor da forma que ele fazia filho e filha se sentirem: jovens e marrons, seguros, como as paredes de madeira do lar da infância. Ouviu o disco que o pai colocou: *Little child, little child — I'm so sad and lonely. Baby take a chance with... if you want someone. Little child come and dance with me...* e ouviu o pai dizendo: *Raul, estou dizendo, são os discos que fazem uma vida.* Ele pensou em *Broken Music Composition, 1979*, em Winona e seu cabelo e o fato de que ela havia salvado sua vida, e o que ela havia dito naquela noite em que se conheceram: *Vai ter de perder tudo para poder fazer algo realmente belo*. Pensou na forma como o rosto de Franca estava na noite do incêndio do outro lado da rua: meio laranja, meio preto-sombra, e nos sapatinhos do menino na casa de James Bennett. Pensou nas lantejoulas de Lucy, a forma como piscou para ele, a forma como haviam prometido escapar. Pensou na fuga, e como havia tentado, como havia fracassado, como estava, com as mãos de sua amiga Arlene ao redor de seu braço, de luto pelas tragédias do mundo com o mundo. Estava finalmente no pavilhão. Abaixo do pavilhão podia finalmente chorar. Não havia chorado nenhuma vez, não quando testemunhou a exposição sem ele, não quando viu Lucy o traindo, não quando ouviu sobre Franca de James, não quando se deitou sozinho e aleijado na cama dura da Sol Nascente. Mas naquele momento não conseguia parar. Tudo se derramava dele no ombro de Arlene. O papagaio então saltou do ombro de Engales e voou sobre a multidão. Ele levantou o olhar, esfregou os olhos, observou as asas sujas do pássaro se abrirem como se não fosse capaz de imaginar que poderiam.

Arlene se virou para ele, colocou a mão em seu ombro:

— Você parece que vai pra porra da igreja.

— Isso não é como um tipo de igreja? — Engales esfregou o rosto com a manga frouxa.

— Mas sem Deus algum. — Ela sorriu.

— Sem Deus algum — ele repetiu.

— O que você tem aqui?

Arlene tirou um rolo de papel da bolsa de Engales, desembrulhou para revelar a mulher quase toda nua — uma mulher que deveria parecer sedutora, mas para Engales parecia meio podre e laranja demais. Arlene deu uma risadinha, então a colocou no chão com o resto do altar improvisado, colocando pesos nos cantos com quatro velas de sete dias. Pegou a garrafa de uísque da mão de Engales, abaixou também.

— John precisa mais do que você — disse, piscando.

Engales se surpreendeu de não protestar. Arlene ficou de pé, o vestido colorido saindo debaixo do casaco e o cabelo vermelho em chamas contra o fundo de chapéus pretos e rostos pálidos.

— Vai esta noite? — ela cochichou com uma safadeza não característica nos olhos. Sem palavrões, sem chiados altos, apenas uma garotinha que sabia de algo secreto. Os olhos dos dois se cruzaram pela primeira vez se permitiam realmente olhar um para o outro.

— Aonde?

— A *exposição*. Não ouviu falar? James Bennett está vendendo tudo o que tem. É uma coisa grande. Todo mundo está comentando, sabe, um grande fuzuê.

— Não sabia.

— Sabe que eu não esperava que ele fosse um cara legal. Sempre lia aquelas críticas e pensei: o que esse cara sabe?

— Conheceu-o?

— Longa história, fica para outra vez, mas sim. Trombei com a esposa dele, literalmente, daí a segui até em casa. E sei o que está pensando, mas tente afastar o julgamento, seu merdinha.

— E?

— E estava com um olho roxo e tinha um moleque em casa e está vendendo a maldita coleção como um imbecil! Ele é um puta zoado, é isso que ele é!

— Arlene, onde é a exposição?

— Fun.

— Quê?

— A exposição é na Fun. O novo lugar da Winona. Não que eu dê a mínima sobre Winona George, você sabe. Mas dá pra ler tudo no *Times*.

Engales ficou quieto, tentando compreender o que isso significava. O homem que havia recentemente socado no rosto e estava vendendo as pinturas, uma das quais, ele sabia, era sua própria. Ele se importava? Por que deveria? Por que deveria se sentir quente? E também triste? E também... *intrigado*?

Arlene se debruçou perto do peito dele, cochichou no ouvido:

— Seu nome está lá. Vá ver. Seu nome está no *New York Times*, Raul. Você está lá mesmo. Quero dizer, está lá.

O sol havia sumido quando Engales e Arlene se afastaram. Enquanto ele se afastava dela, ele a ouviu gritar, em seu sotaque idiota de Nova York: *eu te amo, Raul!* Ele sorriu para si mesmo, não se virou. Seguiu em direção ao canto do parque, então catou o resto de um *New York Times* de uma mulher de aparência rica num banco, que jogou para ele o papel como um escudo e se desvencilhou para partir. Perto, sentado num círculo de cimento, uma cambada de meninas jovens lia seus horóscopos umas para as outras de uma revista para adolescentes.

— Áries? Você é só *ego* — uma dizia.

— Deus, é *mesmo* — disse a outra.

Engales balançou o jornal aberto com sua única mão. Quando chegou à seção de Artes e encontrou a matéria: um artigo curto com a manchete "Ex-crítico vende coleção cobiçada", o peito de Engales se apertou. Ele não se importava, disse a si mesmo. Realmente não se importava. Nem precisa continuar lendo. Continuou.

James Bennett, dizia o artigo, *colaborador de muito tempo da seção de Artes desta publicação decidiu oficialmente se aposentar — da escrita, pelo menos. Porém a perda para o mundo da arte também pode ser um ganho; Bennett talvez seja mais conhecido por sua coleção de obras de arte do que por suas contribuições como crítico. Bennett possui peças de alguns dos mais conhecidos artistas de nosso tempo, incluindo Eric Fischl, Ruth Kligman e David Hockney. Além disso, a coleção inclui obras de alguns novatos promissores, incluindo o artista de rua Avant e o pintor Raul Engales, cuja exposição recente na Galeria Winona George provocou um enorme rebuliço entre críticos e colecionadores. Bennett vai mostrar a coleção inteira neste final de semana na Fun, a nova galeria da irmã de George na East Eleventh, onde tudo estará disponível para venda. A exposição é apropriadamente chamada de* Queima de Estoque. *Abre esta noite.*

As garotas ao lado dele riam como macacos. Estavam num artigo sobre momentos embaraçosos: uma garota que andava de cavalinho quando ficou menstruada, um primeiro beijo dando errado devido a um aparelho de dentes incômodo, Engales mal podia escutar. *Um enorme rebuliço*, o artigo disse. *Entre críticos e colecionadores*. Ele se sentia ao mesmo tempo exultante e enojado. Enquanto virava os botões de uma lousa mágica na clínica, havia provocado um grande rebuliço. Fizera um grande rebuliço do qual havia sido incapaz de fazer parte e do qual nunca mais poderia fazer. Ele se odiava. Odiava a ideia da exposição, uma exposição que resumia o que James Bennett sempre dizia que odiava: vender-se, transformar a arte em mercadoria, ceder ao mercado que estava destruindo os artistas de que ele dependia. E ele odiava James Bennett. Mas não importava mais, importava? O que odiava? O que queria? Porque havia a grande novidade de Franca. Havia o garotinho de Franca.

FUN

Regina e Toby, da ocupação, ligaram para Kleindeutschland para convidar Lucy para a abertura da Fun. Era a segunda semana de dezembro, uma terça, e Lucy estava ocupada fazendo exatamente nada.

— Apenas aconteceu — Toby disse, referindo-se à galeria como se uma sala cheia de arte fosse algo que se autopromovesse, quebrando o concreto como um palhaço saindo de uma caixa, recebendo a cidade com uma cara pintada sorridente.

— Deve ser bem divertido — Regina disse, o que não fez ninguém rir.

Lucy não estava no clima para Fun, ou por ver todas as pessoas que inevitavelmente estariam lá: todas as da última exposição desastrosa, Selma e os suecos e todos os artistas que ficaram famosos por alguma casualidade e que agora usavam sapatos de seiscentos dólares. Se pergunta a eles sobre os sapatos, Lucy havia descoberto em uma festa algumas semanas antes no Part Deux, eles iriam dizer que era outro de seus projetos.

— Estou literalmente caminhando sobre o capitalismo — dissera uma mulher que usava mocassins cobertos de cristais Swarovski. — Não é fabuloso? — Lucy havia assentido e caminhado para longe, sentindo simultaneamente ódio e inveja: uma dama que havia encontrado uma maneira de fazer uma observação intelectual a partir do ato de usar calçados glamurosos e que, mais importante, havia roubado a música de Lucy.

A festa acontecera havia mais de dois meses, na noite em que deixara Julian com James, e não saíra desde então. A noite havia parecido rápida e o mercado chinês tinha cheiro de peixe, urina e fumaça, e ela se sentia culpada demais sobre coisas demais para se divertir. Então Toby, bêbado, tentou passar a mão nela na fila do banheiro, o que a fez se sentir ainda mais vulnerável, enojada e errada. Deixara a festa cedo, jogara o maço de cigarros numa poça, e jurara que dali em diante seria boa, não seria nada além de moral e doce, não iria ofender ninguém, não iria se envolver em nada novamente. Nesse esforço para se purificar, chamara Jamie na manhã seguinte e pediria o quarto de volta.

— Finalmente — Jamie dissera em sua amistosa voz rouca. — Esperava que você voltasse antes de eu ter de colocar algum outro cuzão aqui.

Tirou as coisas do apartamento de Raul e de volta a Kleindeutschland. Levou tantas caixas de leite Jacob Rey quanto poderia caber num saco de lixo. Decidiu que iria simplesmente ficar ali no quarto amarelo-uísque e ler todos os livros que nunca lera e ter todos os pensamentos puros que nunca pensara, sozinha. Quando saísse novamente, estaria curada de seus vários vícios, desprovida de todo mal.

Mas, quando chegou a isso, sabia que não iria durar, e que *ela* não iria durar, e que quando alguém, como Regina, ligava para ela, não iria apenas responder, mas responder faminta, com o desespero que vinha de ser presa por tempo demais numa cidade onde supurar era fatal. Além do mais, Regina era persistente.

— Se você não cria uma camada externa — Regina disse no telefone —, nunca vai criar uma personalidade interna.

— Está me desconstruindo?

— Talvez. Está funcionando?

— Não de fato — Lucy mentiu. Ela olhou para a Pequena Alemanha, viu um homem gordo entrar na sex shop.

— Que pena — Regina disse então. — Porque já estamos aqui.

Lucy olhou do outro lado da rua e viu Regina num telefone público com Toby, acenando para a janela de Lucy.

Lucy sorriu.

— Ótimo, estou indo — disse e podia sentir o alívio quase como um suspiro. Ela rapidamente amarrou os coturnos e parou para se examinar no espelho.

— Está mais velha — Jamie disse de repente, tendo aparecido novamente na porta, como de costume. — Está se perguntando o que há de diferente? Está mais velha, Ida.

— Estou aqui há dezessete meses. Não estou mais *velha*. — Mas ela sabia do que Jamie estava falando. Seu perfil era o mesmo, as proporções, a pose. O cabelo havia crescido alguns dedos, para revelar a loira mais escura por baixo do tingimento, mas não era isso. Algo mais mudou.

— Dezessete meses em Nova York. Você é uma puta *idosa*. Sem falar que você está *contando*.

— Venha comigo — Lucy chamou, indo para Jamie e puxando seu braço. — Há uma exposição.

— Sem chance. Você sabe que odeio esses troços.

— Não, não odeia — Lucy disse, sem saber exatamente por que se sentia fortalecida para revelar isso para Jamie, depois de todo esse tempo, durante o qual nunca havia abordado o assunto da amiga como artista. — Sei sobre seus projetos, Jane.

— Ah, pequena Lucy — Jamie disse com uma risada. — Não sabe, não. Não mesmo.

— Mas sei. Encontrei uma de suas caixas de fósforo no Binibon. Fiquei com ela. Fiquei com todas. E dei para esse crítico de arte que conheço, e ele disse que iria emoldurar. É *arte*, Jamie. É. E seus vídeos também. Randy me mostrou alguns. São *bons*, Jamie.

Jamie sorriu triste.

— É só o que eu faço. É como enfrento as outras coisas que faço. Não preciso que um crítico escreva. Não precisa ser emoldurado.

— Sei o que quer dizer.

— Que bom. Agora me deixe maquiar você.

Regina e Toby estavam na frente da mercearia da esquina, fumando. Usavam jaquetas de esqui combinando, do tipo que diziam: *Estou arrumado porque sou desleixado* — parte de uma coisa da moda que as pessoas estavam fazendo, aparentando parecer normal como uma forma de ser nada menos do que isso. Pareciam com gente que cuidava dos teleféricos de esqui nos chalés que Lucy havia ido quando criança, só que havia uma distinção importante. Eles *não* eram essas pessoas que passavam os invernos puxando alavancas e bebendo Coors Light em teleféricos, eram Toby e Regina, artistas e filósofos da East Village, sem conexão com os morros além de desenhos em forma de diamante em seu peito.

— Ficou frio de novo — Regina disse como para justificar o absurdo da vestimenta. Agarrou Lucy pelo ombro e a balançou, então a beijou na bochecha.

— Mulher maravilhosa — Toby disse, olhando para Lucy com sinceridade demais no olhar. — *Mulheres* maravilhosas — ele disse, indo entre Lucy e Regina e envolvendo seus grandes braços conceituais ao redor de ambas. — *Andiamo*, mulheres maravilhosas! *Andiamo* a Fun!

Depois de um quarteirão, ouviram o clipe-clope de saltos altos e uma voz sexy sem fôlego.

— Esperem — pediu Jamie, que jogara um enorme casaco de pele sobre o roupão e aparentemente decidiu que era seu traje.

— Achei que você não acreditava em galerias — Regina disse, quase presunçosamente.

— Não acredito — Jamie falou. Piscou para Lucy.

— *Mulheres!* — Toby gritou para a rua. — Mulheres maravilhosas!

Não havia placa na Fun, e o título da exposição não estava aparente até entrarem, escrito a lápis na parede branca: *Queima de Estoque*. A primeira obra de arte, logo ao lado do título, fez Lucy e Jamie pararem: duas das caixas de fósforo de Jamie, posicionadas no centro de um enorme quadrado branco no meio de uma moldura. A primeira: ISSO É ALGUM TIPO DE PROJETO DE ARTE? A segunda: ISSO É PROFANO. A segunda era a caixa de fósforo que Lucy dera a James, como um tipo de admissão sexual de seu próprio arrependimento, uma forma de reconhecer quão errado era o caso deles e também deleitar-se. Agora a caixa de fósforos fazia o coração dela parar. Como chegara ali? Nessa galeria? E por que Jamie, que havia tão ativamente negado a ideia de apresentar seu trabalho para uma plateia, estava olhando quase com amor para as caixas e dizendo:

— *Eu não sabia que me sentiria assim.*

— Jamie, acho que precisamos sair daqui — Lucy disse, puxando a colega vestida de peles.

Mas Jamie não estava ouvindo.

— Quer saber? Talvez suas caixas de leite sejam algo. Se isso é um projeto, então talvez suas caixas de leite sejam também.

— Jamie, estou dizendo que precisamos ir embora. Talvez isso seja...

Mas então foram interrompidas por um cara que Jamie conhecia que fazia esculturas de engrenagens de trens, que imediatamente começou uma palestra sobre a pressão pneumática e como era usada para dar energia aos primeiros metrôs de Nova York.

— Então basicamente é um puta ventilador gigante — estava dizendo, apesar de Lucy não poder ouvi-lo. Seu coração batia como um cachorro rápido em seu peito enquanto examinava a sala; ela havia visto essas pinturas, todas juntas dessa forma. Definitivamente eram as pinturas de James Bennett. Aquelas na casinha dele em Jane Street, onde se sentou tão envergonhada e chorou na frente da esposa dele. E lá, na parede mais distante num enorme cone de luz branca, estava o retrato dela.

Não se mexa, Engales havia dito enquanto ela posava. *Não se mexa ou vou te beijar até você morrer.* Parecia há tanto tempo. Uma vida toda atrás.

— Então você é a menina no "Sonho Americano" — alguém disse de repente, colocando um braço ao redor dela. Era alguém que não conhecia, usando um chapéu decididamente feio.

— Não — respondeu ausente para o chapéu. — Não sou nada. Nem sei o que quero ser.

— Bem, você é bonita o suficiente

— Ser bonita não é suficiente — Lucy falou.

Ela virou o chapéu e viu na parede dos fundos a pintura de si mesma, as macias pinceladas rosa de sua pele. Na pintura, suas pestanas estavam levemente fechadas, e uma pitada de tinta branca pairava fora da pupila. Era o que havia de diferente nela, via agora. Era o brilho. O brilho havia sumido.

Ela havia se perdido. Havia desaparecido completamente. Não era mais a garota na pintura, tão esperançosa, tão nova. Estava velha. Estava idosa. Ela se virou para partir; não seria querida ali, numa exposição feita pelo homem cuja vida arruinou. Deixaria a galeria e voltaria para a casa de Jamie, onde passaria a noite com Sartre e um copo de vinho ruim da jarra de vinhos ruins da Jamie. Ela se esqueceria da noite, da pintura, James, Raul. Nunca mais veria ou pensaria em Raul Engales novamente, até ele estar bem ali na frente dela, parado na porta fria da galeria num terno atipicamente alinhado.

— É ele — ela disse sem ar para si mesma, como se Raul Engales fosse uma estrela do rock, ou um deus, ou um homem que havia admirado de longe, mas nunca conhecera.

Engales ficou parado nas sombras fora da Fun, temendo a entrada. Havia um murmúrio baixo de conversas maçantes vindo de dentro. Podia ouvir trechos de conversas inevitáveis: *esse novo escultor que estava construindo cavernas para os sem-teto morarem; Reynard se apresentando na cozinha; esse espaço é incríííível, não é? Winona sempre faz suas exposições nas terças.* Ele não sabia o que as pessoas diriam sobre James, se achariam o gesto da exposição inspirador ou grosseiro, digno do mau ou do bom tipo de fofoca de galeria. De toda forma, tudo soava horrível em sua imaginação.

Cigarro.

Ele seguiu o ponto laranja das cinzas de outro fumante e acendeu um ele mesmo. Na luz do fósforo, percebeu que o dono da outra bituca brilhante era Horatio, da ocupação. Pensava na pura força física de Horatio quando fez suas pinturas, a falta de intelectualismo nelas, o coração. Por algum motivo, Horatio não se sentiu ameaçado, mas reconfortado, alguém em que sempre havia confiado, e que sorria para ele sem uma pitada de orgulho no rosto. Engales sorriu de volta, e foi isso. Fumaram em silêncio. Engales olhou para a rua, que estava zumbindo com vida e táxis e com o cheiro que tinha, esgoto e lixo e fumaça e piche. Ele se lembrou de quanto amara esse cheiro, esses sons, essas ruas, quando era novo por ali. O pensamento o fez se sentir brevemente confiante de alguma forma nostálgica. Estava de volta ao mundo, existindo. Horatio não disse nada sobre sua mão. Talvez ninguém dissesse. Ele podia fazer isso. Podia entrar. Soltou a última fumaça, apagou o cigarro no muro, pressionou ombro e quadril na porta de metal.

Mas, lá dentro, soube que tomara a decisão errada. A energia da sala se focou nele; olhos correram e se grudaram. Conhecia todo mundo, e todo mundo olhava para ele. Selma, provavelmente tentando contornar a falta de jeito, mas fracassando, veio correndo e praticamente caiu sobre ele. Ela estava mais do que levemente alta, e o cabelo, que havia sido lambido para trás num coque odioso no topo da cabeça, saía de seu nó em brotos nada graciosos.

— Meu Raul! — praticamente gritou, acariciando seu peito com as mãos longas. — Estávamos todos esperando você. Impacientemente, Raul. Tão impacientemente. E aqui está. De volta a seus amigos. Sentimos sua falta. Sentimos!

Engales conseguiu sorrir.

— Obrigado, Selma.

— E sentimos muito — Selma seguiu, tentando dar a ele um olhar significativo. — Sentimos muito pelo acidente. Sentimos mesmo. Mas a vida tem suas formas, sabe? Essas formas de nos apresentar montanhas. Então nós apenas, nós apenas as *escalamos*.

Engales forçou a boca num sorriso amassado, mas os olhos recusaram-se a imitá-la.

— Vou procurar uma bebida porque estou precisando — ele avisou, pegando-a pelo ombro e movendo-a a um passo de distância.

— Ótimo — Selma enrolou a língua. — Mas volte logo aqui comigo. Preciso contar sobre tudo. Nós nos mudamos, você sabia? A ocupação? E realmente mudou meu processo todo. Estou num novo espaço, sabe?

Engales deu uma batidinha nas costas dela antes que ela pudesse terminar e caminhou para a sala. Examinou rapidamente as obras nas paredes: Diebenkorn, Kligman, Hockney... ele pensou no fichário e nos slides, a sala de fisioterapia com Debbie. Então havia *sua* pintura, na posição mais proeminente na parede mais distante, a pintura de Lucy que havia feito quando se conheceram. As pinturas moviam-se umas nas outras, fluida e corretamente, pensou, como se o conjunto delas fosse uma grande peça, parte de uma composição maior. Ele de repente se lembrou do carinho que tivera por James quando falaram sobre Lucian Freud, a forma como James parecia ver essas pinturas da forma exata como ele via. Ele se sentiu estranhamente culpado, por um segundo apenas, por ter batido no rosto de James tantas vezes. Mas a culpa se foi quando viu Lucy — a lembrança viva de como odiava James com seu coração todo — espiando-o de trás de uma coluna no meio do salão.

Engales rapidamente desviou o olhar. Pensou no terno branco, o jogo do queixo dela, a mão de James no ombro dela. Queria desesperadamente se virar e partir, mas quando olhou ao redor viu todos os rostos que não queria, todo o campo minado de todos os artistas de sua vida pregressa, e Winona fora para a porta, e de repente Lucy parecia como a mais benéfica e convidativa de todos. E ela começou a se mover em direção a ele, como uma pequena luz no caminho. Como uma daquelas estranhas órbitas de luz que flutuam sobre pântanos. Sua loirice o cegando. Seus olhos o fisgando. Suas lantejoulas douradas, as mesmas da pintura, pegando todos os traços de luz no salão, então os jogando de volta a ele como se fosse um globo de espelhos humanos.

— Agora não — Engales disse quando ela chegou a ele.

— Então quando? — A voz dela era a voz dela. O que havia na voz dela? Por que o tocava assim? Como podia detestá-la tanto e ainda ser tocado por sua voz? Pensava na pintura de Clemente da mulher e seus dois homens. Olhou nos olhos de Lucy, lagos de águas familiares, tranquilas, salpicadas de algum peixe perigoso, carnívoro. De repente a queria tanto que não podia se conter.

— Lá fora — disse rispidamente e a agarrou pelo braço.

A exposição estava perfeita, Winona havia contado a James antes de abrir. Todo mundo que era alguém estava vindo, ela havia prometido, e a exposição iria vender completamente. Winona contou todos esses fatos como se fossem coisas boas; havia mantido o clima entusiasmado e contado a ele de todas as formas, incluindo tentativas de enfiar sua língua pela garganta dele num beijo comemorativo indulgente demais, bem quando abria as portas ao público. E James havia se esforçado para acreditar. Mas logo que as pessoas começaram a entrar — e James foi forçado a começar o necessário beijo nas bochechas e puxação de saco, e a explicação de por que estava vendendo a coleção, ele testemunhou o lento nó de seu próprio coração.

— Foi o momento certo — continuava dizendo seguidamente para os curiosos visitantes. — Apenas o momento de seguir em frente.

Mas não era o momento, e nunca seria, de fazer a coisa que ele mesmo jurara nunca fazer: trocar arte por dinheiro. Ele dissera a si mesmo que valeria a pena, que iria arrumar tudo, acalmar as águas com Marge, dispersar problemas com dinheiro, limpá-lo de obsessões e pecados. Jurara não ser sentimental ou emocional, ou como havia se mostrado ser repetidamente: impulsivo. Iria simplesmente se recostar e deixar a noite passar por ele, deixar a macia promessa de uma nova vida limpa e confortável ofuscar qualquer visão em que já acreditara.

Mas enquanto via cada ponto vermelho aparecer na pintura vendida, seu coração se apertava mais. Pensou na saciedade rosa de Heilmann, o cinza germânico estonteante do Georg Baselitz importado, a superfície espelhada do lago da pintura de prato que Schnabel o forçou a pegar de graça como um obrigado sarcástico por uma resenha bem negativa. Não podia mais ver bem as cores — quando Raul batera nele era como se houvesse batido as cores para fora —, mas podia sentir memórias delas, quase tão distintas e poderosas quanto as sensações em si. Alguém tirou um talão de cheques e comprou seu laranja queimado. Outro reivindicou seu ouvido estalado do fundo do mar. Uma mulher numa jaqueta que parecia adornada com cacos de vidro comprou sua manhã enevoada, seu cheiro de fogueira e seus flashes amarelo-esverdeados, tudo de uma vez só.

Observou os rostos das pessoas enquanto as estudava, então abandonava as pinturas. Eles viam suas pinturas como ele outrora as vira? Vivas e claras e miseráveis e perfeitas? Eles a viam em si? As pinturas entravam neles e então desapareciam, tiradas de sua mente de vez? Ou haveria um tempo, anos depois, quando se lembrariam de uma imagem que viram ali: um centímetro quadrado de uma pintura que iria transportá-los de volta no tempo para a noite em que James Bennett vendeu tudo?

Ele concluiu que não, não iriam. E, sim, essa noite era oficialmente deprimente. Porque até pior do que a venda da arte, a entrega ao inferno comercial do mundo da arte e a contribuição às coleções impensadas dos negociantes mais ricos da cidade, estava o fato de que não havia ninguém ali para testemunhar isso. Ali estava ele, desistindo das coisas que tanto amara, sem ninguém com quem ele se importava para se importar junto a ele, para aplacar o golpe. Marge ficara em casa com Julian, já que concordaram que seria tarde demais para um garoto tão pequeno. Mas James sabia por que Marge não estava. Ela mal podia interpretar o papel de mulher de James em casa. Como poderia fazer com as pessoas olhando? Como poderia se apresentar para um público de uma forma que não traísse seus verdadeiros sentimentos? Seu ressentimento profundamente enraizado, seu desespero, sua raiva? Isso sem mencionar que não suportava a ideia da exposição em si, apesar do fato de que a ideia era ganhá-la de volta.

— Está sendo precipitado — ela disse a James quando ele desligara do telefone com Winona. — Está agindo impulsivamente. Novamente. Não é isso que você quer.

— Mas estou fazendo isso por nós. Por nossa família. E quero que você venha.

— Não somos realmente uma família agora — ela havia dito no tom que havia adotado para ele, robusto em sua megerice, ainda assim bem normal, como se esses fragmentos perfurantes fossem apenas coisas normais que as pessoas diziam. Havia assentido, como assentia para tudo; ela estava certa sobre tudo, tinha todas as vantagens. Mas ele havia secretamente desejado que ela aparecesse de qualquer forma. Ela era tudo o que tinha. Além dela, se é que podia contar com ela, não tinha ninguém. Ele era como uma árvore numa floresta. Ninguém o veria cair.

Num beco chamado Extra Place, contra uma parede que dizia em letras amarelas garrafais PARA O DITO AVANT GARDE, Engales e Lucy fizeram sexo. Era o tipo de sexo que acontecia em becos: ligeiro e necessário, bruto por si só. Lucy sentia-se altinha, necessitada, culpada. Ela havia sussurrado que sentia falta dele. Sentia. Sentia uma falta terrível, a coisa toda dele, e sua presença a estava deixando mais bêbada. Ele não sussurrou de volta, apenas continuou a pressioná-la contra a parede com o corpo, as costas raspando nos tijolos, o rosto doendo. Podia sentir um pedaço do cabelo dela na boca. Ela podia sentir o toco do braço dele na lateral da barriga, o que a fazia querer chorar. Ele tinha o cheiro dele: o primeiro cheiro bom da cidade de Nova York. Boca de cigarro, pele limpa, cabelo sujo. De certa forma que parecia familiar e também crassa, ele colocou a boca no pescoço dela. Arrancou as lantejoulas da camisa, que caíram como flocos de neve dourados ao chão.

— Me chame de Marca — Lucy tentou.

— Não — Engales retrucou.

Quando terminaram, Lucy abaixou a saia e tirou o cabelo do rosto. Tentou sorrir, mas viu que era difícil olhá-lo nos olhos. O que deveria dizer? Como contar tudo o que aconteceu desde que ele desapareceu da vida dela dois meses antes, aparentemente para alguma clínica de reabilitação bancada por Winona, mas como diabos ela deveria saber?

Winona era uma vaca por não contar, isso sem mencionar James, e Engales nunca ligara, nunca pensara em dizer ao menos que estava *vivo*. E tanto havia acontecido: o garoto, sua irmã, James. Tudo havia se encerrado e parte era culpa dela. Quais eram as desculpas? Ela mordeu o lábio, como era de costume quando não sabia o que deveria dizer.

— Gosto do seu terno — disse, se arrependendo imediatamente.

— Você o conheceu? — Engales perguntou. Estava fechando a calça, sem olhar para ela.

— Quê?

— Você o conheceu? O garoto?

Lucy balançou o pé. Balançou a cabeça. Então assentiu.

— E?

Lucy balançou a cabeça novamente. O lábio mordido começava a doer.

— Diga algo, porra! — Engales gritou. Ecoou pelo beco e para a First. Duas pessoas caminhando viraram a cabeça para olhar, então saíram correndo.

— O que quer que eu diga? — Lucy gritou de volta. Novamente o som ecoou nos muros pichados e foi seguido por um longo momento de silêncio. Lucy estava respirando forte. Sentiu toda a raiva aumentar e o corpo parecia quente e tenso de adrenalina. — Quer que eu diga que trepei com mais alguém? É o que você quer que eu diga? Trepei, tá? Mas é porque você me jogou fora! Você me disse para ir embora! Que não queria me ver nunca mais!

Engales estava com a mão no bolso, os dedos empurrando o tecido, afundando nas pernas. Não disse nada.

— Não acha que eu me sinto péssima? — gritou. — Não acha que eu queria ajudar? Não acha que chorei até dormir toda noite desde que você se foi? Mas *você não me contou onde estava, Raul*. Nem me contou se estava *bem*. Então o que eu deveria fazer? A última coisa que me disse era que me *odiava*, lembra? Mandou as enfermeiras me expulsarem. E daí desapareceu!

— Considerou por um segundo que isso não é sobre você? — ele questionou, fervendo.

Ela ficou quieta, olhou para as botas, com as quais raspava o cascalho. Então levantou o olhar para ele, bem nos olhos.

— Eu não sabia que você tinha uma irmã.

— Bem, agora sabe.

— Por que não me contou antes?

— Porque fracassei com ela. Eu a abandonei, assim como abandonei você. É o que eu faço, Lucy. Não vê?

— Mas não precisa! — implorou. — Eu te amo, Raul. Tanto! Não importa o que aconteça.

— Você nem sabe o que isso significa — disse friamente.

— Por que está tão bravo comigo? O que fiz pra você? Por que te deixei tão, tão bravo?

— Sabe o que fez para mim? — ele rosnou. — Você *precisa* de mim.

— Sim, preciso de você.

— Mas não é só você. É todo mundo. Você precisa de todo mundo porque não tem ideia de como precisar de si mesma. Ou mesmo como *ser* você mesma.

Lucy pareceu confusa e balançava a cabeça de um lado para o outro levemente. Um vento entrou pelo beco e ela puxou a jaqueta mais firme.

— Não entende, Lucy? Aquele menino é o único membro da minha família toda. É a única pessoa que tem o mesmo sangue que eu, a única pessoa nessa terra. E o que você faz? Deixa o menino com a *pessoa com quem está trepando*.

Ele começou a se afastar dela, em direção à rua. Ela gritou:

— Isso não é verdade! Não é! Juro que não é verdade!

No final do beco, ele se virou:

— *Vá para casa, Lucy.* — E a frase voou em direção a ela como uma flecha e, com a ponta afiada, a trouxe *abaixo*.

O cascalho afundou em seus olhos enquanto ela o sentia. Ela iria para casa. Não deixaria as luzes da cidade roubarem o que restava de sua inocência, e iria para casa e buscaria isso na grama. Iria reunir sua infância de volta dos galhos das figueiras. Encontrar sua tolice sob uma pilha de velhos jeans fora de moda. Ela pensaria em Raul Engales enquanto bebesse uísque numa fogueira, e sempre que visse um homem com uma verruga no rosto. Pensaria em James quando fumasse cigarros em segredo na varanda dos fundos de seus pais: a sensação de prazer ruim. Ela iria se lembrar de seu primeiro e único projeto de arte, Jacob Rey, quando visse os rostos de muitas crianças que desapareceriam depois dele, cujos rostos seriam imortalizados e então jogados nas laterais das caixas de leite. Pensaria em Manhattan, frequentemente, bem antes de cair no sono: uma buzina tocando, a forma como a abriu e a preencheu, um balão azul que viu vagando pela fina fatia de céu entre os arranha-céus. Iria segurar a Grande Cidade em seu peito, como um pequeno medalhão dourado que continha algo que só ela entendia. Ela e poucos outros — Jamie dos lábios vermelhos, a boca-rota Arlene, talvez, e claro, Engales, o artista original, o primeiro que já amara. Todos estavam lá, bem sob a clavícula dela, guardados e seguros.

Mais tarde, iria deixá-los se afastar, como aquele balão azul. Iria se desvencilhar do abraço cinza da cidade. E se tornaria feminina nos quadris e no rosto. Seus pecados iriam esmaecer. Trabalharia para Randall, o advogado, não Randy o bartender. Ela sorriria para o homem do outro lado de uma festa no jardim, onde jazz suave tocaria; eles teriam um filho que não conseguiria dizer o R. Se conhecesse Raul, ele o chamaria de *Aul*. Ela não veria Raul novamente, mas veria a linda fotografia dele. Impressa num livro que tiraria da Biblioteca Ketchum, chamado simplesmente *Downtown, Volume II*.

Até breve, moçoila, ela disse, através de lágrimas, para o rato que havia se interessado pela bolsa de Jamie. Ela nunca a devolveu, apesar de certamente ter sido sua intenção.

Na galeria, a noite começou a minguar da forma que acontece com as exposições quando todo o vinho de graça acaba, apesar de ainda existir uma caixa dele, visivelmente disponível sob a mesa de bebidas. Mesmo assim, as pessoas começaram a bater nos ombros umas das outras e listar os nomes de bares próximos. Quatro vezes James ouviu a frase "esqueci completamente de jantar" vindo das mulheres mais bem elegantemente vestidas e, num caso, um homem extrabaixo com um *fedora*. James queria contar a todos que a alegação de fome não tinha nuances: "esquecer-se" de jantar era uma norma urbana. Alguém, em algum ponto do país, mesmo no mundo, se *esquecia* de jantar? Ou eram apenas os nova-iorquinos que se encontravam famintos, após uma noite olhando para arte?

Emburrado, beijou todos em despedida. Não os conhecia nem se importava. Alguns conhecia, e ainda assim não se importava. Winona George, com uma calça de couro que parecia ter sido vestida com cola, anunciou:

— Tenho de fugir da minha própria festa, infelizmente, já que não fui uma anfitriã boa o suficiente para fornecer mais de uma azeitona por convidado! Mas parabéns pela exposição épica, James. Fenomenal. Simplesmente fenomenal.

Depois que Winona partiu e cada etiqueta de pintura continha um ponto vermelho e a tigela solitária de batatinhas que Winona havia fornecido estava vazia, James não viu sentido em manter as aparências, e se jogou sentado contra a parede dos fundos, ao lado da caixa de vinho. Tirou uma garrafa aberta, bebeu dela. Queria apenas ir para casa, mas sua casa não o queria. Olhou para a pintura na parede em frente. Era um quadrado azul gigante. Se a vida ao menos pudesse ser simples assim. Apenas um grande quadrado azul. Mas quando ele olhava por tempo suficiente começava a se lembrar de todas as coisas que aquela pintura outrora conjurara: melado, dunas de areia, o sentimento de dar as mãos. Nunca foi tão simples. Acima da vida, sempre havia mais vida.

Ele queria chorar no quadrado azul. Queria ligar para a mãe, com quem não havia falado em quase dois anos, e contar sobre sua noite. Todos vendidos, mãe, ele diria. Cada um deles. Ganhei milhões de dólares, mãe. Está orgulhosa? Está orgulhosa de seu filho? Claro que não. Orgulho não era parte do vocabulário emocional dela. E por que estava pensando na mãe? Nunca pensava na mãe; isso o deprimia. Sua perna coçava com o que parecia uma mosca pousando, mas não havia nada. Quando levantou o olhar, havia Marge e Julian.

Ele se sentiu tomado de emoção quando os viu caminhando pelo salão com os casacos acolchoados, tomado de gratidão, e, por um rápido segundo, pensou que via o vermelho profundo de Marge. Ou era a lembrança do vermelho dela? Não conseguia dizer, e não importava. Ela viera! Ela mudara de ideia e viera! Ele não se importava se o vermelho ficasse ou sumisse; não importava. Ela importava. Era a única coisa que importava.

Mas quando ela chegou mais perto, James viu os sinais inconfundíveis de que ela estivera chorando. Seus olhos cinza estavam vidrados, as linhas ao redor da boca pronunciadas e sombreadas.

Ele foi até ela.

— Você veio — disse, colocando as mãos nos braços dela.

— Uma passadinha.

— Por que passadinha? Tem vinho.

— Estou vendo. Que foi? Os ricos não estavam com sede?

Os dois tentaram rir, fracassaram.

— E você não parece um mocinho? — James disse para Julian e farfalhou o cabelo dele. Sem resposta, claro. Julian não havia falado uma única palavra desde que chegou, mas o fato de que não estava chorando era o suficiente para o farfalhar parecer lancinantemente íntimo. Ele olhou novamente para Marge.

— Qual é o problema?

— Estou cansada.

— Eu também.

— Mas estou cansada mesmo. De tudo.

— Está cansada de mim.

— Sim, James, estou cansada de você.

— Eu sei. — Olhou para Julian e deu a ele o que esperava ser um olhar simpático. Seu coração partiu.

— Li seu livro.

O rosto de James se endureceu; o vermelho de Marge se acendeu. *Fique aí*, pediu à cor, mas não conseguia se prender a ela, e foi se manchando.

— Que livro?

— As páginas no seu escritório.

— Aquilo? Marge. Marge, você leu *aquilo*? É só um bando de merda que tenho escrito. Não é um livro. Não, não tenho um livro.

— Tem sim.

James não conseguia dizer nada mais sobre o que havia escrito: um documento cheio de rabiscos que Marge nunca devia ter lido, para começar, pelas verdades tristes, nojentas e provavelmente mal escritas que expunha. Ele se lembra da primeira resenha no *Art Forum*. Marge, beijando a barriga branca dele, dizendo a ele: *Está pronto, James. Mas você está?* Marge sabia. Sabia que coisas estavam. E seus olhos estavam firmes e perfeitos. E ela estava cansada, e ele não queria cansá-la mais. Em vez disso, queria tomar conta dela. Pegá-la no colo em segurança. Dar coisas a ela. Dar tudo, porque ela merecia.

— Vendi tudo.

— Sabia que venderia.

— Está orgulhosa?

— Extremamente. — Então se inclinou e o abraçou. No colarinho de sua camisa, ela cochichou: — *Ele foi liberado.*

— Oh — James disse. Colocou a mão atrás da cabeça. Com a própria *ideia* de Raul Engales, suas pupilas se inundavam de azul. As pinturas da galeria saltavam em direção a ele: uma música de rap, o cheiro de jardins de primavera tardia, a palavra *cesura*. O vermelho de Marge se reunia e inchava ao redor dela, e seu coração soava e balançava.

— Ele foi até em casa — Marge contou, afastando-se levemente, o que parecia com uma janela abrindo, deixando uma lufada de ar frio demais. James queria abraçá-la para sempre. — Eu o vi na porta. Através do vidro. Eu não consegui abrir.

— Tá — disse James, continuando a assentir como se o gesto fosse de alguma forma trazer confiança a ele, mas as cores rodopiavam ao redor, e ele não estava bem certo com o que estava concordando, apenas estava. Apenas concordando. Com Marge. Com ajudar. Com as cores. Com tudo.

— Boa noite, James — ela disse. Ela piscou, então se virou, então começou a ir embora, os pequenos saltos de triângulos brancos batendo no chão de cimento liso. O vermelho que havia ocorrido ao redor dela seguia como uma nuvem, e James notou algo diferente sobre... alguma qualidade multitudinária... era... romã? Era isso, poderia possivelmente ser o mesmo vermelho recheado de sementes que ela havia incorporado quando estivera grávida? Marge poderia... não, não poderia deixá-lo ali!

— Espere! — pediu James, inutilmente. — Aonde está indo? Marge, Julian está aqui!

— Confio em você, James. — Ele a ouviu dizer. Ela não se virou. James observou a esposa sair pela porta e desaparecer. Seu coração estava em algum lugar perto dos tornozelos, pulsando. Ele agarrou a mão de Julian bem quando o menino começava a chorar.

— Vai fechar logo! — gritou um segurança gordo na entrada da frente. —Todo mundo já foi!

Todo mundo já foi. As cores de James gradualmente se desbotaram novamente: tecido que havia ficado tempo demais no sol. Os cantos de tudo borravam, mas era apenas água juntando em seus olhos.

Engales correu pela rua e agarrou o braço gigante do segurança.

— Está fechando? — disse sem fôlego. — Preciso entrar de volta. — Ao examinar melhor, Engales percebeu que era José, do prédio de artes da NYU.

— Ei, eu conheço você — disse José. — É aquele porra que está sempre se infiltrando na escola! Mas está diferente — José diz, olhando para Engales de cima a baixo. — Algo mudou?

Engales levantou o braço. José disse:

— Ah, merda.

— Isso mesmo: *ah, merda*. Agora pode me deixar entrar? É importante.

— Sempre tentando entrar em lugares a que não pertence! Está fechado. A exposição acabou.

— *José* — Engales disse em espanhol. — Perdi a porra da minha mão. Tenho uma pessoa da minha família que está aí dentro. Deixe-me entrar, José.

— Jesus — José disse, levantando as mãos. — Cinco minutos, daí vou sair para beber e encontrar uma garota. — Ele lambeu os lábios.

— Ótimo — Engales disse, sem se impressionar. Em outra época ele teria dado um cumprimento de mão aberta a José?

O salão havia estado bem iluminado quando estivera lá, muitas das luzes agora estavam apagadas e havia um retângulo de luz em direção aos fundos da sala. Nele, sentado contra a parede numa fileira, havia James e um garotinho. James estava acariciando o cabelo do garoto de uma forma que não era nada lisonjeira para os dois: o cabelo de Julian estava ficando grudado à testa; o rosto de James estava perdido de desespero. Julian chorava mais.

Engales foi em direção a eles, o nervosismo intencionalmente velado. Ele sabia que não podiam vê-lo; estava na área escura de sombras.

—Tudo bem, Juli — James dizia em sua voz puxa-saco desesperada de James. Ouvir aquele nome em voz alta, o nome de seu avô, um nome tão típico de Franca... e aqui estava James, proferindo em sua forma de apelido. Ele tossiu, anunciando-se.

— Puta merda, Raul! Que susto.

Engales ignorou James; ele podia ver o rosto do garotinho manchado de lágrimas, já tão familiar. O garoto choramingava os últimos soluços do choro. Cabeça pequena, corpo pequeno, sapatos pequenos, olhos enormes. Os olhos de Franca. Tudo de Franca. James se sentou no chão. Com um movimento repentino, desajeitado, Engales se abaixou ao nível do garoto. Ele o agarrou pelo braço com a única mão e o toco da outra. Ele o examinou. O mundo parou quando puxou o corpinho pequeno do menino no seu, envolvendo o único braço ao redor do corpo minúsculo. O mundo parou quando cheirou biscoitos úmidos e leite quente e sabão em pó usado na Argentina. Ele o soltou rapidamente e o mundo girou. O garoto olhou para ele com grandes olhos de Franca. Engales se sentiu idiota, como se não devesse tê-lo abraçado. O garoto não teria ideia de quem ele era, estaria assustado, provavelmente — Engales corou de vergonha. Mas então o garoto disse, através dos soluços, com a boca de ratinho:

— Você é o Irmão?

Era a primeira coisa que ele dizia em semanas, e apesar de Engales não poder saber isso, sentia o peso, a novidade, a voz que havia sido confinada e preservada. Ele olhou para James por afirmação, ou pelo que quer que fosse, mas James apenas deu de ombros, olhos também úmidos, boca pressionada numa linha reta. Engales percebeu que James provavelmente não havia entendido o que Julian havia dito — foi em espanhol — e que *ele* era o único que poderia. Porque *ele* era o irmão. Ele teria de ser responsável.

De repente, tudo se tornou claro como uma noite congelante. Ele era o irmão. Era o irmão que deixava as gemas de ovo para fritar no sol. Era o irmão que deixou a irmã no topo da saída de emergência, que não nadaria para ela se fosse pega nas ondas do Mar del Plata, que a deixou com o homem fraco e sequestradores, enquanto voava para terras mais altas. *Ele não pode salvá-lo*, Engales havia falado com sua irmã sobre Pascal. Mas ele não quisera dizer sobre si mesmo? Ele era o irmão que não podia salvar a irmã, e que certamente não seria capaz de salvar o filho dela.

Era o irmão que *partiu*, bem quando deveria ficar.

Sua mão perdida se apertou e doeu enquanto ele girou para fazer o que já tinha feito tantas vezes antes: implorar a Nova York por uma fuga. Implorar a Nova York por uma chance no inferno.

RETRATO DO HOMEM NO ESPELHO

MÃO: nas vitrines das lojas, você é um borrão quando foge. O reflexo listrado do braço balançando: apenas um. O outro, sem o pêndulo da mão, fica firme do lado, um arco permanentemente estreitado. A vitrine reflete a cadência do coração. Há uma batida perdida, um recuo, um peso perdido para um lado, e você merece. É um homem irregular. Um homem que se inclinou tanto para um lado que caiu, para longe de tudo que já o amou.

BOCA: um, dois, três copos de uísque, quatro, cinco, cervejas mexicanas, seis, sete da manhã, e não pode ir para casa, ah, não, não pode ir pra casa ainda, porque isso é o mais perto que vai chegar de casa nesta cidade: o bar na Segunda Avenida com o relógio neon no canto que nunca mostrou a hora certa, nunca em sua vida, nem mesmo quando era mais novo, e tinha acabado de chegar, e o tempo não importava nada mesmo; era apenas um menino. Agora, há seu rosto, no espelho atrás do bar. É pesado, escuro, antigo. Está contando: um agitar de sobrancelhas. Um, dois, três — deve ter cinco ou seis anos, se seu próprio relógio está certo, cinco anos desde que pegou aquela carta da irmã com a grande novidade, cinco anos desde que se recusou a escrever de volta, cinco anos perdidos e nada ganho, apenas um corpo cheio de álcool e o Sol saindo e lá há seu rosto idiota, todo cheio de vergonha e aquela verruga idiota, algo que quer arrancar com um abridor de garrafas, para distrair-se da dor com mais dor.

BRAÇO: telemondo é para cigarros, e tem o Jean-Michel no fundo da loja, comprando a garrafa mais cara do que quer que esteja comprando; acabou de ter sua primeira venda grande. Melhor afastar o olhar do espelho de Jean-Michel, um espelho que outrora refletiu seu próprio potencial e agora reflete seu fracasso, as partes faltando. Segure o braço atrás de você para que Jean-Michel não o veja. Quando ele vir, tente sair. Quando ele o segurar, *deixe-o*. Deixe que puxe sua manga. Deixe que dê o único dom que tem: sorriso desajeitado, tão caloroso, então um rabisco no que sobrou do seu braço. *SAMO está morto*, ele escreve, soprando um *dreadlock* solto do rosto. *Deixe-o*. Deixe que conte com seu sorriso desajeitado que o mundo não acabou. Que não perdeu tudo. Que nada é tudo. Que faltando coisas há ainda mais coisas. Ainda há olhos de outro ser humano olhando para você, vendo.

Ainda há escrita com um braço. Ainda há coisas a cuidar, coisas a fazer, coisas a salvar.

— Vá pegar — ele diz. E você tem de pegar, e vai.

OLHOS: porque eram exatamente como os seus, não eram? Os olhos daquele garotinho.

EPÍLOGO

CEM RETRATOS A CADA NOITE

Julian não consegue encontrar sua caneta e por isso não consegue dormir. É imaginário, ele *sabe*, mas também sabe que saber das coisas nem sempre ajuda. Por exemplo, sua mãe sabe tudo. Então por que diabos não está aqui?

Este é o teto: luzes vermelhas e azuis, torcendo-se, como um caleidoscópio com que havia brincado no mercado lá antes. Este é um caleidoscópio: pega o bastãozinho fino e olha dentro, e haverá um círculo cheio de formas coloridas que mudam e giram quando move o bastão. Sua caneta está escondida em algum lugar em seu cérebro e seu coração está trôpego como um cavalo à solta. Os olhos estão abertos como se palitos de dente estivessem segurando-os.

Este é o gato que Julian ouve chorando lá fora: perdido. Gatos não soam perdidos a não ser que estejam. Ele deseja que haja um certo choro para os garotos quando estão perdidos. Mas não há.

Este é quem está ao lado dele na cama: o Irmão. É o Irmão da história de sua mãe, e Julian tem certeza porque fez um questionário.

— Se você é mesmo o Irmão — ele se certificou de perguntar quando o irmão veio pegá-lo naquela manhã na casa do James. — Qual é a cor da porta da nossa casa?

— Vermelha — o Irmão respondeu. Bom. — Se você é o Irmão, qual é a comida favorita da mamãe?

— Manteiga. — Bom.

— Você vai passar terças, quintas e domingos comigo — o Irmão explicou, enquanto a neve caía triste atrás dele e sobre ele, como se não importasse. — Segundas, quartas, sextas e sábados aqui.

— Mas esses são todos os dias — Julian disse, ficando parado na porta, observando um floco de neve em particular que havia feito uma aterrissagem forçada no cabelo preto do Irmão. Eles aprenderam os dias na escola: cada dia com uma cor, até que a semana fizesse um arco-íris.

— Sim, são.

— Que dias minha mãe vai ficar comigo? — Julian perguntou, apesar de temer saber a resposta.

— Nenhum dia — o Irmão disse. — Por enquanto, nenhum dia.

Coisas que sua mãe não havia contado sobre o Irmão: que tinha um pedaço de pele pontuda no fim do braço que parecia um leão-marinho; que ele tinha pelos no peito e um ponto preto no rosto que era capaz de um dia saltar nele; que tinha cheiro de cigarro; que não parecia nem um pouco mágico; que tinha muito pelo no rosto.

Coisas que a mãe não havia contado a ele em geral: que ela não ficaria nenhum dia com ele.

Agora ele não queria terças, quintas e domingos. Também não queria segundas, quartas, sextas e sábados. Se sua mãe não tinha nenhum dia, era o que ele queria: *nenhum dia*. Ele não queria essa baleia de volta, ondeante e preta na frente dele na cama. O Irmão na cama com ele é assustador. Ele quer o Irmão da história.

Essa é a história: há um irmão e uma irmã que amam um ao outro tanto quanto é humanamente possível. A irmã adorava o garoto, tanto que toda noite, quando ele dormia, assava cem bolos para ele. O irmãozinho achava que os bolos apenas apareciam a cada manhã, como se por mágica, e apesar de ele amá-los inicialmente, começou a não dar valor. Parou de pular de prazer quando os via. Ele parou de provar. Parou de sorrir quando acordava com o cheiro da cobertura.

Nessa parte da história, Julian ficava ofegante de antecipação. Ele sempre dizia a mesma coisa:

— Mas era a irmã dele! Não era mágica, era a irmã dele!

— Psssiu! — a mãe dizia. — Me deixe terminar a história. Foi só quando o garotinho viu uma pitada de massa no rosto da irmã uma manhã que soube que havia sido ela. A própria irmã, acordada durante a noite para fazer os mais belos bolos para ele. Não podia acreditar. Enquanto isso, sua irmã havia ficado terrivelmente triste, pensando que seus bolos não valiam nada.

— Então ele queria dar algo de volta a ela! — Julian quase gritava.

— Quieto agora — sua mãe dizia. — Vai acordar o pai. Sim, ele queria dar algo em troca para a irmã, para mostrar o quanto ele a amava de volta. Então ele fez o que fazia de melhor. Começou a desenhar.

— Cem retratos toda noite! — Julian dizia num cochicho alto, olhos esbugalhados.

— Cem retratos a cada noite. Retratos de todas as pessoas que eles conheciam. O açougueiro, o dono do Café Crocodile, o homem que tocava violão no parque... todo mundo ao redor da cidade e todos os amigos.

— E a irmã gostava dos desenhos?

— Sim, gostava, muito. Ela os amava. Ela os pendurava todos pela casa.

— Então por que o irmão partiu?

— Como sabe que o irmão partiu? Não cheguei nessa parte da história ainda.

— Porque me contou a mesma história noite passada — Julian dizia, sorrindo e enterrando a cabeça nos lençóis.

— Bem, hoje é uma noite diferente. E se eu disser que o irmão ainda estava fazendo retratos para a irmã? Ou que ele nunca foi embora?

— Bem, então, essa seria uma história diferente.

— Seria — sua mãe disse com uma piscadinha.

— Como terminaria?

— Não teria de terminar. Ainda continuaria. O irmão iria crescer para ser um homem, com um vozeirão. Ele era um homem mágico, sabe, que poderia ver nas cabeças e corações das pessoas. E iria encontrar uma esposa que também fosse mágica, e teriam um filho mágico, se mudariam para a casa ao lado da irmã, que também tinha um filho. Os filhos dos dois iriam aprender a fazer bolos e quadros, e ficariam acordados a noite toda, fazendo coisas um para o outro, e então chamando um ao outro com telefones de lata do outro lado da rua.

— Telefone de lata?

— Telefone de lata. Com uma corda entre eles, para carregar as vibrações, que viram som.

— Mas não é a história verdadeira.

— Como sabe?

— Porque a irmã é você!

A mãe iria bagunçar o cabelo dele e sorrir.

— E como você sabe tanto, rapazinho? Como pode saber tanto?

— Eu apenas *sei* — ele dizia, aninhando a cabeça no lugar entre o peito dela e o braço. E sempre: — Se eu desenhar cem retratos, posso ser como o irmão?

— Claro. Mas você vai ter de fazer isso na sua cabeça, porque é hora de dormir. Pode usar uma caneta imaginária. Leve para a cama com você. Desenhe qualquer coisa com que queira sonhar. Qualquer coisa de que precisar.

Agora: ele quer sonhar com ela. Ele precisa *dela*. Precisa da voz de chaleira dela e do cabelo macio. Precisa do cheiro de bolo dela e do cheiro de creme hidratante. Precisava ir para a janela e gritar para ela. Mas se ele se mover pode quebrar o feitiço do sono do Irmão. Além do mais, neva lá fora, e se abrisse uma janela, a neve poderia entrar.

Um caminhão diz *cabum* rua abaixo, fazendo o coração de Julian saltar. Ele tem de encontrar a caneta. Deveria acordar o Irmão? Poderia? Ou o Irmão iria gritar? O Irmão faria uma cara feia?

Os olhos de Julian aterrissam em algo assustador no canto do teto: algo com asas, tão grande quanto um passarinho filhote. Espera como uma mancha maligna com dois olhos brancos.

Acorde-o, cochicha a criatura. Julian tapa as orelhas. Ele não quer que a criatura fale com ele.

Eu disse acorde, cabeça de ervilha!, diz a criatura. Julian torce o nariz, senta-se, olha direto para a criatura e cochicha: *Tá! Mas fique quieto ou você mesmo vai acordá-lo!*

Com seu dedo menor, Julian toca o ombro do Irmão. O Irmão não se move. Com seu segundo dedo menor, toca o bíceps do Irmão. Nada. Com o terceiro dedo menor, toca a pontinha do braço do Irmão: o nariz do leão-marinho. De repente, o Irmão salta na cama, vira a cabeça de um lado para o outro e solta um grito rouco.

Julian se arrasta da cama para o chão. Espia com a cabeça sobre o colchão.

— Que diabos? — o Irmão diz, olhos piscando de sono. Há sua mãe, bem ali nas partes mais iluminadas dos olhos do Irmão, que alívio. — Quero dizer, desculpe — diz o Irmão.

Olhos se levantam um pouco, só o suficiente para ver o Irmão esfregando a testa com a mão. Seu rosto está iluminado só de um lado, de onde o caleidoscópio está vindo, e Julian pode ver os cabelinhos vindos de seu queixo, como um cacto do mal.

— O que está havendo? — o Irmão pergunta. — Por que está me acordando?

Julian fica parado e em silêncio. Ele quer contar ao Irmão sobre a criatura no canto, mas acha que não tem permissão.

— Volte aqui — o Irmão diz, batendo no colchão e bocejando. — Volte aqui, não vou morder.

Lentamente Julian rasteja de volta. O Irmão puxa a cordinha do abajur e um grande círculo de luz engole o lado do Irmão na cama. Julian coloca o pé na luz e remexe os dedinhos. Então olha para a criatura, que agora vê que parece uma borboleta preta.

— É Max, a Mariposa — explica o Irmão. — Ele é inofensivo.

Julian desvia o olhar de Max e de volta para o Irmão. Olha para o assustador leão-marinho do braço, o nariz retorcido.

— E esse — diz o Irmão —, é meu braço zoado. — Ele levanta o braço na luz e o rosto do leão-marinho parece menos assustador. Uma linha coagulada de sangue preto corre sobre ele. — Quer tocar?

Julian se aproxima da cama, toca a extremidade do animal com a ponta dos dedinhos. Ele olha para o Irmão buscando confirmação.

— Tudo bem. Não dói.

Com os dedinhos do menino em seu braço, Engales de repente vê diferente. A mão uma parte dele, mas simplesmente um objeto, algo que existe no mundo que pode observar e avaliar. Ele pensa na bochecha mole da chinesa, na barriga enorme do Señor Romano. Pensa na pequena verruga que saía da axila de Lucy, da constelação de cicatrizes que ela tem embaixo do queixo, de quando caiu de um galho quando criança. Pela primeira vez desde o acidente, seu próprio apêndice, com a cicatriz horrenda, não o assusta. De repente, é como todas as outras coisas que já achou interessante. É um disco riscado.

— Bem feio, hein? — o Irmão diz.

— É — concorda Julian. — Parece o rosto de um leão-marinho.

Engales ri um pouco.

— Agora me diga. Não consegue dormir?

Julian balança a cabeça.

— Sei como se sente. Eu não conseguia dormir quando era moleque também. Muita coisa para pensar.

— E coisas assustadoras — Julian diz.

— E coisas assustadoras — o Irmão repete.

Com isso, o Irmão busca uma garrafa no chão. Julian observa o braço sem mão se erguer no ar enquanto ele vira como a asa de um avião. O Irmão bebe da garrafa e o quarto fica com um cheiro ruim.

— Não consegui encontrar minha caneta — Julian diz, em sua voz mais baixa.

— Sua caneta?

— Sim.

— O que quer com uma caneta no meio da noite?

— É imaginária.

— O que quer com uma caneta imaginária no meio da noite?

— Desenhar cem retratos.

— Você é um moleque esquisito, sabia? Sua mãe já disse que você é um moleque esquisito?

Julian olha para as mãos.

— E por que faria isso? Desenhar cem retratos?

— É o que você faz quando quer que alguém saiba que você o ama mais do que o resto das coisas do mundo todas juntas.

Engales ri. Os olhos do menino são tão grandes e intensos, e sua vozinha tão séria, que a coisa parece quase cômica. Mas então há Franca novamente, vivendo na pequena ruga entre os olhos do garoto: tão sério, como sua irmã.

— Entendo — Engales diz. Ele examina o quarto. Preso na parede ao lado da cama há duas cópias do folheto de Jacob Rey, aquele que ele pegou do homem barbudo na manhã do acidente. Lucy deve tê-los preso. Mas por quê? E por que dois? Engales puxa um, vira e passa para Julian. — Aqui tem um pouco de papel. Vamos ver se tenho uma caneta.

Enquanto Engales busca uma caneta, Julian vira o papel, olha o retrato do garotinho.

— Quem é esse menino?

— É um menino que está perdido — Engales responde distraído, enquanto revira tudo sem sucesso. Sem caneta. — Pode acreditar, mas não tenho caneta, Julian. Sabe que não sou muito bom em ser adulto ainda. Mas provavelmente tenho outra coisa.

— Mas por que ele está perdido?

Engales se levanta da cama e começa a procurar embaixo. A luz não chega ali, então há uma vastidão de escuridão, provavelmente alguns camundongos, todos seus materiais de pintura. Ele sente o uísque passar por ele enquanto tateia no chão com a única mão.

— Porque ninguém consegue encontrá-lo. Aqui. Aqui estão minhas tintas antigas.

Ele joga na cama o estojo que Señor Romano lhe deu há tanto tempo e uma onda macia de nostalgia o atravessa. Vê o estojo na cama, abre o fecho dourado.

— Mas alguém vai encontrá-lo? — pergunta Julian. Sua sobrancelha se franze num estado pontudo de preocupação.

— Sim, alguém vai encontrá-lo. Enquanto isso, você pode desenhar nas costas dele. Agora olhe, pode usar este pincel aqui.

Engales tira um pincel vermelho fino e um tubo de tinta amarela. Ele vê o rosto grande do Señor Romano, a gravata com estampa *paisley*, a ampla boca bondosa. É um garoto novamente, sentado no chão do quarto de seus pais mortos, pintando repetidamente a ruga na testa da irmã. *Ei, cérebro de ervilha*, ela diria. *Precisa fazer todas as partes ruins do meu rosto?*

Não são partes ruins, ele quer dizer agora. Ele quer dizer outras coisas também. Quer dizer tudo.

Quer contar a Franca o que aconteceu com ele na galeria na noite da exposição do James: como seu corpo o havia traído, como não queria ter deixado Julian, mas que quando saiu ele não pôde voltar atrás, embora era parte dele, algo incrustado em seu corpo. Ele queria contar a ela o que aconteceu no Telemondo, como Jean-Michel o havia feito repensar tudo, o fez ver que ainda havia coisas a serem salvas. Ele quer contar tudo a Franca, tudo que ela perdeu.

Este é ele contando tudo: ele jorra tinta amarela bem na tampa da caixa.

— Aí está. Comece seus quadros.

— Mas não quero colocar nas costas do menino porque pode camuflá-lo, daí as pessoas não vão encontrá-lo e ele vai ficar perdido para sempre.

— Bem, com certeza você é exigente, hein? Tá. Hum. — Engales agarra uma de suas telas menores, uma pintura inacabada do cara do Telemondo, fumando dez cigarros de uma vez. Ele abaixa na frente de Julian.

Julian levanta o olhar para ele com aqueles enormes olhos de Franca.

— Mas já está cheio.

— Se vai ficar comigo — Engales diz. — Vai ter de aprender a viver um pouco. Não quero mais essa pintura, tá? Apenas faça em cima dela, assim. — Ele segura sua mão sobre a do menino e afunda na tinta. Sente a satisfatória pegada grudenta, então solta quando pressiona no grão da tela. Uma linha emerge.

Este é ele dizendo tudo: esta linha. Este é ele voltando a Franca enquanto ela se curva sobre os ovos. Este é ele contando a ela: *O mundo está cheio de ovos. Do que esses ovos importam quando o mundo está cheio de ovos?*

Julian levanta o olhar para Engales procurando aprovação.

— Vá em frente — ele diz, deixando as mãos do menino moverem-se sozinhas. — Isso. Legal. Veja, você sabe o que está fazendo! Não precisa da minha ajuda!

Julian começa a desenhar um rosto sobre a cara do Telemondo. Desenha um cabelo longo e uma boca grande. Olhos com pontos. Círculos nas bochechas. Enquanto desenha, se esquece de tudo: o gato perdido, a criatura no canto, até o Irmão. Ele só pode desenhar e desenhar. Podia desenhar por cem horas. Quando termina, o Irmão passa a ele outra tela, desta vez com uma moça num chapéu de pesca.

— Quem é essa moça?

— Só uma moça aí — o Irmão responde.

Julian pinta o rosto de sua mãe sobre o rosto da moça, e quando termina com essa, há mais. Ele desenha e desenha. Se desenhar o suficiente, ela vai ver, ele sabe.

Engales a vê, sua irmã vindo à vida ao redor dele. Há Franca na banheira onde eram pequenos, as pequenas mãos pegando a água. Há Franca montando em sua bicicleta parecendo um pássaro, cotovelos abertos de lado. Há Franca fazendo uma torta de lama no quintal e servindo a ele num prato de plástico vermelho. Há Franca em sua túnica bordada com pontos correndo como formigas no tecido. Franca sob a mãe deles como uma versão menor da mãe. Franca sendo seguida por uma menina maior num beco saindo da Calle Bolívar. Acertando a menina maior com um pau para se proteger, então se sentindo mal porque bateu na menina. Franca gritando que ela o odiava porque ele cortou um pedaço do cabelo dela no meio da noite. Franca aprendendo a fazer doces com o avô. Franca não sendo paciente o suficiente para os doces no começo, querendo correr lá fora. Franca ganhando seios que saíram inicialmente como picos de creme batidos, então se tornando grandes bolos redondos que ele odiava. Sabendo o que Franca estava pensando, mesmo quando era particular. Ler o diário de Franca, mesmo quando era particular. Franca dizendo *tetas*. Franca rindo. Franca gemendo com Morales no quarto de seus pais, escutá-la gemer era como sentir seus pais morrendo novamente. Franca com a barriga grande e redonda, saindo dela como um melão. Franca num casaco azul, sendo jogada atrás de um Ford Falcon. Apenas um zum do motor do carro e ela se foi.

Ela se foi. Mas estava lá também, no quarto, sorrindo sobre todas as pinturas inacabadas de Engales. Franca havia mandado seu filho *aqui*. Ela havia escolhido *Raul*. Ela havia confiado apenas no Irmão para salvá-la, e para salvar seu filho.

De repente, Julian fica de pé na cama no meio dos quadros, que oscilam um pouco quando ele caminha até o colchão para o Irmão. Ele coloca a cabeça do Irmão no lugar onde seu braço encontra o corpo. Coloca os braços ao redor da cabeça do Irmão e balança a cabeça.

— Vai precisar ficar quieto para isso funcionar — Julian avisa.

— Para o que funcionar?

— Estou mexendo a sua cabeça.

— Tá...

— Vou contar a história.

— Que história?

— Eu disse que você tem de ficar quieto.

— Boca de siri.

— Havia um irmão e uma irmã que amavam um ao outro de um jeito incomensurável.

— Como conhece essa palavra tão grande? — o Irmão pergunta.

— Eu apenas *conheço* — Julian responde impaciente.

— Quieto — aquiesce o Irmão. — Estou quieto agora.

Julian conta a coisa toda. Os bolos, a telepatia, os desenhos. A irmã prendendo os desenhos por toda casa, porque ela os amava tanto e sabia que seu irmão os havia feito para ela.

— Então por que o irmão partiu? — o Irmão pergunta, bem no momento em que se deveria perguntar isso.

— Como você sabe que o irmão partiu? Não cheguei nessa parte da história.

— Só um palpite — diz o Irmão. Então o Irmão tira a cabeça do apoio na axila de Julian e o olha no rosto. Engales quer contar a esse menino tudo o que nunca contou a Franca, para fazê-lo se sentir bem e seguro. — Você é um menino esperto, Juli. Como seu avô Braulio. Você teria gostado dele. Ele tinha um nariz engraçado. E você é um bom artista também. — Ele pausa, pega o rosto do menino na mão. — Sabia disso?

— É. Minha mãe me diz o tempo todo. E James me disse.

O Irmão sorri um pouco, mas ainda parece triste.

— Você fez esses? — Julian pergunta.

— Sim, fiz.

— Você é um bom artista também.

O Irmão ri, e quando ri o ano todo o inunda — Times Square, Lucy na Jane Street, a ocupação e seu falecimento, os horóscopos de artes da Winona, James Bennett, esse garoto. Olhando de volta, o ano parece distinto e tangível como um dos anos Tehching: contido e firme num pequeno maço de tempo. Ele se pergunta como Tehching se sente quando os anos terminam, quando pode começar a dormir, depois de ficar fora 365 dias, quando pode parar de acordar a cada hora para socar seu relógio. Ele sente falta do projeto a que se dedicava? Uma estrutura dentro da qual viver uma vida? O fim do projeto significa tirar algum tipo de escudo? O ano vai terminar em apenas alguns dias, Engales pensa. Winona vai ter sua festa, as pessoas vão comemorar e beber champanhe, ela vai cochichar a cada um sua sorte de Ano-Novo. Qual será a dele? Ele tem uma ideia. Seu peito parece leve e seu coração inchado e cheio de propósito.

Este é ele pegando um pincel com a mão esquerda. Este é ele afundando o pincel na tinta. Esta é a chupada sensual de resistência da tinta. Esta é a forma como se levanta no pincel. Este é ele pintando por Franca.

A tela na frente dele é um retrato inacabado de Lucy. Ele apaga o rosto dela com uma pincelada amarela. Ele espera que ela esteja bem. Ele vai ligar para ela para ver se está bem. Ele vai levá-la para tomar café no Binibon, dizer que sente muito. Vai beijá-la na bochecha. Vai misturar o mínimo de azul.

— É assim que você faz a verdadeira cor da pele — explica a Julian. — Você acrescenta um tiquinho de azul.

— Nem pensar — diz Julian, que ainda está trabalhando diligentemente em pintar o pescoço de um peixeiro com laranja-vivo.

Engales ri novamente. Aqui está um garoto com os grandes olhos engraçados de Franca. Aqui está um garoto que está aprendendo a estar no mundo, com o mundo todo na frente dele. Aqui está um garoto que quer fazer cem quadros em uma noite. É absurdo. É impossível. É absurdamente, impossivelmente lindo. Aqui está uma chance impossível, linda.

Eles passam a noite toda terminando os quadros. Não vão dormir. Engales ajuda Julian a contar, a se certificar de que há cem. Quando terminam, olham para o quarto, que clareou com a suave luz do inverno. Há cem Francas. Cem irmãs e cem mães.

Estão cansados. Eles conseguiram. Julian levanta a mão.

— Para que é isso? — pergunta o Irmão.

— Você precisa me dar um toque aqui. James faz isso quando eu termino um quadro. James ama a arte.

Engales sorri. *James ama a arte.* Ele pensa em como James vai estar aqui amanhã de tarde para pegar Julian, como James vai olhar ao redor desse apartamento de merda cheio de Francas desenhadas toscamente e sorrir e entender. O alívio toma conta de Engales, como se apenas agora — quando imagina alguém que ele ame amando isso, vendo nisso o que ele vê — esse quarto cheio de pinturas pode se tornar bonito, válido ou real.

AGRADECIMENTOS

Este livro começou e terminou com uma Claudia — Bernardi, cujas poderosas lições me iluminaram sobre a história da Argentina e acenderam o ser da personagem Franca; e Ballard, cujas orientação, visão editorial e crença no projeto o transformaram de sonho em realidade. Obrigada por serem as mais fortes, espertas e duronas entre as mulheres.

Meus pais, Nikki Silva e Charles Prentiss, que não são apenas minha maior inspiração, mas também meu sistema de apoio infalível. Mãe e pai: sua criatividade sem limites, inteligência, bondade e amor são a razão pela qual esse livro (e tudo mais que já fiz ou fui) existe. Eu os admiro completamente.

Meus irmãos e irmãs — inteiros, meios, cunhados e da comunidade — são os melhores seres humanos que conheço. Sou muito grata pela forma como me fazem sentir, pensar e rir.

Para a comunidade e seus membros: obrigada pela forma como nos criaram, os vários exemplos dados a nós, os jantares que cozinharam, e por me deixar ocupar a mesa do café quando eu precisava escrever. Obrigada às minhas famílias: Silva, Prentiss, Bennett, Baer, Becker, Bauer, Pruitt, Lewinger, Beckman-Dorr e Paul. Também: Davia Nelson, Jo Aribas, Bobby Andrus e Sue Struck.

Obrigada à equipe de William Morris e à equipe Scout Press, especialmente a Alison Callahan, Jennifer Bergstrom, Louise Burke, Jennifer Robinson, Meagan Harris e Nina Cordes, e para minha assessora de imprensa Kimberly Burns, por seu trabalho loucamente esforçado, colaboração e aposta em mim.

Obrigada às instituições que me orientaram, educaram e me apoiaram: Children's Alley, Gateway Elementary, Aptos High School, UCSB, a California College of the Arts, o Carville Annex, o Lower Manhattan Cultural Council, o Blue Mountain Center e a Aspen Writer's Foundation. E agradecimentos especiais aos professores que mudaram a minha vida: Mary Jo e Jim Marshall, Diana Rothman, Lydia Parker, Mrs. Whitmore, Mr. Baer, Ms. Giroux, Mashey Bernstein, Michael Petracca, Tom Barbash, Daniel Alarcón, Miranda Mellis, Claire Chafee e Cooley Windsor.

Sarah Fontaine e Melissa Seley: vocês leram esse manuscrito vezes demais da conta, em todas as iterações, anos após ano, e por isso sou eternamente grata a vocês. Sem seus cérebros geniais, este livro não existiria. E para meus outros amigos que leram ou editaram todas as partes deste livro — Elena Schilder, Junior Clemons, Emily Jern-Miller, Dan Lichtenberg e os vários colegas de muitas oficinas e grupos e escrita — eu os aprecio demais. Jessica Chrastil — obrigada à sua amizade incansável, apoio emocional estelar, mente desvairada e paixão pela vida. Carmen Winant, você estava lá para o nascimento disso; você me inspira como artista e mulher e como ser humano e amiga. E para todos meus outros amigos que me alimentaram enquanto eu desbravava esse projeto, me perdoem por perder dias de praia e me manter sã com seu humor e bondade — eu agradeço ao universo por vocês, todos os dias.

Para minha família Bloomingdale's, obrigada por preencher meus dias com trocadilhos ruins e grandes risadas.

Para os autores e artistas cujos livros, poemas, frases, palavras, pinturas e projetos me influenciaram e orientaram, obrigada por sua generosidade.

E por último, mas definitivamente não menos importante, eu gostaria de agradecer meu futuro próximo marido, Forrest Lewinger. Você é o homem mais bondoso, mais curioso e de longe o melhor ouvinte que já conheci. Agradeço por sua paciência, suas ideias e por seu amor profundo.